狼與辛香料

XVI

太陽之金幣〈下〉

支倉凍砂
Isuna Hasekura

Illustration
文倉 十
Jyuu Ayakura

繆里傭兵團的參謀官
馬克斯・摩吉

「敵人永遠不嫌多！衝啊！」
繆里傭兵團團長
魯華・繆里

為了善加利用這份幸運，
羅倫斯這麼說：
「歡迎回來。」
赫蘿像彈開似地從羅倫斯胸前抬起了頭。

「我不是來談什麼愉快話題。借用一下最裡面的房間。」
斯威奈爾議會商人代表議長
強・米里

「這邊請。」
德堡商行會計
希爾德・修南

Contents

狼與辛香料 XVI

太陽之金幣〈下〉

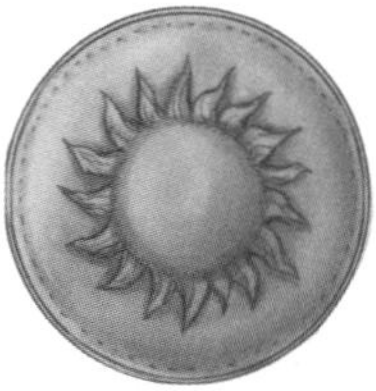

WORLD MAP
溫菲爾王國
伊克
多蘭平原
紐希拉
樂耶夫山
堂斯格
凱爾貝
約伊茲
托爾金
樂耶夫河
斯威奈爾
雷斯可
普羅亞尼國
雷諾斯
羅姆河
特列歐
恩貝爾
卡梅爾森
N
W
E
S
拉姆特拉
崔尼國
波羅遜
留賓海根
帕茲歐
約連
斯拉烏德河
帕斯羅

地圖繪製／出光秀匡

第六幕

丟在桌子上的包袱吸引了羅倫斯的目光。

那是屬於寇爾的包袱，而寇爾此刻理應正前往距離此地非常遙遠的奇樹。

搶劫、小偷、山賊——這些字眼立即閃過羅倫斯的腦海。就算寇爾的心志再堅強，也抵抗不了毫無慈悲的暴力。

不過，狀況有些奇怪。羅倫斯無法順利串連起腦中的思緒。

羅倫斯抬起頭一看，發現桌子旁站著一名把兜帽壓得很低、身形削瘦的男子。羅倫斯隨即在記憶裡尋找，但印象中不存在這般輪廓的人物。而且，在男子身上不但感覺不到半點惡意，甚至散發出些許高雅的氣質這點，也讓羅倫斯感到困惑。

然後，這名神祕人物一句話也沒說，像個幽靈似地忽然走了出去。男子就像滑開似地離開了桌子，使得羅倫斯完全沒有想要追上去的念頭。

直到赫蘿抓起桌上的包袱從椅子站起來後，羅倫斯才回過神來。

「等等。」

羅倫斯勉強插嘴這麼說。

赫蘿幾乎沒有眨眼，她瞪著藏在兜帽底下的雙眼凝視羅倫斯。

那雙帶著怒氣的眼眸彷彿在說「這時誰敢阻止我，誰就是敵人」。

「對方不可能單獨行動。附近的狀況如何？」

赫蘿直直注視著羅倫斯。

因為怒氣過盛，從赫蘿的眼神中反而看不見情感。

羅倫斯毫不閃避地一直看著這般眼神，而赫蘿的呼吸慢慢變得越來越急促，全身的血液衝上腦門，似乎連她自己也無法好好掌控情緒。接著她彷彿發了高燒似地抖著纖細的肩膀，勉強控制住不讓情緒爆發出來。

那模樣看起來也像是拚命利用風箱把空氣送進爐子裡。

不久後，赫蘿的眼神恢復了理性。

「附近狀況怎樣？」

羅倫斯再次詢問後，赫蘿像是感到一陣暈眩，抬起一隻手遮住自己的眼睛。然後，赫蘿做了一次深呼吸，並環視四周一遍。

「不清楚。應該沒有其他人。不過……」

赫蘿嘴唇底下的尖牙閃過一道光芒。

「管他有多少人都無所謂。」

不可能說服得了赫蘿——羅倫斯立刻明白這點，並點了點頭。

羅倫斯擱下租桌子的費用並站起身子後，追上已踏出步伐的赫蘿、緊跟在身旁。

「先釐清一下。這是不是寇爾的包袱？」

聽到羅倫斯的詢問後，赫蘿把袋子塞給羅倫斯。

那包袱的形狀面熟，而且赫蘿塞過來時，確實傳來了屬於寇爾的淡淡氣味。

憑赫蘿的嗅覺，想必也不可能聞錯味道。

而且，羅倫斯探頭看了一眼後，發現繩子已被扯斷的布袋裡裝了幾樣曾經見過的東西。

布袋裡裝了布條、幾張害得寇爾被騙走全部財產的文件，以及珍貴的少許現金。

這些原本就不是什麼值得搶奪的東西，也明顯看得出這不是一場單純的偷竊事件。

而且，對方知道赫蘿的真實身分。

「追得到嗎？」

聽到羅倫斯的詢問後，赫蘿反而露出笑臉說：

「就算世界沒有盡頭，咱也不會讓對方逃掉。」

赫蘿猶如前方有路標指示似地，在人潮之中不斷前進。

此刻已接近半夜，城鎮裡卻還是喧鬧不斷。

不過，喧鬧的狀況已經從開朗活潑的氣氛，轉變成糾纏不清的鬧劇。人們說話開始說不清楚，並且笑著一口一口地慢慢喝下根本分不清楚是酒還是馬尿的杯中物。

曾經有位聖職者，隨著古代聖人的腳步繞過地獄——羅倫斯想起聖職者寫下的書籍內容：人們在抵達地獄前的路上，沉浸於七大罪行的一切，並歌頌著這個世界的虛幻春天；路上一大片盛開的花朵是熔岩之花，如石榴般熟透的果實是沒發現已經死去的妓女身軀。

德堡商行掌控下的城鎮——雷斯可，沒有公會嘮叨地解說規律。在一片頹廢的笑聲與歌聲之中，路旁隨處可見人們犯著罪行。

寒冷季節的夜空裡會出現美麗得讓人倒抽一口氣的星辰及明月，但此刻也都藏起了身影。

如果遠離此地到某處俯視這方，肯定會覺得雷斯可就像在紅色火焰之中痛苦掙扎的鍋底。不久前在羅倫斯眼裡雷斯可還是一個充滿希望與野心的城鎮，如今卻完全變了氣氛。寇爾的包袱被丟在桌上的動作，彷彿解開了魔法。

羅倫斯握住赫蘿的手，在一群醉鬼之中不斷前進。德堡商行做了周到的準備，並靠著深不見底的膽量以及高超的睿智打造出這座城鎮。這是一件非常了不起的事情，同樣身為商人的羅倫斯甚至會不知謙虛地有種驕傲的感覺。

然而，雷斯可明顯是一個「打造出來」的城鎮，是一座靠著金額大得驚人的利益以及權力築成的壯觀巨塔，會讓人甚至不敢想像其背後是什麼樣的狀況。

赫蘿哼了一聲後，在小巷子前停下腳步。

羅倫斯探頭看向小巷子，但火把的光線使得小巷子比平常更加昏暗，根本看不見裡頭的模樣。這樣的地方正好可以用來設下陷阱等待獵物上鉤。

「對方若打算要卑鄙的手段，咱可是歡迎之至。」

赫蘿一邊說道，一邊從胸前拉出麥袋，然後扭動脖子發出喀喀聲響。赫蘿的意思是「沒必要手下留情」。在這之後，赫蘿大膽地往前踏出了一步。

羅倫斯只能夠跟著赫蘿前進。於是，羅倫斯扛著包袱，跟在赫蘿後頭追去。

小巷子裡完全呈現出雷斯可正處於發展中的模樣。才踏平沒多久的道路兩旁可看見搭建到一半的住家，還有堆高的建材擱在一旁。那不久前還在進行作業的石堆，就這麼暴露在外。

如果是在白天，肯定會覺得這般光景是充滿活力的希望基礎。

但是，在有些地方還留有積雪的此地，於大半夜裡看見這般光景，感覺就像看見了閃亮世界的幕後。

赫蘿毫不畏懼地在黑暗中前進，羅倫斯一邊屏息凝視，一邊勉強跟上赫蘿的腳步。這時，兩人來到了一座小廣場。小廣場四周被建築物包圍，正中央有一口水井。等到建築物搭建完成，人們開始住進來後，小廣場應該會是一個曬太陽休息的好地方。

然而，現在只看得見堆高如山的建材，而搭建到一半的住家，也宛如戰火吞噬過後的痕跡。

然後，水井旁出現了一個令人意外的存在。那是一隻兔子。

一時之間，羅倫斯還以為是從某家店跑出來的兔子，但那隻兔子完全沒有想要逃離或躲起來的意思。

羅倫斯總算察覺到兔子眼裡所發出的知性光芒，足以讓人相信牠能夠理解人類的語言。

赫蘿用力做了一次深呼吸。想必她是拚命忍著不讓自己順勢撲上前去。

「我很抱歉讓袋子的主人傷了心。」

兔子首先這麼說。

兔子的談吐高雅，就如羅倫斯感受到的第一印象。

「但是，我沒有讓袋子的主人受傷。可以的話，我也想避免這樣的事態發生。」

這番話是真是假，只要交給赫蘿去判斷就好。

羅倫斯應該做的事情是，盡可能保持冷靜地做好全面思考。

「你的目的是什麼？」

對方的目的不可能單純是為了金錢。

對方是一隻會說話的兔子，而且知道赫蘿的存在。

「我的同伴發現兩位在雷諾斯到處走動。所以我們針對狼帶著商人在城鎮走動的目的，擅自做了調查。」

「調查出什麼結果了嗎？」

羅倫斯畢恭畢敬地詢問後，兔子用力挺起耳朵。

「我們需要被稱為是禁書的技術書。」

羅倫斯的臉上只輕輕閃過驚訝神色。對方在雷諾斯監視兩人，又特地拿著寇爾的包袱來給兩人看，這代表著對方需要禁書的可能性極高。

「……要用來做什麼？」

「至少我們的目的不會與兩位敵對。」

對方沒有回答羅倫斯的問題，這句話或許是為了牽制赫蘿。

赫蘿此刻看起來就像只要發現一點點小機會，就會朝向兔子撲去似的模樣。

她的小手一直保持緊緊抓住胸前麥袋的姿勢。

兔子直直注視著羅倫斯與赫蘿說：

「北方地區面臨著史無前例的災難。」

羅倫斯稍微用力吸了一口氣。

如果羅倫斯的認知無誤，禁書或許可能成為讓北方地區陷入混亂的導火線，但不可能是能夠解救危機的存在。

「只要找到禁書，或許能夠防止這場災難發生。」

兔子的言談極具理性。其發音也非常正確，具備了卓越人物應有的風格。

不過，寇爾的包袱繩子被扯斷了。羅倫斯實在不認為對方是在經過協議後，才讓寇爾答應交出布袋。這可是一種威脅行為，對方的意思是「不保證下次不是人頭被丟上桌子」。

羅倫斯詢問說：

「你是什麼人？」

聽到兔子口中說出的話語後，羅倫斯不由地抬高了下巴。

「我是希爾德．修南，在德堡商行負責管帳。」

無論在哪家商行，管帳者可說都是商行老闆的左右手。更何況現在是德堡商行的管帳者，其地位肯定相當高。如德堡商行般大規模的商行，而且是一個新發行了貨幣的組織，就算形容它是一個小國也沒什麼不妥。

也就是說，對方是一個國王的左右手。

或者是，對方在說謊？

羅倫斯把視線移向赫蘿，看見赫蘿一直站在原地不動。

自稱是希爾德的兔子似乎是說出了實話。

羅倫斯輕輕嚥下一口口水，然後有意識地做了三次呼吸。

一次、兩次、三次。

羅倫斯把腦中一切思緒切換成商談用的思緒。

「希爾德先生，你為什麼需要禁書？」

「您當然會起疑了。畢竟對於兩位的目的，我們也不是不知情。」
既然對方在雷諾斯監視過兩人，當然有可能已經調查出兩人的目的。尤其是德堡商行拉攏了無數傭兵，而羅倫斯兩人則在雷諾斯多次進出以傭兵為對象的商行。從這點來看，對方已調查出兩人目的的可能性也是相當高。
「可是，我們思考過了所有可能性，除了寄託禁書之外，已經沒有其他方法了。」
希爾德是一個夠資格替德堡商行管帳的商人，羅倫斯不確定其認真模樣以及迫切言語有幾分真實。
然而，羅倫斯也不覺得全然是謊言。
畢竟希爾德不是想要借助於赫蘿的尖牙利爪，更不是想要借助於羅倫斯身為旅行商人的力量，而純粹是需要禁書。
而且，希爾德會在赫蘿面前丟出寇爾的包袱，想必是做好了可能被殺害的心理準備。一個負責替德堡商行管帳的存在要做出這般賭注，未免太不值了。
或許希爾德真的是走投無路才會來到這裡。
所以，羅倫斯再次這麼詢問：
「方便請問發生了什麼事嗎？」
希爾德屏息一秒鐘後，以一副不願意承認的模樣開口說：

「德堡商行內部現在分裂成兩派。而且，我們這派處於下風。」

「……然後呢？」

雖然羅倫斯盡可能地立即反問道，但仍然無法掩飾其內心的動搖。

德堡商行發生了內部分裂。

這不可能是值得高興的消息。

「您應該知道我們決定發行貨幣吧。」

「是的，我也認為這是一件非常了不起的事情──當然在鑄幣稅那方面也是。」

「一點也沒錯。」

這裡畢竟是小巷子的深處，所以大馬路上的喧鬧聲完全傳不進來。

不過，只要抬頭一看，就會看見火把的紅色妖光映在烏黑夜空上。

「只是，直截了當地說，我們實在賺太多了。」

負責替德堡商行管帳的人竟然會說「賺太多了」。

羅倫斯像是腦內只剩下這句話似地，反覆說：

「賺太多了。」

「是的。在決定發行貨幣的當下，我們就得到了莫大的利益。除此之外，新貨幣的價格在兌換商之間已經高漲不已。」

大家已經針對還不存在的貨幣開始投機買賣。

幾乎所有人都相信新貨幣會具有令人難以置信的高純度，未來也會一直維持該純度。

就算價格貴了一些，也會有很多人想要帶著新貨幣回家，而針對人們這般心態而想要抬高價格的兌換商，或預估價格會上漲而進行投機的人想必也不少。

「貨幣價格上漲，對我們而言原本應該是值得高興的事情。但是，這世上因為數量過多而帶來好處的例子實在太少了。尤其對事前就分配好新貨幣數量的諸侯來說，更是不可能。無論哪一位諸侯，都將賺得其家族歷史上不曾有過的金額——發現這個事實的諸侯們，說出了極其單純的想法。」

「要求你們發行更多銀幣，是嗎？」

兔子點了點頭，那模樣看起來也像是因為受不了而嘆息。

「發行越多銀幣，鑄幣稅就會增加越多，利益也會增加。」

「可是，這件事為何會讓北方地區面臨史無前例的災難？」

羅倫斯不肯罷休地詢問後，希爾德瞬間別開了視線。

希爾德是在想什麼計策嗎？羅倫斯的這般懷疑想法只持續了幾秒鐘。因為他發現希爾德看向天空的目光中帶著哀傷神色。希爾德注視天空的模樣，宛如怨恨著自己擁有如羽翼般的耳朵卻不會飛。

希爾德的視線拉回羅倫斯身上。羅倫斯不禁心想，如果希爾德是在演戲，他也願意上當。

「發行貨幣必須有原料金屬。目前光是兌換商向我們訂購的貨幣數量，就多到與我們做儲備的原料金屬總量相等；我們已經沒辦法即時發行更多的貨幣。但是，商品要趁賣得出去的時候，賣越多越好。如果從這個做生意的基本觀念來說，您知道能夠輕易解決問題的方法是什麼嗎？」

羅倫斯感覺到一股令人厭煩的味道在口中蔓延開來。

羅倫斯已看出了話題的方向。

「奪取原料金屬——或可以當成材料的貨幣。」

「沒錯。雖說北方地區的貿易行為匱乏，但有些地方擁有豐富的資源。那些利慾薰心的諸侯認為，要趁現在勢如破竹的時候，襲擊擁有豐富資源的地方。事實上，有幾位領主和一些城鎮都封閉了門戶，沒有參與我們一連串的計謀。跟我們站在同一陣線的領主們，多少也是因為長年來一直想要掠奪其他領土，才會提出這樣的主張。」

希爾德以輕蔑的口吻說道，而事實上想必也是真的抱著輕蔑的想法。

如此單純的主張根本不符合德堡商行給人的印象。在那邊又吵又鬧的，想必是寄生於德堡商行，企圖吸取其利益的領主們。

然而，如果只是領主們提出主張，一路推動計畫到現在的德堡商行成員們不可能會甘願遵從。因為德堡商行可是把這些領主們當成木偶在操控，進而讓一切順利進行到現在的存在。

也就是說，只有一個可能性。

「意思是說，德堡商行內部也有人支持這種行徑，是嗎？」

「是的。然後，為了消滅他們的銳氣，必須有記載礦山採掘技術的禁書。」

羅倫斯動腦思考後，感到一陣作嘔。

希爾德說的話並不難理解。只不過，看見這甚至能夠用藝術性組合來形容的對立利害關係，羅倫斯不禁有種彷彿看見神明在惡作劇的感覺。

希爾德一副看過了一場惡魔饗宴似的模樣，靜靜地說：

「主張展開侵略行動的那些人，也不是毫無腦袋。他們並非只是單純抱著要強奪短缺物品的想法，而是主張我們目前擁有的礦山可能會枯竭。」

商人提出意見時，最喜歡加上極其理所當然的道理。

「他們表示，如果考量到在不久的將來，礦山可能會枯竭的問題，除非放慢採掘速度以盡可能拉長礦山枯竭的時間，否則就應該開發新的礦山。還有，開發礦山的議題平時就是一個很難處理的政治問題。但是，商行現在氣勢如虹，應該能夠輕易取得擁有礦床的土地才對。既然如此，應該趁現在取得土地，才合乎道理。取得土地的同時，順便從攻下的城鎮和領主寶庫裡奪走原料金屬，更是一石二鳥之計。這些都是他們主張的內容。」

燃燒的慾望、渴望到手的利益、應排除的障礙一字排了開來。的確，以現況來說，應該沒有人與德堡商行對抗還能夠存活下來。魯華明確地說過只要德堡商行展開攻擊，沒有哪一塊領土攻打不下來。

畢竟德堡商行擁有財力，而戰爭說到底都是在較量金錢的多寡。

而且，如果德堡商行獲勝，不僅能夠得到該土地的資源或礦床，還能夠強制規定該地使用德堡商行自家的貨幣，進而發行更多貨幣來賺取數量龐大的利益。

德堡商行簡直就像古老神話裡出現的蛇神一樣，這名貪得無厭的神明，只要吞噬越多敵人，就會變得越強大。

神話裡的蛇神最後怎麼死的呢？

或許蛇神的胃容量有限，但貨幣的發行量沒有上限。

「不過，只要有禁書，至少能夠瓦解礦山枯竭的理論。因為有了禁書後，不需要重新找地方採掘，也能夠針對已封山的礦床重新採掘。只要是曾經封山過的礦山，大部分的領主應該都會願意馬上賣給我們才對。請您思考一下這件事情的意義。兩位應該是因為不願意見到北方地區被整個翻了過來，才在追查禁書吧？」

每當採掘技術一有進步，原本被認定已經枯竭的礦床再次開採的例子多如牛毛。

新的採掘技術，多少能夠降低一些新土地遭到開闢的可能性。而且，如果是能夠用錢買得到的挖掘技術，也就不會受到戰火波及。

對羅倫斯兩人來說，不需要多問也知道這件事情具有何種意義。

「我們能夠靠著金錢解決無數問題，也認為未來應該要這麼做。高舉長劍揮灑鮮血的時代必須畫下句點。早在幾百年前，獵月熊就已經告訴了我們，憑靠龐大組織和力量的時代會迎接什麼樣的終焉！」

希爾德探出身子說道，當他閉上嘴巴時，還不停喘息。

赫蘿沒有做出任何反應。

羅倫斯代替赫蘿詢問了最重要的事情。

「這是你自己一人的主張嗎？」

他會是在德堡商行內部孤軍奮鬥的小兔子嗎？

如果真是如此，當然不可能愚蠢地把可能導致火上加油的禁書交給希爾德。基於商人的合理性，羅倫斯必須毅然決然地告訴對方不能冒這種險。

然而，希爾德斬釘截鐵地說：「不是。」

「我們商行的老闆希爾伯特・馮・德堡本人也抱持一樣的想法。」

德堡商行的大頭目，卻在自家商行內部處於較劣勢的立場。

得知如此愚蠢的事實後，羅倫斯甚至沒有感到驚訝。一個規模大到無法獨自一人經營的商行，最後總是不得不分散權力。羅倫斯也經常會聽到力量逐漸強大的部下們，搶走商行老闆寶座的故事。所以，大商行老闆時而被迫必須表現出傲慢自大的態度。

然後，這代表著德堡商行在慾火煽動下，即將蛻變成另一種姿態。

「拜託您。現在如果不重挫造反者的銳氣，德堡商行將墮落成一介侵略者。一旦金錢和武力串在一起，教會也會主動靠過來。到時候戰火就會像野火般覆蓋這塊土地。我們不希望德堡商行變成通往地獄的入口。兩位應該也是看見了雷斯可的夢想和希望，才會被吸引吧？這才是我們家主人德堡的夢想。再這樣下去的話，德堡的夢想將會破滅！」

泛紅的夜空吞噬了希爾德的悲痛叫聲。

世上是由無數人們拉著各自的細線，編織成沒有盡頭的巨大布料。而不可否認地，羅倫斯把德堡商行試圖編織出來的奇蹟布料，當成自己的旗幟般感到驕傲。

世界霸權從赫蘿般的古代存在轉移到人類手上，現在商人超越身為人類世界霸者的國王和貴族，終於要踏上世界頂端。

羅倫斯甚至瞬間看見了這般超越童話故事的白日夢。

德堡商行打算在雷斯可完成的計畫之偉大，確實足以讓羅倫斯有這般感受。

「如您所見，我雖然是一隻兔子，但因為一起感受德堡的夢想而一路在旁協助。德堡說過要在這塊土地上建造出自由的國度——一個不受到任何人限制，只需要靠著智慧與努力，就能夠引領人民的國度。還有，他說希望讓這塊摩擦不斷的動盪土地帶來和平與安定。這樣的夢想足以讓我願意奉獻出自己的性命。所以，我才會去招惹狼群。」

然後，希爾德直直注視著赫蘿說：

「因為我已經沒有後路了。」

希爾德一開始肯定根本沒打算要殺害寇爾。或許他原本就沒有能力殺害寇爾。如果希爾德擁有尖牙或利爪，只要威脅魯．羅瓦，然後勒緊魯．羅瓦的脖子逼他說出禁書在哪裡就好了。

然而，儘管如此，希爾德還是抱著可能被赫蘿殺害的心理準備，決定抓住寇爾等人當人質。大概是這樣的狀況吧。

這麼做了猜測的羅倫斯心想，每個人都有不同的理由。

希爾德忽然動了一下長耳朵，並轉過頭去，然後又重新面向赫蘿。

「如果一切順利的話，我們當然會支付報酬。兩位不是在雷斯可買下商店，並打算長住下來嗎；而我也會一直在德堡身邊支持他，並且繼續掌管德堡商行的帳。」

希爾德的意思是，別說是金錢性利益，他們還願意給羅倫斯兩人更多其他層面的方便。

「目前處於分秒必爭的事態。與德堡商行有關聯的人們，幾乎一輩子都在賭場裡打滾，他們最了解打鐵要趁熱的道理。包括首領德堡，屬於我們這一派的人已經全被關在商行裡。只有我一人好不容易逃了出來。」

希爾德從水井邊緣走下來，然後像童話故事裡的兔子會做的動作一樣，用前腳有技巧地舉起摺好的衣服。

「我不想拿著倉庫的鑰匙，還被關在倉庫裡。請兩位認真考慮一下，我們的利害關係應該完全一致才對。明天傍晚我會前往旅館請教兩位的結論。」

然後，希爾德輕快地走去，並讓身體塞進建蓋到一半的住家石壁縫隙裡，最後消失不見了。羅倫斯原本打算追上去，但意外地是赫蘿阻止了他。下一秒鐘，反方向的小巷子傳來紅色光芒。

「嗯？在這種地方享樂啊？」

三名肩上扛著長槍的男子比紅色光芒晚了一步出現。

從男子們的打扮看起來，應該是城鎮裡的自治保安委員會成員。

「別被醉漢纏上，免得增加我們的工作喔。你們回旅館再繼續吧。」

男子像在驅趕野狗或野貓似的模樣揮揮手說道。羅倫斯當然沒有做出反抗的舉動，而是抱住赫蘿的雙肩從方才走來的小巷子折返。男子們注意著羅倫斯兩人好一會兒時間，但最後為了繼續巡邏而消失在另一條小巷子裡。

男子們離開後，四周忽然變得昏暗且安靜。因為方才看見了燈光，羅倫斯此刻甚至看不大清楚就在身旁的赫蘿身影，只有夜空裡的詭異光芒映入眼簾。

這時，赫蘿投來了話語：

「要怎麼做？」

在眼睛適應黑暗之前，羅倫斯無法在這條堆滿建材和垃圾的小巷子為赫蘿帶路。羅倫斯正打算開口要求赫蘿等一下時，赫蘿做出令人意外的舉動。

赫蘿加重了抱住羅倫斯手臂的力量。

「咱不覺得那傢伙在說謊話。」

而且，也察覺到這件事情與禁書有關。

「利害關係相當明確。那隻兔子——好像是叫希爾德吧。就如同他說的一樣。」

德堡商行內部有一群人認為應該為自己追求更多利益，而打算掀起戰爭。他們以礦山可能會枯竭為理由，試圖讓這般想法獲得正當性。

既然如此，只要有了禁書，就能夠預估既有礦山將可增產，進而能夠打擊這群人的主張；這也是希爾德的想法。

「汝覺得怎樣？」

「我……」

羅倫斯打算回答時，停頓了下來。

羅倫斯的思緒引導出了一個道理。

「以我自身的利害來說，我會想要接受希爾德的提議。這樣能夠一起感受希爾德說的什麼德堡的夢想，而且戰爭永遠不可能帶來利益。賺錢只是一瞬間的事情而已。就好像靠著火燒山來取暖的意思一樣，雖然很溫暖，但事後不會留下任何東西。」

而且，魯華給過雷斯可「不適合打仗」的評語。

羅倫斯也這麼認為。

如果能夠一直當進攻方就沒什麼問題，但如果被迫採取守勢時，德堡商行會有勝算嗎？

雷斯可根本沒有設置城牆。

德堡商行認為即使沒有城牆，人們還是會願意留在城鎮裡嗎？還是說，他們沒打算讓人們逃跑呢？

「而且，如果只是把禁書交給對方，並不會有危險。」

「既然汝這麼說，那就這樣唄。」

赫蘿聲音含糊地說道。

羅倫斯有些吃驚地反駁：

「不是啊……這件事情應該由妳來做決定比較好吧？這件事情攸關北方地區的生死，還是說妳不贊成希爾德的提議？」

從赫蘿的口吻聽來，像是很難決定贊成或不贊成。

或者應該說，如果詢問赫蘿贊不贊成，赫蘿甚至可能傾向反對的意見。

儘管如此，赫蘿還是沒有回答羅倫斯的問題。

「……只要北方地區不要受到戰火波及，妳不也算是得救了嗎？希爾德想必有他自己的野心，但目前看來不像會與我們的利害關係對立。開發封山的礦脈確實是一個好方法，這樣不僅能夠賺錢，也不會濫伐新的土地。希爾德說的話不是騙人的吧？」

既然不是謊言，把禁書交給希爾德應該合乎道理。

如果不把禁書交給希爾德，連逆轉的希望都非常渺茫。

既然不管是逆轉失敗，還是沒有把禁書交給希爾德，都會得到一樣的結果，當然應該選擇會帶來好結果的可能性。

憑赫蘿的智慧，應該能夠輕易做出這般推算。

這麼一來，只有一個可能性。

「妳是不是有什麼不想交給他的理由？」

聽到羅倫斯的詢問後，赫蘿驚訝地全身抖了一下。赫蘿不可能會把重要決定完全丟給羅倫斯。赫蘿之所以會這麼做，如果不是因為自暴自棄，就是有什麼不願意去思考的事情。

但是，到底是什麼事情呢？

「……妳沒辦法信任希爾德嗎？的確，在妳眼裡，他是一隻不可靠的兔子，可是……我覺得他好像掌握到了所有重點，而且要在德堡商行那樣的大組織裡管帳，頭腦必須相當好才行。就這點來說，應該不用擔心什麼才對。」

這是羅倫斯的真心話。

話雖這麼說，但也無法保證希爾德一定能夠成功說服與之對立的人們。不過，事到如今也不應該說這些。

「還是說，妳沒辦法信任德堡商行？要妳相信根本沒見過的傢伙，確實有些困難……而且，德堡商行畢竟是風聲頻傳的地方。」

羅倫斯會這麼說，並非單純針對印象而言。事實上，羅倫斯兩人不久前還在追查著德堡商行的各種風聲。

然而，赫蘿悶不吭聲。

她一直保持抱住羅倫斯手臂的姿勢，安靜地低著頭。

羅倫斯拚命忍住不讓自己嘆出氣來。

除了這些之外，還有其他什麼理由嗎？羅倫斯不知道自己漏掉了什麼重點，更重要的一點是，羅倫斯不明白赫蘿為何不肯說出理由。

面對赫蘿悶不吭聲的態度，羅倫斯心中的這般疑問逐漸轉變成不耐煩的情緒。

難道還有其他理由會讓赫蘿不肯交出禁書嗎？

如果真的有，答案就會相當有限。

「還是說，妳顧慮到那些傢伙可能會傷害寇爾？」

畢竟寇爾的布袋此刻確實出現在這裡，而布袋裡的內容物之少，彷彿說出了寇爾的無助。

不過，希爾德說過沒打算傷害寇爾他們。

赫蘿認為希爾德說的是真心話，而且如果擔心寇爾受到傷害，赫蘿就應該當場把希爾德那嬌小身軀塞進她長出巨大尖牙的嘴裡。

但是，赫蘿拚命地抑制住了這股衝動。

從這點可引導出一個結論。那就是赫蘿相信希爾德說的話，以及希爾德真的沒有要傷害寇爾他們的意思。而且，就算羅倫斯兩人拒絕交出禁書，希爾德肯定也不會傷害人。

希爾德心中抱持著信念。

羅倫斯不認為其信念會是為了達到目的，不惜無意義殺人的信念。

「還是說，我漏掉了什麼重點嗎？」

羅倫斯終於忍不住地這麼詢問。

對赫蘿而言，接受希爾德的提議無疑是有利的事情。這點的明確性讓羅倫斯根本沒有起疑心的餘地。不僅如此，就算對羅倫斯來說，這也是千載難逢的賺錢機會。

成功達成目標後，羅倫斯想必能夠在雷斯可得到很多方便。這點比以便宜價格就能夠開店更具特別意義。城鎮支配者願意讓自己得到方便，就跟身旁一直有幸運女神陪伴沒什麼兩樣。想到如果能夠與赫蘿一起在這樣的商店做生意，羅倫斯不禁有種連伊弗的尾巴都抓得到的感覺。

羅倫斯像在等待鬧彆扭的孩子平靜下來似地，一直看著赫蘿。

赫蘿不是小孩子。如果有話想說，赫蘿的理性一定會讓她主動開口。

不久後，赫蘿的嘴唇動了幾下，最後終於一邊用嘴巴呼吸，一邊編織話語：

「如果交出禁書，未來有可能會有更多土地遭到濫伐。」

羅倫斯甚至有種視野變寬了一倍的感覺。

羅倫斯會有這般感覺是因為訝異，他沒想到赫蘿會有如此膚淺的理解。

「的確……或許有這樣的可能吧。但是，新技術往往能夠讓已經封山的礦山復活過來。這麼一來，開墾新土地的可能性就會降低許多。比起樹木長得茂密的高山，已經開墾過並且保有礦山結構的地方會比較容易開發。而且，如希爾德所說，很多時候這一切都能夠靠金錢來解決。我也曾經在旅行途中聽過這類的事情。事實上，聽說甚至有人賭上枯竭礦山會復活的可能性，專門靠這點在做生意。所以……」

羅倫斯說到這裡停頓了下來。

但是，赫蘿還是沒有回答。

「所以，我們現在應該做的事情是，針對在德堡商行內部提倡採取強硬手段的那些人，讓他們有攻打北方地區的藉口成空。說得更明白一點，應該幫助懷抱打造出雷斯可這般夢想的商人重新站上舞台。當然了，我知道妳的顧慮。禁書上想必記載了真的很了不起的技術。如果把這個技術交給德堡商行，有可能會點燃德堡商行想要靠著技術做更進一步開發的慾望。但是……」

羅倫斯察覺到自己在不知不覺中變成在說服赫蘿。

這有一部分是因為羅倫斯已經在雷斯可付了購買商店的保證金。但是，最主要的原因是，親眼看見德堡商行的計畫並且達成了計畫，讓羅倫斯既感動又興奮。

如果由商人來統治世界，肯定會替大家消除掉一大堆愚蠢和不合理的事情。最大的不同點是，只要城鎮得到發展，人們過得幸福的話，商人就算完成了生意。商人鮮少會像國王或貴族那樣，為了名譽或慾望做出蠢事。只有不了解大商人的民眾，才會以為大商人會竭盡所能地表現蠻橫又做出奢侈行為。商人如果做出這種事情，很快就會被其他商人取代。

更重要的一點是，有些國王或貴族儘管金庫裡已經空無一物，也能夠到處耀武揚威，但沒有一個商人即使金庫裡已經空無一物，還能夠到處耀武揚威。什麼人必須認真工作、什麼人應該統治世界，再明顯不過了。

而且，從身為旅行商人的經驗來說，羅倫斯知道商業活動頻繁的地方，總是充滿了活力與幸福。所以，羅倫斯才會想要支持德堡。

要是交出禁書，或許會有更多土地遭到開發——僅僅因為這樣的理由而摘除希望的嫩芽，實在是顯得太過膚淺。

而且，羅倫斯還有話想對她說。

「為什麼事到如今妳還會說出這種話呢？妳不是說過無論德堡商行對北方地區有何企圖，妳都不會在意嗎？正因為如此，妳才會支持我在這裡購買商店，不是嗎？」

赫蘿這回動也不動一下。

「妳明明這麼說過，卻不願意交出禁書——」

「不對。」

赫蘿說道。

「不對。話題方向完全錯了。」

赫蘿用力抱住羅倫斯的手臂到發疼的地步，並且一直反覆說：「不對、不對。」

赫蘿的模樣像是因為無法順利達成某件事情而鬧彆扭的小孩子，實際上或許也確是如此。

赫蘿不斷反覆說「不對」，說話聲音也慢慢變成了哭聲。赫蘿抱住羅倫斯手臂的手也放鬆了力量，最後無力地垂下手臂。

赫蘿像個下雨天被關在門外而啜泣的孩子般，不停顫抖著肩膀。

「什麼地方不對？我承認程度上或許多少會有所差異。不過，禁書並不是魔法書啊。沒錯，禁書或許能夠促進礦山採掘，但是……我不認為北方地區會因為這樣，就突然戲劇性地變成光禿禿一片。」

「可是……可是，很久很久以後就不一定了。」

赫蘿從兜帽深處仰望著羅倫斯說道。

一片黑暗之中，赫蘿的表情看起來就像組成商隊行進時遇到狼襲擊，而不知如何是好的無助商人。

「……如果是在幾十年後，當然有可能變成那樣。可是，想那麼遠也沒用吧？」

聽到羅倫斯的話語後，赫蘿用力吸了一口氣。

那模樣像是準備破口大罵，也像是因為聽見太可怕的話語，而倒抽一口氣。

可能兩者都有吧；看見赫蘿開始不斷淌下淚水後，羅倫斯才這麼察覺到。

「怎麼會……沒用……」

「……咦？」

儘管在一片黑暗之中，羅倫斯還是清楚看見了赫蘿哭泣的面容。這讓羅倫斯變得不知所措，腦袋也停止了轉動。

赫蘿在這之後說了一段話，而羅倫斯儘管能夠思考到那麼遠，還是無法改變他所能夠做到的事情。

為什麼呢？因為赫蘿說的話是天意，也是永遠橫跨在赫蘿與羅倫斯之間的事實。

「怎麼會沒用……咱必須在漫長歲月裡生活，但汝不可能一直陪伴在咱身邊。明明這樣，咱卻必須因為咱所做的決定，而獨自看著森林慢慢被剝掉一層皮嗎？咱非得要看著高山被砍伐才行嗎？咱才不願意呢。絕對不願意。汝很快就會消失不見，但咱永遠都在。這樣汝還要咱來做決定？汝想把責任推給咱嗎？汝自己很快就會死掉，難道汝死了後，就不管咱會怎樣了嗎？汝、汝怎麼……」

赫蘿握住拳頭捶打羅倫斯的手臂。

一路來羅倫斯被赫蘿毫不留情地捶打過好幾次。

此刻揮來的拳頭完全不帶勁，只要羅倫斯有意抵抗，隨隨便便也擋得住。

然而，赫蘿此刻揮來的拳頭，比過去任何一拳都來得沉痛。

赫蘿露出絕望的表情一邊哽咽，一邊揮著拳頭。

那模樣彷彿在說面對無法抵抗的命運，讓赫蘿完全暴露出了自己的無能為力。

也彷彿預見了就算捶打羅倫斯的胸口再多下，羅倫斯也絕對不可能醒來的那個瞬間。

「咱是因為有汝在身邊，才有辦法忍受……咱、咱……」

赫蘿抽了一下鼻子，並抬起哭得一塌糊塗的臉看向羅倫斯，然後一副拚命想要找到依賴似的模樣說：

「咱沒有那麼堅強。」

赫蘿捶打羅倫斯手臂的無力拳頭，擠出僅存的力量抓住了羅倫斯的衣袖。赫蘿一副彷彿在懇求羅倫斯不要留下她似的模樣一邊哭泣，一邊抓著羅倫斯的衣袖。

羅倫斯在描繪幻想出來的商店時，赫蘿堅持表示沒有屬於她的地方。原來那句話不帶一絲開玩笑的成分。

赫蘿是真的很想擁有屬於自己的地方，也正因為如此，赫蘿才會下定決心告訴自己，只要能夠得到屬於自己的地方，就是發生不願意見到的事態，也能夠視而不見。

然而，一旦下定決心交出禁書，對於在那之後想必會延續幾百年的礦山開發，赫蘿必須負起全部責任。就算事實並非如此，赫蘿也一定會這麼想。

然後，到那時候羅倫斯已不在世上。羅倫斯再怎麼努力掙扎，頂多也只能夠再活上五十年。萬一不小心生了病，下星期就離開人世也不足為奇。

人們的生命短暫。就連詩人也說過如果害怕失去什麼，就更不應該愛上別人。

赫蘿應該一開始就做好了這般心理準備，也有過好幾次經驗才對。儘管如此，赫蘿還是如此情緒失控。看見赫蘿這般反應，讓羅倫斯甚至為自己生為男人而感到驕傲。

羅倫斯把視線移向赫蘿的手，再緩緩移向赫蘿。赫蘿完全拋開了自稱賢狼的面子和自尊，一邊不停抽噎，一邊注視著羅倫斯。

羅倫斯握住了赫蘿的手。

赫蘿又哭了出來。

羅倫斯知道這隻賢狼打從一開始就知道他會說什麼。

「那這樣，妳不需要做決定。」

羅倫斯一邊把赫蘿的嬌小身軀抱進懷裡，一邊說道。

「我們一開始就知道應該把禁書交給希爾德，不是嗎？」

只要是羅倫斯想得到的事情，赫蘿幾乎都想得到。

如果是在利害關係或條件明確的時候，赫蘿更是對羅倫斯的思緒瞭若指掌。

在這樣的狀況下，羅倫斯還是有勉強贏過赫蘿的時候。那甚至可說是因為羅倫斯具有商人特有的不死心個性。

然後，赫蘿應該也預料到羅倫斯最後會說什麼。

而這也是赫蘿的期望。

赫蘿之所以會哭到哽咽，是因為自己只能夠等待期望聽到的話語，而感到丟臉。

不過，既然世上最重要的人在等待，羅倫斯願意驕傲地說出這段話：

「我因為考量到自己的利害關係，所以決定把禁書交給希爾德。妳提出了反對意見——基於各種理由提出了反對意見。我會負起責任……雖然我還不知道要怎麼負責就是了。不過，我絕對會負責。我說的話有半點虛假嗎？」

赫蘿無力地搖了搖頭。

並且說了好幾次「抱歉」。

「那這樣，結論出來了。我們決定把禁書交給希爾德……妳抬頭看著我。」

羅倫斯抓住赫蘿的纖細雙肩，有些粗魯地把赫蘿推開一些距離。

赫蘿還在哭泣。

那模樣已完全失去了賢狼的形象。

不過，這也難怪吧。

賢狼這名號是赫蘿在約伊茲受到村民崇拜，而塑造出來的假形象。

「一路來我們最後都解決了問題。這次也會在某個時間點解決問題。」

不久後赫蘿即將面對孤獨的日子，所以哪怕是這樣的理論，赫蘿都需要藉此得到支柱。

「所以，別哭了。」

羅倫斯用指腹稍微用力擦拭赫蘿的眼睛。

這麼一擦後，赫蘿的眼淚又掉了下來，羅倫斯再次擦去了淚水。

「妳這樣一直哭，當心我又起邪念喔。」

羅倫斯輕輕拍打一下赫蘿的臉頰，並取笑赫蘿說道。聽到這麼爛的玩笑話，赫蘿邊咳嗽邊笑，然後又哭了一陣。

不過，羅倫斯已經把想說的話都說了。

赫蘿自己用手擦了擦臉，再用袖子粗魯地擦了一次臉，所以羅倫斯已經不需要再為赫蘿多做什麼。最後，羅倫斯朝向赫蘿伸出手說：

「回旅館吧。」

赫蘿握住羅倫斯的手，並用力地點了點頭。

隔天，羅倫斯比赫蘿早起。

赫蘿臉上掛著哭累到睡著似的表情，顯得有些痛苦地發出呼吸聲。赫蘿平常總是像動物一樣縮成一團睡覺，所以光是看見她把臉露在棉被外，就知道不尋常。

昨晚赫蘿一直睡在羅倫斯身旁。

對赫蘿來說，羅倫斯會在一眨眼的時間就死去。雖說是受到一時的情緒影響，但說出昨天那些話後，似乎讓赫蘿對自己的話語感到害怕不已。

羅倫斯並非送行的一方。

想起在雷諾斯為寇爾送行時的情景後，羅倫斯腦中浮現了這般想法。

為寇爾送行時，赫蘿露出了疲憊不堪的表情。赫蘿拚命露出笑臉送人，卻沒有一個人回到赫蘿身邊，所以讓她感到疲憊。

如果有一天，目送離去的人能夠回來，該有多好。

赫蘿那疲憊的模樣，讓人知道她甚至做不出這般愚蠢的幻想。

儘管沒落後東山再起，創造奇蹟的偉人多到數不清，卻沒有一個人能夠讓時光倒流。

一直以來赫蘿總是送行的一方，在遙遠的未來也是。

羅倫斯撫摸赫蘿的臉頰後下了床。輕輕打開木窗後，羅倫斯發現天氣雖然寒冷，但今天也是一片晴空萬里。街上十分熱鬧，絲毫感覺不到有人在意德堡商行內部分裂為二，或甚至可能發生戰爭的氣氛。

悲劇總是來得突然，然後奪走一切。

羅倫斯能夠做的，就是在暴風雨中不斷前進。

羅倫斯能夠為赫蘿做的一切，只有一直往前進。

打敗仗總是讓人鬱悶，而赫蘿的人生無論是在命運或天意上，永遠都是打敗仗。

羅倫斯做好出門準備後，離開了房間。

雖然有點冷，但羅倫斯把外套留在枕頭上，好讓赫蘿知道他很快就會回來。

「您要找少主嗎？」

羅倫斯爬上三樓來到摩吉的房間後，發現摩吉在自己的房間裡似乎也喝了酒。

一臉睡意的摩吉帶著強烈的酒味，動作緩慢地從房間走了出來。

「是的。我有點事情想找他。」

「嗚～……少主如果不在房間裡……不行。抱歉，請等一下。」

打開房門並催促羅倫斯走進房間後，摩吉迅速回到房間裡，並伸手拿起水壺。

然後，摩吉不顧自己站在書桌前，就把水壺裡的水往頭上倒，接著像小狗一樣甩著頭。

「呼～真是糟糕。喝那麼一點酒就喝醉，我真是老了。」

「大家似乎玩得很盡興的樣子呢。」

「哈哈！讓您見醜了。畢竟我們隨時可能身亡，有這樣一個藉口，喝起酒來總會忍不住變得豪邁。」

趁還活著的時候，應該好好享受最後一場酒。

如果有這樣的藉口，想必世上任何地方都不會有訓誡人們喝酒不要過量的話語。

「對了，您要找少主，是吧？」

摩吉往上撥了一下頭髮後，銀色髮絲隨之像針一樣豎起。

羅倫斯不禁佩服起摩吉這般年紀還能夠表現得如此勇猛。

他心想摩吉年輕時肯定是被稱為熊或是狼的傭兵。

「是的。您知道他在哪裡嗎？」

「少主應該是在李波納多那裡……喔，李波納多是胡果傭兵團首領的名字，我想少主應該是在他那裡吧。不過……少主或傭兵團首領之間的關係有別於團員，所以根本不知道他們會被邀到什麼地方喝酒，又會醉倒在什麼地方。」

得知魯華在這方面確實有著傭兵的豪放作風後，羅倫斯有些鬆了口氣。

而且，羅倫斯也發現統領群體的領導者們之間，果然有著他們特有的關係。

「您如果急著找少主的話，要不要我派小伙子去找呢？」

聽到摩吉的話語後，羅倫斯猶豫了幾秒鐘。

發現羅倫斯的猶豫反應後，摩吉的話語彷彿一把長劍般悄悄滑了過來，完全符合了戰士應有的作風。

「我幫不上忙嗎？」

摩吉是實質上負責傭兵團營運的老兵。

要是沒有重大的理由，是不能跳過這般身分的摩吉，直接與團長交涉的。

「您當然幫得上忙。只是，我有些擔心如果先把這件事情告訴您，魯華先生會因為自己在重要時刻還醉倒在某處而自責不已。」

摩吉的醉意似乎還沒完全退去，如此迂迴的說法會不會太難理解呢？

羅倫斯的這般擔憂瞬間散去。

「請稍等一下，我立刻派小伙子去找。」

摩吉穿過羅倫斯身旁跑到走廊上。

「傳令下去！」摩吉的宏亮聲音就快震破整棟建築物。

領主靠著全知全能之神所賜予的權利統治土地，騎士則向領主宣誓忠誠。土地上會發生什麼或追求什麼，都是由神的代理人——領主來決定。就算原本是一塊人們悠哉過活、擁有一大片森林和草原的土地，也可能突然變成一片充滿著哀號與哭泣的燎原。

沒有面孔、名為「德堡商行」的領主，掌握了雷斯可的命運。

其內部發生意見對立，且就快造反成功，而這對打算把性命託付給這位領主的傭兵們來說，會是一個重大問題。

「什麼？」

魯華像一個年長許多、受到年幼弟弟們喜愛的哥哥般，在兩名小伙子的攙扶下，搖搖晃晃地回到旅館來。他用熱水泡過的毛巾擦著臉時，抬起頭來。

「這個情報的準確度多高？」

就像水車的齒輪一樣，每次得到情報後，魯華他們就會改變其前進方向。這種時候最害怕得到錯誤情報。

如果是羅倫斯得到錯誤情報，可能只是虧損一些錢就了事，但如果換成魯華他們，就會是攸關命運的大事。

「你聽過希爾德．修南這個人嗎？」

聽到羅倫斯的話語後，魯華看向摩吉。

摩吉代為回答：

「他是德堡商行的會計。據說是德堡商行老闆的左右手。」

「如果赫蘿沒有聽錯，他自稱是希爾德．修南。」

憑赫蘿的耳力不會漏聽任何謊言，而且像赫蘿這樣的古老存在，也不乏這類傳說。魯華一直注視著自己擦過臉的毛巾，然後宛如擦去黏稠鮮血的長劍般，投來銳利目光說：

「我們同伴當中有人說德堡商行的態度變差，內部好像起了什麼糾紛的樣子。」

小伙子貼心地準備接過毛巾，但魯華再擦了一次臉後，把毛巾掛在脖子上。

「那同伴還露出自嘲的笑容說：『發行新貨幣是個大事業。而且，肯定也會有讓人看了昏眼的利益。所以德堡商行根本沒空理我們這些被利用完畢的人。』」

「據說德堡商行老闆以及多數相同派系的人已被軟禁在商行裡。」

聽到羅倫斯的話語後，魯華與摩吉兩人的表情絲毫沒有改變。比起這個情報，「今天麵包很便宜」的情報肯定還比較容易讓兩人動容。

「他們起了貪念。」

然後，魯華立刻看破了對方的意圖。

「一群笨蛋。又不是披上熊皮，就能夠變成熊。他們該不會以為自己得到大筆利益，就能夠表現得像南方那些領主吧？這裡可是連教會那些傢伙都死了心的北方地區。他們根本不知道要是把手段當成了目的，會落得何種下場。他們以為只要攻陷對方，戰爭就宣告結束，才會被人家說是鄉下領主。」

牆上的地圖畫出好幾條羊腸小道，穿過山脈之間的狹縫。

如果是描繪只見平原不斷延伸的普羅尼亞以南地區，地圖上絕對不會看見這樣的羊腸小道。

然而，這些羊腸小道是北方地區的主要道路，也是連接山谷、以及幾經掙扎後才著手開闢之部分深山森林的重要生命線。

這代表了部隊越往前進，就會被細分得越細，彼此之間也會無法取得聯繫，而這般事態就連商人也會感到害怕。

「然後呢？會計就只告訴了羅倫斯先生這件事情而已嗎？」

魯華或許是在思考應該通知其他哪些同伴，也可能是在思考什麼地方會最先受到戰火波及。

魯華看著牆上的地圖陷入了沉默。而摩吉代替魯華這麼詢問。

「不。他還說希望我們協助他們奪回德堡商行內部的霸權。」

魯華回過頭說：

「協助。」

在戰場上，選擇與什麼人站在同一陣線將會決定生死。

「說是協助，但其實只是要我們讓出在雷諾斯計畫好要取得的物品而已。」

「唔。」

滿臉鬍鬚的老兵壓低了下巴，魯華則是交叉起雙手，並抬高下巴。

「羅倫斯先生是為了什麼寶物，而在雷諾斯打轉呢？」

「我參與了一筆小交易。這筆交易是採買記載了礦山採掘技術的禁書。」

兩名傭兵果然還是面不改色。

面對真的很重要的情報時，兩人似乎越不會改變表情。

兩人彷彿打從心底相信就算再怎麼不自然，也不能表現出慌張，否則在那瞬間就輸了。

「我和赫蘿，都期望那本禁書能夠永遠被收藏在遙遠南方地區的好事者書櫃裡，所以協助了一名書商。現在這位書商帶著我們的友人正朝向位於遙遠東方、名為奇榭的城鎮前進。」

「奇榭……就是快馬也要花上將近一星期的時間吧。」

魯華像在自言自語似地向摩吉做了確認。

「照理說我們的友人應該與書商一起在遠方，昨天晚上卻有人把他的包袱丟在我面前。那包袱想必沒有經過友人的同意就被拿了過來。希爾德是在拿出包袱後，請求我們提供協助。」

「在我們同伴之間，這種請求協助的方式都敬稱為脅迫。」

「是的。不過，希爾德先生似乎是抱著必死的決心刻意這麼做。」

魯華知道赫蘿的真實身分，所以點點頭說：「原來如此。」然後立即抬起頭說：

「意思是說，希爾德不是普通……」

「是的。」

因為信得過魯華，所以羅倫斯點了一下頭。這時，魯華再怎麼冷靜，也無法維持一張撲克臉。魯華頓時說不出話來，最後只嘀咕一句：「是、是喔……」

「所以，我們決定協助希爾德先生。」

儘管羅倫斯這麼告知，魯華還是沒有要抬起視線的意思。魯華像在整理腦中的圖形一樣，直直注視著書桌上沒有擺放任何物品的位置。

「不過，也只是把禁書交給他而已。今晚我會告訴希爾德我們的決定。」

「他有勝算嗎？」

魯華問得很直接。

如此實際的態度甚至讓人覺得舒服。

「有勝算，但問題在於多寡。」

組織越大時，一旦受到慾望之火搧動而採取了行動，就越難停止下來。

雖說是內部有力人士，但是當一家能夠獨力統領領主們——甚至發行新貨幣的商行演變成這樣時，根本不知道這些有力人士到底能夠抵抗到什麼程度。

畢竟這真的是一個能夠賺大錢的機會。

別說大談什麼夢想或理想，這時如果講一些難懂的大道理，對方肯定會覺得掃興極了。

就這點來說，如果是佩帶長劍的人，只要靠著一句「閉嘴」，就能夠甩掉苦諫的忠誠屬下。

「也就是說，羅倫斯先生是要我們快逃跑的意思囉？」

這顆齒輪一轉動，另一顆齒輪也會隨之轉動，這時杵就會落下來。

魯華腦中的一切思緒肯定像這樣環環相扣在一起。

羅倫斯點了點頭說：

「是的。萬一希爾德先生沒能成功說服對方，相信我們也會有人身安全的顧慮。我沒什麼家累，也有人會保護我。但是，貴團……想要改變進軍方向時，就需要時間。」

對傭兵而言，「撤退」這兩字比任何字眼都更損及名譽。

「嗯。的確，我們需要時間才能夠改變進軍方向。不過，如果是要撤退，那會更花時間。」

魯華露出壞心眼的笑容接續說：

「畢竟我們既頑固又愛面子。」

雖然羅倫斯自認慎選了話語，但是魯華似乎特別喜歡羅倫斯這樣的說法。「改變進軍方向啊……」魯華一邊輕輕笑笑，一邊反覆說道。

「現在火勢燒得正旺，很容易想像得到如果灑上冷水會變成什麼樣。羅倫斯先生去精煉廠參觀過嗎？」

「沒有。」羅倫斯回答了魯華的問題。

當然了，如果是城鎮裡的工作坊所使用的那種爐子，羅倫斯不知看過了多少遍。不過，魯華是指那種會直接挖除整面山丘斜坡而建造的巨型爐子。

「精煉廠必須動員到五、六個人才能夠操作風箱，然後把空氣送進比攻城機還要高的爐子裡。木炭一邊發出如惡魔在嘆息似的聲音，一邊熊熊燃燒著大火。這時候如果把水倒進去，別說是滅火，火勢甚至會像爆炸了一樣燃燒得更加旺盛。」

原本想要用來滅火的水，反而增強了火勢。

凡事只要變得太過極端，似乎都會讓結果逆轉。

「那些傢伙應該痛切體認到必須靠現在這股氣勢，才可能實現慾望。德堡商行現在火勢正旺盛。這時候如果有人打算果敢潑水，我願意為其勇氣表達敬意。不過，失敗時也必須付出很大的代價。」

魯華看著天花板，呢喃了一聲「碰！」

「我知道了。謝謝你，羅倫斯先生。我不會傻到想要說服你還是做什麼事情。不管怎麼說，我們本來就預定要離開雷斯可，現在只不過是提早了而已。這世上還有很多我們沒品嚐過的酒，根本沒時間在這裡拖拖拉拉下去。」

魯華這般用字遣詞簡直就像赫蘿一樣。羅倫斯心想，或許在約伊茲附近一帶出生的人，都有愛喝酒的習性。

魯華牢牢握住了羅倫斯的手。

「我會留下幾個身手矯健的人。你們要逃跑時就儘管用吧。我們會在通往約伊茲的路上等你們。從那裡要找多少條通往東方的道路，都難不倒我們。」

原來魯華還堅持為羅倫斯兩人帶路到約伊茲。

傭兵非常重情義。

羅倫斯回握住魯華的手，並回答說：「麻煩你了。」

「那這樣，必須迅速並且悄悄地行動才行。希望可以趁著他們自己人吵成一團，而沒有時間注意外面狀況的時候，趕緊打包好行李。摩吉，糧食和各種用品夠不夠？」

「頂多只有兩天份而已。」

「你立刻去多張羅五天份，然後想辦法靠這些食物撐過七天。不准賣掉金幣，用僅存的銀幣去買東西。」

如果與崔尼銀幣有所連結的新貨幣價格高漲，理論上崔尼銀幣也會跟著漲價。這麼一來，金幣對銀幣的價值就會大幅降低。所以，如果用金幣買東西，可就虧大了。

魯華能夠立刻做出這樣的計算。

他果然不是一個只懂得打仗的人。

如果哪天魯華退休不當傭兵，羅倫斯甚至想試著與魯華一起做生意。

「繆里傭兵團於後天清晨朝霧之中，改變進軍方向。」

魯華在最後揚起一邊嘴角說道。

摩吉也露出壞心眼的笑容，然後伸直背脊說：「明白了。」

繆里傭兵團是繼承赫蘿故鄉同伴之名的存在，現在算是保住了安全。

萬一希爾德沒能說服對方，導致羅倫斯等人與其關係曝光時，對方極可能為了殺雞儆猴，而拿羅倫斯兩人來血祭。據說有些地方還會在開始打仗的前一刻，特地在敵人面前殺死精力充沛的豬隻以威嚇敵人。同樣的手段如果把豬隻換成傭兵，周遭一些小規模的權力人士們想必都會嚇得發抖。

「那，就剩下汝的問題還沒解決。」
赫蘿的臉因為哭太多而變得有些腫，看起來也像是心情不太好的樣子。
不過，赫蘿一直緊緊依偎在羅倫斯身邊，慢吞吞地咬著麵包。
赫蘿或許是抱著豁出去的想法，才會這麼做吧；她的表情雖然看起來有些不悅，卻像是在掩飾難為情，讓羅倫斯在那瞬間就快因為赫蘿的舉動太過可愛而失去理智。
「嗯，啊、喔……？」
羅倫斯以為被赫蘿識破心聲而嚇了一跳，但赫蘿只是愣愣地看著他。
「汝打算怎麼處理那家店？」
然後，赫蘿有些遲疑地這麼說。
「雖然不知道那隻兔子能不能夠順利完成任務……但汝不是說過，要緊的物事如果放在危險的地方，絕對沒好事嗎？」
羅倫斯想起以前曾經告訴過赫蘿，如果有想要守護的東西，就會變得容易被捲入悲劇。
的確，萬一希爾德反擊失敗，羅倫斯在雷斯可開店將會變成一場危險的賭注。不管怎麼說，赫蘿也知道商店並非廉價的物品。
羅倫斯知道赫蘿以自己的方式拚命在替他擔心。
「可是，汝已經付錢了唄？對汝來說，那是夢想成真的商店……更重要的是，汝對金錢那麼執著……」

赫蘿雖然擔心，但話語中還不忘挖苦羅倫斯。

面對赫蘿這般個性，羅倫斯忍不住露出苦笑。

不過，羅倫斯當然感到開心。

「錢的話，我只付了保證金而已。」

因為坐在床上，所以赫蘿與羅倫斯的身高差距比平常來得小。

羅倫斯看著赫蘿像在察言觀色的眼睛，明確地這麼回答：

「也只能賣掉了吧。」

就算賣掉也無所謂，如果希爾德說服成功，要幫羅倫斯找到一、兩家商店肯定沒問題；萬一失敗，也只要夾住尾巴逃跑就好。而且，就算希爾德能夠守口如瓶，讓羅倫斯兩人得以繼續待在雷斯可，也難以保證經歷戰爭後的雷斯可還能如此光彩奪目。反而應該說，戰爭往往會再引來另一場戰爭。如果是這樣，在這個沒有設置城牆的城鎮購置重要財產，豈不是愚蠢至極的行為？

據說很久以前有一位傳說中的國王經歷了三百次戰役，卻不曾有過任何皮肉之傷。然而，雷斯可也能像這位國王一樣走上榮光之道嗎？羅倫斯的腦袋太清醒了，清醒到不會相信這種事情。

在雷斯可投資建築物的領主們之所以沒有反對戰爭，是因為他們此刻正沉浸在成功之中。成功會帶來一種陶醉感，讓人相信自己無所不能。

不過，成功往往能夠帶來另一次成功，所以也不能一笑置之地說這只是愚蠢的妄想。

在這之中最重要的一點是，萬一失敗了，羅倫斯有可能失去一切，所以不應該跟著領主們一起下注。

而且，羅倫斯決定在雷斯可買下商店時，赫蘿為了他，下定決心不再在意北方地區的情勢。既然如此，羅倫斯當然應該也要有放棄一、兩家商店的決心。

這是羅倫斯的想法，而他也認為自己應該這麼做。

「不過……」

「唔？」

羅倫斯一開口，赫蘿便注視著羅倫斯搭腔。

「還沒開店就先賣掉……這感覺還真有點奇妙。」

羅倫斯還以為自己接下來就要展開城鎮商人羅倫斯的冒險故事。沒想到根本不是他能夠應付的大事件，此時卻在雷斯可進行著。

羅倫斯能夠做的就是交出受託物品，然後收拾行李去避難而已。

不過，比起感到失望或丟臉，羅倫斯此刻的心情更接近掃興。

「咱也覺得賣掉商店很可惜。不過，汝應該知道如果一直被過去牽絆住，會是什麼樣的狀況唄？」

羅倫斯正感到掃興時，聽到赫蘿這麼說。赫蘿難得會這樣自嘲。

一路來，赫蘿被過去種種耍得團團轉。羅倫斯如果懂得從中取得教訓，就應該立刻放棄設在危險地方的商店，並把希望寄託於下一個地方。

羅倫斯當然也知道這點。

羅倫斯之所以還是會有些愣住，是因為其他原因。

「話是這麼說沒錯，不過……」

「……不過怎麼著？」

赫蘿詢問後，羅倫斯把手放在她的頭上，然後粗魯地摸著。

赫蘿貌似不悅地想要撥開羅倫斯的手，但羅倫斯毫不在意，繼續粗魯地摸著她的頭。

看見赫蘿毛髮蓬鬆的尾巴在床上興奮地發出聲音，羅倫斯知道她不是真的在生氣。

羅倫斯心想如果此刻就這麼抱住赫蘿，一定會捨不得放開她。

「不過，有些時候就是因為被過去牽絆住，才有邂逅的機會。」

羅倫斯回憶起赫蘿在月夜裡鑽進了馬車貨台。

當時這隻狼說，想要回到約伊茲。

如果沒有這一句話，羅倫斯絕不可能來到這麼遠的地方。

「不可能每次都有這種好運，大笨驢。」

赫蘿總算撥開了羅倫斯的手說道。

赫蘿說的一點也沒錯。

而且，相反的狀況也一樣。

「一樣地，令人難過的事情也差不多會停了吧。」

聽到羅倫斯的話語後，赫蘿笑著哼了一聲。

羅倫斯把下巴頂在赫蘿頭上，而赫蘿發出「啪唰」一聲，用力甩了一下尾巴。

沒兩下就賣掉商店的那天晚上，希爾德照著預告，出現在旅館房間裡。

希爾德這次一開始就以兔子的模樣出現，背上也沒有綁著衣服。

城鎮裡或許有其他人知道希爾德的真實模樣，並且提供協助。

此刻街上如舉辦祭典般熱鬧無比，肉類食物也隨之大賣。在這之中一隻兔子如果在城裡跳來跳去，很可能比在森林裡走動更容易被殺死。

「可以告訴我兩位的結論嗎？」

希爾德看起來比昨天瘦了一些，聲音聽起來與其說是沙啞，更適合用乾枯來形容。

很容易就能夠想像出希爾德在商行內部拚了老命爭論的畫面。

羅倫斯心想，未來如果要請編年史作家幫他撰寫半生紀事，想必會在這裡著墨最多。存在感遠遠超出一介兔子的希爾德坐在椅子上，羅倫斯對著他代表回答：

「我們決定交出禁書。」

羅倫斯的話語刺進了希爾德的嬌小身軀。

「……」

希爾德的紅色眼睛直直注視著羅倫斯，久久說不出話來。

希爾德的長耳朵甚至也沒動一下。

羅倫斯甚至懷疑起希爾德是不是暈厥了過去。

商行內部肯定陷入了絕境，才會讓希爾德有如此反應。希爾德他們手中拉著什麼樣的命運線，羅倫斯根本無從猜起。不過，羅倫斯認為夠格聚集在德堡商行的那些人，肯定隨便找一個人都是與伊弗程度相當的大人物。商行內部想必因為充滿唇槍舌戰和權謀而陷入一片混亂。

在這樣的狀況下，羅倫斯兩人的決定如果有所幫助，也是很值得高興的事情。如果還能夠為希爾德等人帶來利益，那更是好得沒話說。希爾德吸入一大口氣，並憋住了氣。看見希爾德做出不適合其嬌小身軀該有的舉動，羅倫斯甚至露出會心一笑。

「謝謝兩位。」

希爾德一副在地獄裡好不容易看見一道曙光似的模樣說道。

然而，並非所有問題在這瞬間都已經解決。

在討論希爾德能否成功說服反抗勢力之前，必須先面對能否取得禁書的現實問題。

「我們並不反對把禁書交給您。不過，正準備前往採買禁書的書商，並沒有抱持與我們相同的信念。」

事實上，對書商魯．羅瓦來說，不管北方地區變成什麼樣，應該都無所謂吧。當初魯．羅瓦只是為了取得羅倫斯兩人的協助，才會把禁書對北方地區的重要性當成話題來說。

也就是說，魯．羅瓦不吃苦肉計這一套。

「我們有一筆現金。」

替德堡商行管帳的兔子立刻坦率地說道。

「大約多少金額？」

「可以出到三百枚盧米歐尼金幣。現金放在我城鎮裡的藏身處。」

羅倫斯不需要向赫蘿確認，也知道希爾德不是在騙人。

德堡商行是一家甚至能把領主們玩弄於股掌之間的礦物商，而一名替這家礦物商管帳的人物，應該不難賺到這點程度的積蓄。或者也可能是德堡商行的首領為了預防某天發生緊急事件，而把這筆錢託付給希爾德。

曾沒落過的王族東山再起時，總看得見把金塊搬運到避難地點的優秀部下隨侍在側。不懂得未雨綢繆的人一旦摔了跤，幾乎都是一蹶不振。

「我想這金額已經太足夠了。不過，我比較在意另外一件事。」

「什麼事情呢？」

希爾德明明只是一隻兔子，卻字正腔圓得讓人甚至想要發脾氣。

羅倫斯知道正因為希爾德的模樣是一隻兔子，他才能夠以同等地位與希爾德應對。

雖然沒看見希爾德變身成人類時藏在兜帽底下的面貌，但羅倫斯相信，那會是一張充滿自信的臉孔。

「說服失敗時，或是不再需要禁書時會怎樣呢？」

說到最後一句時，羅倫斯改變語調說道，好讓對方聽出話中有話。

希爾德注視著羅倫斯，赫蘿也同樣抬頭看著羅倫斯。如果北方地區因為禁書的技術而遭到濫伐，赫蘿認為自己應該負起一部分的責任。

既然如此，羅倫斯必須盡可能地留下選項。

「是的。如果說服失敗了，即使強行奪回禁書也無所謂。萬一不再需要禁書，我們會在私底下還給兩位。」

「唔——」

希爾德的話語讓赫蘿倒抽了一口氣。

羅倫斯則回答說：「謝謝您。」

赫蘿的罪惡感會因為禁書有沒有放在德堡商行那裡，而有著天壤之別。

希爾德的諾言價值千金。

「那麼，應該採用什麼方法前往奇樹拿取禁書呢？」

「那位書商個性狡猾謹慎，而且重情義。想要他通融，恐怕很難吧。」

希爾德大大地點了點頭。

他紅色的眼睛發出智慧光芒，那並非在陷入窘境時只會向人求救的愚昧雙眼。

「只靠書信太迂迴了，我希望能立刻得到成果。已經沒有時間了，目前商行內部的分裂還只是自己人在吵架。不過，多位領主投注精力在這件事情上面，他們都非常擅長爭奪權力。」

「您的意思是很快就會被搶走主導權？」

「是的。哪怕是多麼不合理的事情，他們應該都下得了手吧。」

父殺子、子弒父、糜爛的婚姻關係、私生子的王冠爭奪戰；哪怕是連神明也不畏懼的不道德舉動，他們都能夠高挺胸膛主張自己的正當性。

對他們來說，搶下商行實權根本就是輕而易舉的事情。

「我有一位鳥類同伴。我本來在想利用他的翅膀應該會最快，但是……他最多只搬得動那只布袋。」

這麼聽來，似乎是那隻鳥拿走寇爾的布袋。坐在草原上吃飯時，突然有一隻大鳥從天而降，然後叼走行李的意外並不稀奇。

寇爾應該也是遇到類似的狀況。

「所以，我希望能夠請赫蘿小姐跑一趟。」

希爾德這才第一次看向赫蘿說道。

赫蘿坐在床上輕輕嘆了口氣。

「咱要當鳥的替身啊？」

「如果不拘泥於說法，是這樣沒錯。」

雖說是能夠化身為人類的存在，但並非所有存在都擁有巨大而強悍的力量。想必眼前的希爾德就是一個例子，而為其效力的鳥類同伴也是。

「咱無所謂。而且，偶爾變回原本的模樣跑一跑也不錯唄。」

赫蘿從床上站起來說道。

希爾德像是在贊同可靠夥伴的意見似地，上下擺動下巴。

「憑赫蘿小姐的腳程大概要花上多久時間呢？」

「不確定……因為咱不知道到那城鎮的距離有多遠。」

希爾德的表情變得有些扭曲。對希爾德而言，此刻最重要的東西不是金錢也不是武器，而是時間。

「從這裡到雷諾斯的距離，和這裡到奇樹的距離相差多少呢？」

羅倫斯為希爾德解圍。

希爾德用力伸直長耳朵，然後抬起頭說：

「如果派出快馬聯絡，大約要花上到雷諾斯的雙倍時間。」

「路況很差嗎？」

「有些差。」

如果路況只是差了一些，對赫蘿來說一點關係也沒有。

羅倫斯以眼神詢問後，赫蘿一副嫌麻煩的模樣回答說：

「一直跑不睡覺的話，單程要一天半時間。若是來回則要三到四天時間。」

希爾德用力點了點頭。

然後，又點了一次頭說：

「我那位鳥類同伴可能會感嘆自己的翅膀不如人。」

「咱說的當然是指發狂似地拚命跑。」

赫蘿輕輕皺起鼻頭說道。

什麼人都可能，只有赫蘿不可能表現謙虛。

也就是說，赫蘿說的是事實。

「狼竟然成了兔子的跑腿，要是被以前的同伴知道了，咱絕對會成為笑柄。不過，現今就是這樣一個世界，如今咱只擁有張牙舞爪衝進商行的才能而已。而且，靠這種才能解決問題的時代已經過去了。不是嗎？」

連赫蘿也不認為只要殺死與己方敵對的傢伙，就能夠解決問題。

世上一切錯綜複雜，並且靠著天平兩端取得的微妙平衡維繫著。

操作人類世界不能靠著巨大的爪子，而是得依賴纖細的手指。

不過，若不是有過在溫菲爾王國的經驗，赫蘿肯定不會協助希爾德。哈斯金斯為了守護故鄉，而不斷超越底線的身影，已經深深烙印在赫蘿的記憶裡。

儘管是以黃金之羊傳說流傳至今的存在，哈斯金斯身為羊卻吃羊肉，最後甚至落魄到必須當人類的走狗。

儘管如此，哈斯金斯還是絕不放棄自己的目標。

赫蘿想必想起了哈斯金斯那時的模樣，才會露出看似複雜的表情。

然後，赫蘿做了一次深呼吸，便收起這複雜的表情，可見赫蘿也成長了許多。

「咱不可能連那書商拿到書的時間都算得出來。實際狀況怎樣？」

赫蘿把話題丟給了羅倫斯。

赫蘿的意思應該是，已經決定好她的任務，也決定要全力以赴，所以剩下的就交給你們自己去討論。

「在雷諾斯時，我向書商提議過一個只可能當下做出決定的手段，然後把任務委託給他。」

「會奏效嗎？」

羅倫斯當然沒辦法打包票。

不過，羅倫斯能夠很肯定地這麼說：

「我只能說，如果用裝了三百枚金幣的袋子再多打那書商屁股幾下，他是會急忙跑出去的那種人。」

或許是想像了圓滾滾的魯．羅瓦屁股著火地跑了出去，赫蘿輕聲發出「呵呵呵」的笑聲。希爾德似乎也多了一些從容，還能夠因為玩笑話而笑出來。

無論在什麼樣的狀況下，都必須保有笑得出來的從容。

羅倫斯夾雜著咳嗽聲說：

「那麼，應該差不多要五到六天的時間吧。」

在一天比一天惡化的狀況下，五到六天肯定是接近永遠的天數。

然而，神明創造出來的大地之廣大，甚至到了殘酷的地步。

「咱無法掛保證。」

「我想他們現在應該已經進到了奇榭。但願他們已經拿到了書。」
身為商人的羅倫斯不會出言安慰，而赫蘿也一樣。
不過，有別於方才的態度，兩人儘管保持沉默，卻都點了點頭。
據說，就算被迫必須與不共戴天之仇合作，只要雙方願意握手，就能夠提高計畫成功率。
既然決定協助，就必須不顧一切地協助對方。
希爾德以不似兔子的氣勢開了口：
「那麼，我希望赫蘿小姐能夠立即出發。」
赫蘿伸了一個懶腰回應希爾德。
「要聽話喲？」
對於羅倫斯，赫蘿則拋出了這句話。
因為赫蘿不能夠像騾子那樣綑綁很多東西在身上，所以最後只綁上裝有金幣的袋子、替換衣服、少量的食物和水，便離開了城鎮。
月光照映下，有一隻鳥在上空飛翔，並且在羅倫斯兩人上方盤旋一陣後，朝向東方飛去。
赫蘿出發時，希爾德沒有出現。
希爾德如果離開商行太久，而被人發現他跑到其他地方，甚至可能遭到暗殺。
對希爾德來說，接下來幾天肯定是最難熬的漫長時間。

身為一個旅行商人，如果能夠助希爾德一臂之力達成目的，羅倫斯會感到很開心。

只不過，希爾德到最後還是沒有直接要求羅倫斯幫忙。

這也是理所當然的事情。羅倫斯是一個旅行商人，光是想像自己如果干預德堡商行的內鬨，就教他感到恐懼。

雖然知道會害怕，但再次認知到自己只是一個旅行商人，還是讓羅倫斯感到有些落寞。

回到旅館後，羅倫斯在變得寬敞的房間裡，獨自面向天花板躺在床上。

與赫蘿分開還不到一個小時，羅倫斯已經開始期盼著赫蘿能夠早點回來。

第七幕

隔天，羅倫斯醒來後，第一個動作就是轉動視線尋找赫蘿。

這當然是無意識下的舉動，當羅倫斯察覺到自己在尋找赫蘿後，不禁臉頰微微泛紅。羅倫斯發現赫蘿轉動視線在尋找他時，曾經覺得赫蘿真是個可愛的傢伙，沒想到自己也一樣。此時房間裡一片安靜，只聽得見街上的喧嘩聲從木窗外傳來，羅倫斯感到疲憊而搔了搔頭，嘆了口氣。

來到旅館中庭後，看見正在做一些訓練和閒聊的傭兵們，羅倫斯向他們打聲招呼後，洗了臉並開始整理鬍鬚。過去明明已經反覆做過這般動作好幾百遍，羅倫斯卻覺得有哪裡不對勁。

羅倫斯當然知道原因。

原因就在於赫蘿。

儘管知道赫蘿只是離開幾天而已，羅倫斯還是有一種不知道要做什麼、就像把慣用的小刀送去修理時會有的感覺。羅倫斯心想，在雷諾斯不拘形式地堅持與赫蘿一起前往約伊茲，果然是正確的決定。因為赫蘿不在，所以羅倫斯能夠不覺拘束地思考這般令人難為情的事情。

陷入沉思好一段時間後，羅倫斯來到街上把手上的銀幣盡可能全部換成金幣。聽說，原本是要到德堡商行所管理的商行，才能把銀幣兌換盧米歐尼金幣，但現在已展開新銀幣的投機買賣，人人都迫切渴望得到銀幣，所以兌換商都以令人難以置信的價格出售著金幣。

如果是在一般城鎮，當投機熱度升高時，議會或各職業公會便會在適當的時機提出警告，以穩定行情。

當禱告者不再禱告、耕耘者不再耕耘、戰鬥者不再戰鬥，人人都沉迷於賭博時，任誰都想像得到城鎮會變成什麼樣。

不過，雷斯可是充滿自由與希望的城鎮。在這裡看不出有人試圖阻止銀幣的投機買賣，甚至感覺得到企圖掌控德堡商行的派系，有可能投注精力於這場騷動。

銀幣的價格越高，這些人的荷包就越飽滿。不管到了哪裡，銀幣歸根究柢都只是刻上了圖樣的銀，其價格卻有可能無止境地上漲。

刻在銀幣上的圖樣，肯定是能夠把鉛變成黃金的魔法刻印。

羅倫斯在排了一整排兌換商的擁擠街上，順利地兌換到了金幣。黃金不像銀那樣會生鏽或溶化，所以金幣總是閃閃發著光。羅倫斯還在貧窮的故鄉時，當然沒看過金幣，即使開始跟著師父到處拜訪城鎮或村落，也是在經過好幾年後才親眼看見金幣。

然後，實際看到金幣時，羅倫斯總算明白了人類在歷史上總是把黃金放在特別位置的真正理由。黃金的重量十足又閃閃發光，感覺像是世上某種重要存在的濃縮體。黃金散發出莫名的力量，讓人不敢輕率地使用，並且願意屈服其下。

盧米歐尼金幣當然也刻著貨幣會有的圖樣，但對於金幣，人們根本不在乎上頭刻著什麼圖樣。因為沒有一位領主能夠比黃金更受人珍重，且一直受到敬仰。

不過，如果換成是有別於受到珍藏而鮮少出現在交易場合上的金幣，而是在日常交易上擔任主角的銀幣，狀況就會有些不同。

所以，即使羅倫斯沒有特別做什麼，只是與傭兵們聊著各種土地相關話題打發時間時，話題也會忽然指向新貨幣的圖樣。

「我猜應該就像一般貨幣那樣，會是領主的肖像吧。」

一名眼角有明顯傷疤的男子說道。

「是嗎？可是，誰是領主啊？難道要一次放上很多人的肖像嗎？」

「那……會不會是德堡商行的首領？」

傭兵們雖然看來粗魯，但他們的見識意外地廣。如果走過無數城鎮、看過無數事物，光是如此就能夠增廣見聞。雖然優秀的人物不需要看任何東西就能夠擁有高人一等的眼界，但一般人仍能藉此拓廣自己的視野。

這是羅倫斯的師父傳授給他少數的正面思想之一。

「貨幣如果刻上商行首領的肖像，那些領主怎麼可能答應？而且，要是人家看了肖像問說『這傢伙是誰？』那還有什麼價值可言。」

「……那這樣，你們說可能放上誰的肖像？」
「誰知道。」
一名傭兵動作靈活地聳了聳厚實肩膀，然後把賭金放在賭桌上。
「商人先生，你覺得呢？」
羅倫斯望著眾人玩牌時，傭兵把話題丟給了他。
傭兵們當然知道羅倫斯與魯華或摩吉等人關係良好。
然而，羅倫斯還是有一種如同面對野獸般的感覺，因此有些緊張地這麼回答：
「這裡是礦山，會不會是放採掘工具的圖樣呢？」
「喔，原來如此。工具啊，有可能喔。」
這世上甚至有集團沒有使用布料，而是高舉鐵鍋當成戰旗。
重點是只要看見那樣東西，就會立刻知道屬於什麼人，而那樣東西的定位也確實是這些人的存在基礎就好。一般來說，貨幣流通時必須有權力人士的背書，所以只刻著領主的肖像。
如果這個貨幣是聚集了多位領主一起發行的貨幣，很可能會採用肖像以外的圖樣。
「不過，在貨幣上刻工具圖樣，好像很可惜喔。」
「可惜？」
「不是嗎？這可是讓大家知道長相的絕佳機會。」

「白癡。太多傢伙要賣這貨幣，空間根本不夠放那麼多人。」

「啊！對喔。」

一陣粗獷笑聲響起。

「不過，如果是礦山工具，應該也會有很多人討厭吧？」

雖然不知道是遵照什麼遊戲規則，但傭兵們一下子拿出紙牌，一下子又收回紙牌。

就在其中一人丟出一張牌，另一人又在上面放上一張牌的瞬間，其他玩牌者都大喊：「混蛋東西！」然後丟出紙牌。

「不玩了、不玩了！可惡！」

大家異口同聲地這麼說，然後紛紛把劣質銅幣往桌上丟。

最後拿出紙牌的男子邊笑笑邊收集貨幣，讓貨幣堆高在手邊後，輕聲說：「很難說喔。」

「我的出生地正是因為開採礦山，而被挖成大坑洞和一片泥水。如果把這種工具刻在貨幣上，應該會引起紛爭吧。」

輸牌的一群人原本伸出手打算喝酒，聽到這般話語後，都發出「嗯～」的聲音思考了起來。

「他們應該會想什麼辦法，讓大家不會起紛爭吧？」

「什麼辦法？」

「誰知道。不過，就我個人而言……」

大家似乎打算變換玩牌成員，原本在旁邊觀看的一名傭兵伸手觸碰桌子，並把一枚貨幣翻成反面說道：

「可以的話，希望是我認識的領主肖像。我很喜歡高倍爾公國的勇敢理基公爵。所以，理基公爵的貨幣不能再使用時，害我失望極了。」

理基公爵是英雄故事中不可或缺的國王名字，但最後遭到私生子暗殺，也被奪走了王位。這種狀況下刻有前任國王肖像的貨幣當然會被回收，然後熔燬做成新貨幣，而使用舊貨幣的人也會遭到處罰。這就是不能使用敵人貨幣的典型例子。

「嗯，確實會有這種心情。不過，在貨幣放上某人的肖像，基本上都會埋下紛爭的種子。」

一名年紀稍長一些的男子說道。

男子的理論很正確。

貨幣應該只是貨幣，而不是用來推廣權力人士姓名的工具。

很多時候，這麼做反而會阻礙貨幣流通。

鑄幣權之所以幾乎與王權等權力一體，其原因不在於發行貨幣之際能夠大賺一筆，而在於貨幣能夠變成一種權威的象徵。

「可是，不是要有紛爭對我們比較好嗎？」

另一名傭兵說道。

「一點也沒錯。」

粗獷笑聲再次響起，在那之後大家異口同聲地說起自己喜歡的領主話題。

其中有羅倫斯聽過的名字，也有不曾聽過的名字。不過，羅倫斯之所以不會覺得話題無聊，是因為聽到了有別於流傳於商人之間的活生生故事。

商人之間很少會出現「誰與誰很要好」或「哪個領主讓人看不順眼」之類的話題。商人之間只會討論「哪個領主給的利潤很好」或「哪個領主付錢很不乾脆」這類話題，說到底商人就是在意能不能賺錢。

不過，羅倫斯到現在還是認為這個容易理解的基準非常重要。他甚至認為如果一切都如此單純，這世界可能會變得更美好。

就是因為會有誰看誰不順眼之類的話題，才需要有好幾百種貨幣。

坦白說，這樣非常不方便。

比起不方便，當然是方便一點比較好。

德堡商行試圖完成的目標，果然是正確的。

那些企圖阻礙德堡商行，甚至不惜破壞其計畫也要得到利益的勢力，根本是活在古老時代的一群人。

希望希爾德能努力完成任務，而為了這點，也希望赫蘿早點回來。

與玩牌的傭兵們告別後，羅倫斯在街上遊蕩的這段時間，也一直這麼盼望著。

如果能夠不去管什麼面子或權威，讓事情更合理進行，並且能夠只用金錢來換算損益的話，不知道該有多好。

說到底，也是那些領主在德堡商行內部吵來吵去。

為什麼他們會如此愚蠢呢？

如果真要在貨幣刻上圖樣，還是不要刻上權力人士的肖像比較好。

羅倫斯忍不住像方才的傭兵們一樣，猜測起到底會是什麼圖樣。

這個圖樣必須不會與任何地方有衝突，也必須是大家都能夠理解且接受的圖樣。

這幾乎就像在猜謎題一樣，而羅倫斯想不出答案。

羅倫斯與魯華和摩吉等人共進晚餐，並聽人報告有關德堡商行的摩擦似乎越演越烈的徵兆，或討論前往約伊茲的程序以及帶有火藥味的話題時，也一直猜想著答案。

雖然一方面純粹是因為感到在意，但真正的原因是羅倫斯不知道該做什麼。

獨自回到一片安靜的房間後，除了早早就寢之外，羅倫斯沒有其他事情可做。

羅倫斯不僅沒辦法協助希爾德，也沒有多餘時間勤於賺錢。這讓羅倫斯察覺到無事可做並不能放鬆心情，而是非常寂寞的事情。

做生意一定要有交易對象。說話時一般也是因為期待有人回答，才會發言。

羅倫斯發現自己現在只是一條斷線，與世界毫無相連之處。赫蘿待在村落的麥田裡好幾百年來，肯定一直抱著這樣的感覺。這麼一想，羅倫斯不禁覺得如果是他待在麥田裡，肯定會因為孤獨寂靜而發瘋。

赫蘿果然是個很厲害的傢伙。

這麼厲害的赫蘿如果順利完成任務，最快可能在後天晚上，或是大後天晚上回來。就算沒有這麼早回來，希爾德的鳥類同伴應該也會回來報告狀況。

希望一切都能夠順利進行。

雖然很少發生一切順利的狀況，但正因為很少發生，所以偶爾發生一下也不為過吧？這樣就能夠平息紛爭、解決問題，一切也會朝向目標直直前進。然後，羅倫斯將擁有商店，身邊會有赫蘿陪伴，也有可信任的部下。如果可以的話，他還希望能有個繼承人。

不過，這個繼承人會不會也擁有狼耳朵和尾巴啊？羅倫斯厚臉皮地這麼想著，還刻意忘記在雷諾斯被毆的經驗。

要是擁有狼耳朵和尾巴，不知道會不會自己拿起剪刀剪斷？

萬一剪斷了，再拜託諾兒菈縫回去就好了。

不行，這樣赫蘿一定會生氣，還是請伊弗幫忙縫回去好了。喂！赫蘿已經生氣到在拍桌子了。別這麼生氣啊，不然妳自己縫看看啊。不過，像妳這種莽撞個性，還不知道會不會用線穿過針頭呢……

羅倫斯本來還在思考著這些事情，但不知不覺中似乎睡著了。

羅倫斯忽然在一片黑暗的房間裡醒來。

這時，傳來了「咚咚」聲響。那不是赫蘿拍打桌子的聲音，而是敲門聲。

「來了！」

羅倫斯在床上大聲回應後，敲門聲停了下來。

到底會是誰呢？

羅倫斯還來不及思考這個問題，對方已經擅自打開了房門。

「羅倫斯先生。」

老成的聲音隨著燭光一同進到房間來。

摩吉帶領著小伙子站在門口。

燭光從底下照亮摩吉的臉，那表情顯得特別認真。

「抱歉，我好像不小心睡著了……發生什麼事了？」

羅倫斯走下床後，發現自己沒脫掉外套就睡著了。

羅倫斯忙著整理衣領和袖子，還沒整理好，就先聽到摩吉這麼說：

「他們在召集士兵了。」

「咦？」

羅倫斯反問道。摩吉保持沒有一絲動搖的眼神，斬釘截鐵地說出宛如牢牢綁緊的鞋繩般堅固的事實。

「德堡商行已決定出兵。」

剎那間，羅倫斯有一種身體被拉向黑暗後方的感覺。

這句話的意思相當明確。

希爾德還來不及等到禁書送達，就已經戰敗了。

「我們打算提早在今晚出發。」

旅館裡雖然很安靜，但隱隱約約傳來一些聲響。樓下想必正火速做著出發準備。

「您有什麼打算呢？」

聽到摩吉的詢問後，羅倫斯不禁有些遲疑。

為了出兵而被召集來雷斯可的傭兵團如果離開城鎮，代表著該傭兵團不願意配合德堡商行。在這個時間點傭兵團將立刻被認定為敵人，而受到這個傭兵團照顧的旅行商人如果獨自留在城鎮，就算被懷疑是密探也沒什麼好奇怪。

羅倫斯沒有辦法像經過訓練的密探一樣偽裝身分、或找地方藏身。這裡是德堡商行所掌控的城鎮，就是把人抓來拷問一番後斬首示眾，也沒有人敢有意見，所以萬一遭到懷疑，誰也不知道會有多麼危險。

然而，羅倫斯與希爾德做了約定。

臨到此時，禁書不可能幫得上忙，而就算羅倫斯留在雷斯可，也改變不了什麼。然而，希爾德是在無計可施下，把一縷希望寄託於內容真偽尚有極大爭議的禁書上，而前來請求羅倫斯兩人。所以，當事態演變成這樣，希爾德恐怕已經沒有後路可退。在知道這般事實下，羅倫斯怎麼能夠立刻夾著尾巴逃跑？

羅倫斯是抱著交出禁書多少能夠為自己帶來利益的想法，才會協助希爾德。

既然如此，羅倫斯就應該對這個決定負起大部分責任。

「我想要聯絡一個人。」

「聯絡？」

摩吉露出意外的表情，但很快就明白了羅倫斯是想聯絡希爾德。

不過，明白羅倫斯的想法後，摩吉臉上還是籠罩著陰霾。這想必是因為很難與希爾德見面。

「突來的召集令讓城鎮陷入一片驚惶。德堡商行會等到晚上才發出派兵的召集令，證明了他們內部有人很熟悉打仗。到了早上，大家不想協助德堡商行也不行。可是，什麼都沒準備的傢伙就算不願配合，也不可能在夜裡離開城鎮。德堡商行的手段相當高明。」

摩吉之所以會誇獎決定派兵的那些人，就表示不用說也知道站在反對派兵一方的人，會遭遇什麼命運。

而事實上應該也是如此。

羅倫斯腦中立即浮現了「不知道希爾德是否還活著？」的想法。

「可是……我非得見到他不可。」

摩吉直直看著羅倫斯。

隔了一會兒後，摩吉點了點頭。摩吉的點頭動作像是在說自己是傭兵，而對方是旅行商人。

「需不需要我們派人跟隨您前往？」

摩吉親切地提議說道。

羅倫斯搖了搖頭。

「我們即將做完準備，然後離開這裡。我們會經由東南方、肉店林立的道路離開。因為可能會有老同伴想要跟我們一起逃跑，所以我們會在郊外停留一下子等待他們。您時間來得及的話，請務必前來會合。」

在無數戰場上，摩吉想必不斷對著留在戰場上的人們說過類似的話。他語氣真摯，就好像在說「我們會一直掛念著你」。羅倫斯有力地點了點頭，然後詢問：「外面的狀況很危險嗎？」

「對於所謂的動員令，大家並沒有表現出很慌張的樣子。所以，應該不用擔心會遭到搶劫或殺害。不過，德堡商行的人應該會監視各地方的動靜。就這點來說，我不建議您在外面走動。」

雷斯可沒有設置城牆，所以還算容易逃出去。

摩吉等人之所以能夠表現沉著，想必是因為他們遇過多次被城牆包圍，並且在更加絕望的狀況下背水一戰。就連站在摩吉身邊的小伙子，神色都像半夜裡因為遠方區段發生火災而被叫醒的小孩子一樣。

「承蒙照顧了。」

羅倫斯以符合旅行商人的作風，一副把離別視為理所當然似的模樣這麼說。

摩吉只回答說：「希望有機會再讓我們照顧您。」

「到時候請務必大力相助。」

摩吉等人誠摯地說：「祝您好運。」

過了不久後，傭兵們安靜地離開了旅館。

從旅館房間俯視街上後，羅倫斯發現城鎮的氣氛確實不大一樣。

不例外地，今天也跟前幾天一樣，即使到了這麼晚的時刻，仍然有很多人沉溺於喝酒跳舞。

不過，感覺上帶著一些潦倒氣氛。

此刻除了散發出宛如石榴成熟到已經腐爛般的頹廢氣氛之外，還隱約感覺得到銳利發光的惡意潛藏其中。

召集傭兵的事實，無疑表示德堡商行內部已經開始轉移實權。

在王國或領地裡，舊勢力遭到新勢力抹殺是很正常的事情。由於對方隨時可能前來取自己的頭顱，因此當然沒有理由讓對方活命。當新國王只下令把舊勢力流放到國外時，如果有越多人民難以相信國王是慈悲為懷，就表示斬首是越理所當然的事情。

不過，商行並非如此單純的組織。商行擁有做生意的相關特別知識，並且在多處擁有可信賴的人手，而這些都不是一朝一夕可以得手的。別說是德堡商行的老闆，相信希爾德也是難以取代的優秀人才。

就這點來說，他們應該不會那麼容易被殺害。

然而，任何時候都可能因為情勢所逼而造成意外。只要輕輕一揮長劍，頭顱就會落地。砍下頭顱的動作有多麼迅速乾脆，羅倫斯之前在路過的城鎮遇到公開處決時，就已深刻體會過了。

單純從窗戶觀察外面的狀況下，羅倫斯並沒有受人監視的感覺。不過，羅倫斯的觀察力不像赫蘿那麼敏銳，所以不確定自己的判斷準不準。

沒有其他地方可去的羅倫斯，只能乖乖待在這間只剩下他一人的房間。

而且，如果隨便變換地點，萬一希爾德想要聯絡羅倫斯，也會帶來反效果。

目前的狀況不妙，羅倫斯應當趕在萬事皆休之前離開雷斯可。雖然現在與赫蘿分隔兩地，但羅倫斯在各城鎮都有門路，所以應該很快就能夠與赫蘿重逢。

不過，哪怕是一瞬間也好，羅倫斯還是希望能夠在離開雷斯可之前，見到希爾德一面。羅倫斯並非想要與希爾德討論如何反擊，羅倫斯沒有那麼高的智慧，膽量也沒那麼大。可能的話，羅倫斯想要勸希爾德不要太勉強，還是想辦法逃跑比較好。

希爾德雖然是德堡商行的人，但在廣義上也是赫蘿的同伴。在情感方面，希爾德也表示希望為這塊土地帶來安定與和平，所以羅倫斯才會這麼想救他。希爾德為了自己的理想而戰鬥，誰也不願意見到他最後即使沒有勝算，仍持續戰鬥至死。

既然如此，至少要保住性命，然後再另尋機會東山再起。

更重要的是，萬一希爾德死了，赫蘿將被迫看見屬於自己時代的光芒在眼前熄燈。

對羅倫斯而言，這是令他最在意的地方。

這時，樓下傳來了聲響。

因為繆里傭兵團租下了整間旅館，所以原本應該住在這裡的旅館老闆和傭人們都借住在其他屋子裡。現在包租旅館的傭兵團離開了，旅館內當然不會有其他任何人。

這麼一來，還有哪幾種人會進來呢？

羅倫斯重新整理一下衣領，並清了清喉嚨，最後確認過短劍的位置後，便走出了房間。

旅館一片空蕩蕩，光是如此就讓人發冷。

羅倫斯口中吐出的氣就快化為白色氣息。雖然稍嫌太晚，但羅倫斯深刻體會到原來光是有人們存在，就能夠讓建築物變得暖和。

因為眼睛早就適應了黑暗，所以羅倫斯沒帶著燭台便走下階梯。

吱嘎聲輕輕響起，並與羅倫斯的心跳聲重疊在一起。

來到冷清的一樓酒吧後，羅倫斯發現通往後門的走廊上傳來微弱光線。朝向那方向走去後，羅倫斯看見後門打開了一條小縫。

這裡是比商人還懂得精打細算的傭兵團所租下的旅館，不可能會忘了關門。羅倫斯待在原地不動，過了好一會兒後，終於看見白色物體從眼角閃過。

「希爾德先生？」

後門旁邊有一間無門的倉庫。

羅倫斯輕聲搭腔後，一隻兔子有些遲疑地走出來。

不過，那不是一隻純白潔淨的兔子。兔子的右肩有一大道刀傷，兔皮裂了開來。其右前腳像是在塗料桶子裡浸泡過似地染成一片鮮紅。

不用問也知道希爾德碰上了什麼事。

「希爾德先生，你沒事吧？」

「是的……我還沒死。」

看見兔子臉上面無表情，反而是羅倫斯臉上浮現了逞強笑容。

「狀況如何？」

聽到羅倫斯的詢問後，希爾德動作敏捷地動了動長耳朵，並以完全不像受了重傷的俐落口吻這麼說：

「沒時間了，我只講重點。」

無庸置疑地，希爾德目前遭到追殺。

「激進派已經完全握住了實權，我們被迫簽下委讓商行權限的文件；我和我的主人都失去了實權。不過，他們也知道如果失去我們，商行會很難經營下去。所以應該不會殺害我們吧。」

希爾德的發言與羅倫斯的猜測一致。

接下來的話語也是。

「所以，我不會放棄。」

說著，希爾德轉過身子，然後拖著腳步往倉庫裡面走去。

希爾德立刻走了回來，嘴上還叼著一封信。

「赫蘿小姐有可能取得禁書，所以不能夠現在就放棄。」

「……你打算怎麼做呢？」

羅倫斯問道。

德堡商行所擁有的銀、銅等資源，就像一口井一樣源源不絕地供應。不管有沒有赫蘿的存在，都絕對不能夠讓對方隨意使用這些資源。更何況德堡商行現在氣勢如虹，要如何在所有領主都與己方敵對的狀況下戰勝呢？

「離開雷斯可經由山路往東北方向前進，可通往一個叫做斯威奈爾的城鎮。」

羅倫斯記得聽過這個城鎮名稱，後來立刻想到是魯華曾經提過這個城鎮名稱。

「斯威奈爾是一路抵抗我們到最後的少數城鎮之一。由於他們的皮草和琥珀會在市場流通，所以應該是在擔心資源被我們搶走。另外，在地理上，斯威奈爾也位於要衝，所以把我們視為敵人的那些人很容易會聚集在那裡。」

說著，希爾德把書信放在腳邊，然後用鼻子推向羅倫斯。

「請把這封信送到那裡去。我已經在信上寫了希望他們幫助我們阻止激進派。」

希爾德想必是抱著「敵人的敵人就是同伴」的理論。

然而，羅倫斯猶豫著該不該同意。

「我那位鳥類同伴知道萬一發生事情時，就前往斯威奈爾。所以您應該不會與赫蘿小姐分散。對了，還有另一封信。」

希爾德看著羅倫斯說道。

羅倫斯的猶豫，似乎讓希爾德誤以為他是聽到有兩封信而感到不解。

「從斯威奈爾再更往北走的地方，有一位同樣不願意與我們配合的領主。他是附近一帶唯一持反對意見的領主。這位領主說過，他不願意配合會濫伐土地或帶來變化的人。如果聽到激進派的企圖，他或許會憤而起身也說不定。」

這位領主面對德堡商行的勢力和壓力也沒有被打敗，正因為如此，才可能成為強大的助力，打倒現今的德堡商行。希爾德的想法或許正確，而且至少在目前的狀況下，難免會有想要依賴對方的想法。

不過，希爾德說完話後，臉上浮現哭笑不得的表情。

希爾德顯得心力交瘁，卻沒有因為心志薄弱而放棄努力，讓人不禁感到十分不可思議。

「拜託您，羅倫斯先生。請您把這封信送到斯威奈爾。然後，請您與赫蘿小姐一起抑制激進派的銳氣。」

希爾德的右前腳似乎幾乎使不上力氣。

所以，希爾德讓身體向前傾的姿勢顯得十分不自然。

羅倫斯不禁感到畏縮。希爾德的模樣就像對這世界有所不捨，所以死了後仍無法歸天的亡靈一樣。目前似乎已完全定出了勝負，如果遵從身為商人的理性，羅倫斯會告訴希爾德現在絕對不可能逆轉情勢。

這也是羅倫斯唯一應該說的一句話。

然而，羅倫斯說不出口。

說服對方等於是要對方改變信念。

如果對方已經抱著壯士斷腕的決心，光靠三言兩語是不可能說服成功的。

希爾德不畏懼死亡地打算鞠躬盡瘁，面對這樣的對象，羅倫斯怎麼能夠收下書信？

羅倫斯不應該不負責任地延續對方的故事。

如果這是一個遙不可及的故事，更是不該。

「羅倫斯先生。」

看見羅倫斯動也不動，希爾德呼喚了其名。

羅倫斯嚇了一跳，這才回過神來，並看向希爾德。

受了傷的希爾德保持仰望羅倫斯的姿勢，面無表情地說：

「您是不是認為我應該認輸了？」

希爾德一語道破羅倫斯的心聲，讓羅倫斯甚至沒能夠以表情掩飾。

然而，希爾德只是更加重語氣說：

「一路來我遇過無數危機，但每次都撐了過去，而這次也是一樣。只不過這次……」

說著，希爾德瞥了自己的肩膀一眼。

肩膀上的血已經開始凝固，原本的潔白兔毛變得像得了皮膚病一樣扭曲結塊。

「戰況有些差就是了。」
羅倫斯與赫蘿一路旅行過來，也遇過好幾次旁人看了會覺得只有放棄一途的狀況。儘管如此，羅倫斯還是一直不肯死心，也因此才能夠走到今天。要是因為羅倫斯不肯死心而適得其反，現在很可能已經在奴隸船上或土中。
明明如此，羅倫斯卻拿出理性來評斷他人的不死心。羅倫斯不禁思考著自己是否太自私了。
希爾德無疑是他故事裡的主人翁。希爾德戰勝了一路來遭遇到的所有難關，並得到莫大的戰績。既然這樣，希爾德當然不肯輕言罷休。
不過，羅倫斯第一次體認到原來站在客觀角度思考，竟是如此地殘酷。希爾德已無法東山再起是再清楚不過的事實。只有相信幸運女神陪伴在身旁的希爾德本人，還看不清事實。
希爾德一直看著羅倫斯。
羅倫斯不知道應該說什麼，而忍不住別開視線。
「我已經決定要與德堡共進退。不管發生什麼事情，我絕對不會改變方向。這樣或許很愚蠢吧，但我覺得無所謂。」
希爾德就算向羅倫斯表明決心，也只會讓羅倫斯徒增困擾。羅倫斯舉起手打算制止希爾德說下去。
但是，希爾德沒有退縮。

「我明白只為了存活下去而存活是一件多麼辛苦的事情。什麼事都不做地度過一段時間，就像不曾有過那段時間一樣。然後，如果沒有能夠信賴的對象，就跟全世界只有自己孤單一人沒兩樣。我想羅倫斯先生應該明白我的意思。正因為明白，您才會身為人類卻願意與赫蘿小姐——」

「別再說了。」

羅倫斯打斷希爾德的話語，然後重覆一遍說：「別再說了。」

「有些事情我能夠幫忙，但有些事情不能。我就是對赫蘿也一樣。」

羅倫斯能理解希爾德絕對不願放棄的心情，也覺得赫蘿一路來能放棄很多事情值得稱讚。

懂得放棄才最重要——這句話絕非失敗者的口頭禪。

有時候正因為放棄了，才能夠繼續向前走。

希爾德是屬於哪種狀況呢？

羅倫斯與希爾德一直互相注視著。

「信件就拜託您了。」

希爾德只說了這麼一句後，走了出去。

羅倫斯還是動也不動，只開口說：

「我不會收下喔。」

聽到羅倫斯的話語後，希爾德瞬間停下了腳步，但最後沒有回頭而繼續邁步。局勢一面倒之後，希爾德還有多少同伴呢？應該已經沒有其他同伴能夠幫希爾德把信件帶到斯威奈爾去。

泛紅光線從後門流瀉進來，希爾德的小小身軀搖搖晃晃地消失在門縫裡。後門靜靜地關上，只剩下了沉默與兩封信。羅倫斯不認為送信過去就能夠改變戰況，搞不好還會被當成是德堡商行派來的奸細而人頭落地。

不過，如果單純是送信，也不是辦不到。

羅倫斯這麼想著，但立刻甩了甩頭告訴自己要保持冷靜。如果送信過去，能夠得到什麼利益？又有可能失去什麼？這一切可以用損益計算的角度來思考，而且也應該這麼思考。萬一斯威奈爾真能夠阻止德堡商行進軍，原本對德堡商行持反對意見的人們儘管戰戰兢兢，也可能舉旗謀反。對現狀的德堡商行來說，想必也最害怕見到這種事情發生。

希爾德的想法應該是，只要斯威奈爾能夠暫時性阻止德堡商行進軍，就一定會有隙可乘。鐵一旦失去熱度，就很難塑造成喜愛的形狀。然後，如果從刀劍相向變成損益交錯，希爾德他們就有出手的餘地。這麼一來，德堡商行或許能夠回到原本的主人懷抱。

然而，這些都是「如果怎樣」、「或許怎樣」之類的假設，依現狀來說，這般假設有多麼夢幻顯而易見。希爾德和德堡的夢想將在這裡被摧毀，就快誕生的理想鄉也將被士兵們踏平。的確，羅倫斯也感到心痛。這樣實在太遺憾了。

話雖如此，但世界根本不可能讓所有人都實現夢想。

希爾德和德堡到了只差一步的地方失敗了。

羅倫斯自己也是在就快實現擁有商店夢想的前一刻往回走。

愚者才會拘泥於沒有把握的事情。就算這件事情有多麼壯大崇高，也不可能比性命更重要。

羅倫斯緊緊握住拳頭，然後就這麼留下信件離開了。既然交易破局，現在羅倫斯只能夠與繆里傭兵團會合，以盡可能地確保人身安全。

這是正確的選擇，而羅倫斯一點也沒有錯。

雖不至於一定要撲滅所有濺到身上的火苗，但也沒理由主動往地獄的油鍋裡跳。如果只是交出禁書，還有逆轉的可能性；更重要的是，羅倫斯不需要直接面對危險。相對地，送信到斯威奈爾是一種看不見希望，還甚至會直接危及人身安全的行為。

這一切想法都合乎道理，相信赫蘿也會贊成這樣的決定。

既然是無能為力改變的事情，就應該放棄並迅速逃出來，而這也是積極活下去的方法。

然而，羅倫斯離開倉庫越遠，胸口就越苦悶，腳步也越沉重。

羅倫斯當然深深明白自己會有這般反應的原因。

如果什麼事都不做，就等於不曾有過那段時間，如果不能信賴某個人，在這世上就會變成孤單一人；不需要希爾德提醒，羅倫斯也知道這些道理。

旅行商人之所以想要擁有商店，就是因為希望讓屬於自己的地方具有形體。也是因為想要有一個結果，來證明自己有多少成就。

還有更重要的一點是，自己死了後會留下這家商店，這時如果有個信得過的人願意接管商店，一定能了無牽掛地走得安心。

羅倫斯知道擁有這份幸福是一件多麼美好的事情。他清楚知道信賴某個人，也被人信賴能夠帶來無限活下去的動力來源。

希爾德就將失去這兩者。

面對這隻被逼得走投無路的兔子，羅倫斯很想這麼告訴他：

——只有你自己能夠擁有幸福，實在太狡猾了。

「可惡！」

羅倫斯不屑地說道。羅倫斯覺得自己就像被希爾德下了咒一樣。

如果羅倫斯能夠對他人的幸福見死不救，而只顧自己幸福，應該早就成為擁有更多財富的商人了。

回到房間後，羅倫斯一邊收拾行李時，也覺得像受到千刀萬剮似的痛苦。

儘管如此，羅倫斯還是拚命咬緊牙根，告訴自己現在選擇放棄是正確的決定。

自願送死的人是沒辦法阻止的。

希爾德已經做好與夢想同歸於盡的心理準備，而這也是他的期望。

羅倫斯與赫蘿只是和這齣悲劇交集了一瞬間，並決定提供協助。

羅倫斯只是從舞臺右方出現，再從左方消失的配角之一，所以沒必要在意那麼多。

羅倫斯是一個商人。他親身體驗過商人如果不肯遵從損益計算會變成什麼樣。

羅倫斯這麼想著並說服自己，然後整理好所有行李準備離開房間。

就在羅倫斯伸手準備開門的瞬間，窗外傳來了醉漢的聲音。

「嗯？這什麼東西？」

醉漢的聲音顯得遲鈍又毫無意義地大聲，一聽就知道已喝得爛醉。

現在整座城鎮如此動盪，所以這也沒什麼好稀奇，但在這之後傳來的話語讓羅倫斯忍不住豎耳傾聽。

「喲？這好喔。真是找到了個好東西，你看！」

「這該不會是上天的旨意吧？很好的伴手禮呢。」

——這兔子看起來很肥美。

聽到這句話後，羅倫斯全身寒毛都豎了起來。

「哎呀，這兔子受傷了。會不會是從廚房逃出來的？」

「管他的。反正四下無人，我們把兔子帶回去好了。」

「好耶，就這麼做……嗯？這傢伙還活著。」

在這瞬間，羅倫斯丟出行李衝出了房間。
羅倫斯衝下階梯、穿過一樓的酒吧後，在狹窄又昏暗的走廊上飛快地奔跑著。
打開不久前希爾德才走出去的後門衝到馬路上後，羅倫斯迅速環視左右兩方。
在距離不到一個區段的街道角落，兩名醉漢正望著地面。
醉漢用腳輕輕頂著一隻兔子，而那隻兔子無疑是希爾德。
「哎呀，別想逃。」
「真麻煩。把牠的脖子扭斷算了。」
「喔？好點子，就這麼辦。」
男子抬高了一隻腳。
在那同時，羅倫斯大喊：
「請等一下！」
此時已經入夜。羅倫斯的喊聲遠遠地傳了過去，吸引了兩名醉漢回頭觀望。
「請等一下！」
「嗯？」
「那隻兔子……」
看見羅倫斯一邊指著兔子，一邊奔跑。醉漢們看向自己的腳邊。

看了一眼癱倒在地的受傷兔子後，醉漢們看向羅倫斯。

「幹嘛？你想搶兔子啊？」

雖然一方面是因為口齒不清，但醉漢粗魯的口吻恐怕不單純是因為喝醉酒而已。

羅倫斯沒有時間與醉漢們爭論。

自衛團隨時可能聽到吵鬧聲而前來。

萬一自衛團當中有人在追殺希爾德，就沒戲唱了。

「不是，其實我料理到一半時，這隻兔子逃跑了出去，害我一直在找牠。所以，請接受我的謝禮。」

羅倫斯沒有從腰際拔出短劍，而是鬆開荷包的繩子拿出銀幣。

羅倫斯這次出手並不吝嗇。

他給了每人一枚崔尼銀幣，一共給了兩枚。照理說，這樣的金額足以買到滿籠子的兔子。

醉漢看見塞進自己手中的貨幣後，不禁啞口無言。

然後，發現自己手中的貨幣價值那一刻，醉漢們從兔子旁邊跳了開來。

「啊，真抱歉。我們沒想到會是從貴族大人家裡逃出來的兔子。」

「我、我們啊，我們是想到不能讓這東西逃跑，正準備尋找牠的主人。」

願意為了一隻兔子拿出崔尼銀幣的人，絕不會是泛泛之輩。

醉漢你一句我一句地說著，然後或許是害怕事後被怪罪，兩人縮起身子逃走了。

目送兩人的背影離去後，羅倫斯低頭看向希爾德。

希爾德倒臥在地，讓慘不忍睹的受傷兔皮就這麼暴露在外。

希爾德這般憔悴模樣，甚至讓人懷疑起他是否還活著。

想必希爾德已經完全找不到人幫忙了。

羅倫斯不知道希爾德的同伴是害怕地逃跑了，還是背叛他去投靠了對方。

但至少知道就算希爾德狼狽地倒在路上，也不會有人來解救他。希爾德差點就被醉漢殺死。

直到不久前，希爾德還置身於偉大的計畫之中，而這個計畫就是以取代世界霸主來形容也不為過。後來，希爾德遭到卑鄙且慾望強烈的一群人背叛，所以為了推翻這群人而奮鬥著。

毫無疑問地，希爾德此刻正被捲入壯烈故事的漩渦中。

現在這個故事無法成就夢想，終將為了背叛而低頭。

世上成功者不斷受人讚揚的事實，卻也代表著成功背後不知道有多少人失敗。而希爾德也是其中一人。

這代表了一個人想要完成超出自己能力的事情，有多麼困難。

儘管困難，希爾德還是協助了德堡，並讓羅倫斯這些市井商人看見了短暫的夢想。

羅倫斯絕不會忘記，當他想到世界霸主有可能換人時有多麼興奮。

然而，面對領主們——以及行徑像領主的那些人充滿血腥味且思想老舊的慾望，希爾德他們被打敗了。相信過去也出現過無數挑戰者，而多數人肯定都在不為人所知的狀況下戰敗。

到了這時，羅倫斯還是沒有想要伸出援手的意思。因為有很多現實問題擋在前面，而且最重要的是，這些人都是做好了可能落得這般下場的心理準備，才會走上危機四伏的橋樑。

不過，羅倫斯還是會想救希爾德一命。

只要還活著，就能夠重新出發。只要沒有迷失方向而忘了信念，就能夠熬過苦日子。因為並非一定要達成偉大成就，才是具有意義的人生。

羅倫斯抱起希爾德的小小身軀，並走回旅館撿起信件，然後收拾了行李。

不久後，羅倫斯平安順利地與魯華等人會合。

希爾德的小小身軀就像一具夢的遺骸。

第八幕

「看見這副模樣，讓人不禁覺得頂尖商人也不過如此而已。」

魯華抓起縫好肩膀傷口不久的希爾德說道。因為沒有告訴團員希爾德的真實身分，所以接到治療兔子命令的人都傻了眼。經過塗抹藥膏以及縫合傷口的治療後，希爾德在藤籠裡像死了一樣沉睡著。就拿這隻兔子來當今天的晚餐好了——傭兵們看見那模樣，肯定會說出這般粗野的玩笑話。

羅倫斯等人目前在距離雷斯可不遠的郊外。

夜空裡不見一片雲朵，可看見美麗星辰閃爍著。

不過，今晚氣溫相當低，團員們有人裹著棉被，有人收集了路邊乾草生起火堆，各自取著暖。他們在遠處不時看向羅倫斯的馬車貨台，但充滿疑問的視線並不是在詢問：「怎麼有個不識相的傢伙出現在不該出現的場合？」他們投來的視線是在催促說：「拜託趕快做出結論。」

「雖然有一段距離，但我認為南下或許是聰明的選擇。」

摩吉一邊指著攤開在羅倫斯馬車貨台上的地圖，一邊說道。

「雷諾斯啊？以德堡商行那些傢伙打算拿我們殺雞儆猴作為前提思考看看吧？雖說我們的部隊很強，但如果在平原上遭到大軍攻打，也會瞬間全軍覆沒吧？」

「是的。但是，如果北上，我們會被視為叛徒遭到追殺，而南下的話，他們應該就沒有光明正大的理由攻擊我們。」

雖然強大的暴力總是不合理，但施暴者似乎還是需要一個光明正大的理由。

「說起來，如果去雷諾斯，也比較容易與赫蘿小姐會合喔。」

「您說的是。東、西兩向都沒有什麼像樣的城鎮或村落。我認為還是乖乖順著河川南下，等狀況穩定下來再前往托爾金才是上策。德堡商行的勢力再強，想必也不可能進軍到雷諾斯。」

一進入雷諾斯以南的地區，就是普羅亞尼的領土。如果進軍到那裡，肯定會刺激到普羅亞尼的國王和諸侯。的確，德堡商行不可能做出這般蠢事。

「羅倫斯先生呢？這樣你可以接受嗎？」

想到自己正在參加歷史悠久的傭兵團的進軍會議，使得羅倫斯的思緒無法順利跟上。如果是在行商途中被搶奪貨物，然後被詢問「你想死在哪裡？」羅倫斯反而覺得比較有真實感。

「我覺得是個好點子。」

「好！那就這樣決定了。」

魯華站起身子，並輕快地從貨台上跳下來，然後大步走去。

這時，傭兵們就像看見小丑出現在廣場上的小孩子一樣，三三兩兩地聚集了過來。

魯華往後掀高外套，並且大幅度地揮了一下手，然後告訴傭兵們會議結論。魯華的說明直截了當且易懂，並且不讓大家有機會抱怨。

魯華似乎決定徹夜行軍。為了徹夜行軍，他指示部下先準備宵夜填飽肚子。魯華發出指示的瞬間，冷得直發抖的傭兵們像小孩子一樣高興得舉高了雙手。

羅倫斯有意無意地望著傭兵們的反應時，摩吉一邊有技巧地捲起大型地圖，一邊搭腔：

「羅倫斯先生怎麼打算呢？」

「咦？」

羅倫斯本以為摩吉是在詢問用餐的事情，但看見摩吉一邊用下巴指向拉著馬車的馬兒，一邊接續說：

「必要的話，可以派人幫您牽馬。徹夜行軍時，有時候從隊伍中走散，也不會有人察覺。」

摩吉的意思是「缺乏體力的旅行商人就乖乖躺在貨台上睡覺吧」。

只不過，就算再怎樣沒有體力，羅倫斯也沒自信能獨自躺在行進中的傭兵們正中央睡覺。

雖然相信摩吉是出自好意，但羅倫斯還是只能夠自己走路。

「不用，我自己走就可以了。畢竟……」

羅倫斯先這麼回答，然後刻意補充一句：

「赫蘿應該也是不分晝夜地一直跑著。」

摩吉停下捲地圖的手，然後用力拍打一下自己的額頭說：

「真抱歉，我說話太輕率了。」
摩吉等人真是一群正直的人。
如果所有傭兵都是這樣，羅倫斯願意改變一下對傭兵的印象。
「可是，這樣真的無所謂嗎？」
捲好地圖後，摩吉用馬毛捻成的繩子綁住地圖，並遞給在貨台旁待命的小伙子。
赫蘿在貨台上動來動去時，明明覺得貨台顯得寬敞，摩吉出現在貨台上時卻變得狹窄。
「那本禁書什麼的不是會變得沒用嗎？」
「……確實是這樣沒錯。」
羅倫斯答道，然後看向在藤籠裡像死了一樣入睡的希爾德。
「我想應該要適時收手才是。商行的規模越大，越不可能靠一個人力挽狂瀾。既然內部局勢已經一面倒，那應該已經沒辦法挽回什麼了。」
「嗯……所以應該保住性命等待下一次機會，是嗎？」
「這只是一個旅行商人的狹隘想法就是了。」
吃宵夜之前，大家先分了酒。
摩吉也從小伙子手中拿過酒瓶，然後放在貨台上。
「我認為這是正確的想法。但如果每次都這樣……會讓人覺得有些無趣就是了。」

以戰爭過活的人大多豪氣干雲。在他們眼中，想必會覺得羅倫斯的想法像極了狹隘商人會有的想法。

儘管如此，摩吉還是只保守地表現看法。由此可見羅倫斯並沒有做出錯得離譜的判斷。

然而，魯華向周遭部下指示完畢後，不知何時已經走了回來，他站在摩吉正後方這麼說：

「你跟我說的好像不是這樣耶，摩吉？」

「少、少主。」

「不要叫我少主。不過，你一直灌輸我要現實一點的觀念，沒想到自己卻要沉醉在戰鬥美學之中啊？」

聽到魯華壞心眼地說道，原本表情就十分嚴肅的摩吉，變得更加嚴肅地一直搔頭。

看見摩吉這般反應後，魯華笑了笑，並動作輕盈地跳上貨台。

「不管怎麼說，我都贊成羅倫斯先生的判斷。管它是保守派還是激進派，反正我都看不慣德堡商行。」

如果說希爾德和德堡是試圖開創新時代的存在，魯華等人就是可能被留在古老世界的存在。

就這層涵義來說，或許魯華反而覺得現在的德堡商行才有親切感。

「我們沒慘到得幫助把我們當成紙老虎來安排計畫的商行吧？的確，這樣可以賺到錢。是有可能賺到錢，但是……」

魯華停頓下來喝酒時，小伙子送來了宵夜。

雖然只是用麵包夾住香腸的簡單宵夜，但在這冷天之中，足以勝過任何美食。

「只是得到錢而已吧。喝酒玩樂一頓後，就什麼都沒了。」

說罷，魯華咬了三口就把麵包吃光了。

的確，如果只是為了吃飯而賺錢，最後都是吃完就結束了。

「羅倫斯先生呢？你不是商人嗎？商人不會想這些事情嗎？」

聽到話頭指向自己，羅倫斯咬斷香腸，並別開臉閃躲濺出的油脂。

魯華的問題也像滾燙油脂一樣讓羅倫斯想要閃躲。

「我在雷諾斯曾經跟一個商人有過衝突，對方是個連我都覺得難以置信的守財奴。」

「喔？」

不僅是魯華，摩吉也一副深感興趣的模樣看向羅倫斯。

「那個人拚命地賺錢，就是他人的性命也不當一回事地利用來賺錢。不僅如此，這個人厲害到甚至想要拿自己的性命來換錢。我曾經問過這個人一個問題。而且，當時是在沒有人的倉庫裡，而我們拿著斧頭和刀子對峙。」

兩名傭兵頓時驚訝地瞪大眼睛，然後在臉上浮現如孩子般的天真笑容。

「我問對方『賺那麼多錢要做什麼？』我問對方，這麼做不是像要喝光海水一樣嗎？」

羅倫斯回想不起伊弗當時的表情。羅倫斯當時根本沒有餘力去注意伊弗的表情。不過，就是到了現在，羅倫斯還記得伊弗當時的口吻。

伊弗當時的口吻顯得天真又帶有力量，而且像是有些難為情。

羅倫斯詢問伊弗賺那麼多錢要做什麼，又在盡頭看見了什麼，當時伊弗對羅倫斯這麼回答：

「對方回答我說『因為有所期待』。」

「期待。」

魯華反覆說了一遍。摩吉緊緊抿著嘴，然後擺動粗脖子壓低下巴。

「期待。」

傭兵團的年輕團長又說了一遍，然後迅速看向遠方。

那模樣就像看見小鳥叼著寫了答案的紙條，而用眼神追著小鳥輕快地飛去一樣。

「那傢伙可以成為優秀的戰士。」

然後，魯華把視線移向羅倫斯一邊笑笑，一邊說道。

「可不可以把他請來我們這裡啊？喂，摩吉，你說怎樣？」

「嗯……確實可以成為很優秀的戰士吧。可是，那人的個性應該不會聽從別人說的話吧。為了達成目的，不管是多麼有勇無謀的戰略，都願意與他人配合。不過，如果不是這樣，無論關係再怎麼親密，也能夠毫不在意地背叛對方。不是對眼前而是對其他地方抱有期待的人，大多是這種個性。」

摩吉彷彿一路觀察伊弗過來似地，形容得相當準確。

魯華看似不滿地揚起眉毛，但看見羅倫斯點了點頭後，就像玩耍到一半被大人阻止的小孩子一樣深深嘆了一口氣。

「羅倫斯先生是不是也遭到了背叛？」

「我把赫蘿當抵押品送去抵押，最後還在不知不覺中連自己的性命都賭上了。」

魯華輕輕吹了一聲口哨，摩吉則一口咬下剩餘的麵包。

「商人真是可怕啊。正因為商人的外表看起來很和善，才更教人害怕。」

魯華一邊看著在藤籠裡睡覺的希爾德，一邊說道。

「人類舉得動的長劍大小有限，不過，商人能夠寫在紙上的金額無限。雖然這傢伙他們在這裡失敗了，但未來或許真有一天會變成由商人支配世界。」

魯華的左手一直握著劍柄。

他面無表情俯視著希爾德。那模樣看起來宛如一個國王在思考該不該趁著對方還在襁褓中沒有力量的時候除掉對方，以免被奪走王位。

「或許會有那麼一天，但應該是很久以後的事情了吧。既然這樣，在那天到來之前，您大可盡情戰鬥。」

聽到摩吉的話語後，魯華感到有些無趣地揚起一邊眉毛。

那模樣就像被大人教訓不能做無益殺生的小孩子一樣。

「……不過，北方地區的騷亂有些教人擔心喔。」

魯華發出「喀鏘」一聲鬆開劍柄說道。

「如果以正常的邏輯思考，那些傢伙現在氣勢如虹，我不覺得有人阻止得了他們。聽說反對派聚集在斯威奈爾，但應該很難制止他們吧。」

身經百戰的傭兵對斯威奈爾做出這般評價，而希爾德還打算把請求救援的信送到那裡去。

如果羅倫斯送信到斯威奈爾去，果然只會讓自己身陷危險之中。

雖然知道這樣的想法顯得卑劣，但羅倫斯因為又多了一個藉口，而覺得心情輕鬆了一些。

「赫蘿小姐不知道打算怎麼做喔？她會想要多少出點力量制止戰爭嗎？」

赫蘿早就下定了決心。

她肯定不會制止戰爭，而會像經營畫商生意的羊——攸葛那樣，拚命地配合這時代的變遷，而徹底保持視而不見的態度。

羅倫斯搖了搖頭後，魯華一副像是自己感到胸痛似的模樣壓低下巴，並點了點頭。

「有些事情就算再怎麼痛苦，也必須做出抉擇。不愧是赫蘿小姐，表現令人敬佩。」

「我們也必須採取不會讓旗幟圖樣蒙羞的行動。」

「一點也沒錯。總之先改變進軍方向，觀察一下狀況。」
魯華這麼說，並沒有以「撤退」的字眼來表現。
看來魯華似乎很喜歡「改變進軍方向」的說法。
「不過，很久沒有在夜間行軍了，還真有些期待呢。但願天氣放晴才好啊。」
說著，魯華像白天仰望天空時一樣，將手掌平舉至眉間，仰望起夜空。
目前寒冷夜空裡不見一片雲朵，只見美麗星星閃爍著。
「別說是下雪，萬一下起雨來就麻煩了。」
如果下雪，只要撥開雪就好了，而且雪下得越多，覆蓋在身上的雪越厚，反而意外地暖和。
羅倫斯這麼想著並說出想法後，魯華一邊笑笑，一邊傾頭說：
「我不擔心下雨，也不擔心下雪。我是擔心能不能看到日出。」
「日出？」
「沒錯。我很喜歡在徹夜行軍時看見日出。尤其是在大家因為打仗而身心交瘁，誰也不想說話的狀況下看見日出，更是一大樂事。接下來會變成怎樣？究竟能不能解脫？為什麼事情會演變到這般地步？黑夜之中大家會煩悶地一直思考這些問題，而煩悶過後看見的日出最美了。」
看見魯華氣宇軒昂地說道，摩吉露出了苦笑。
「血腥味、汗臭、屍臭像蒼蠅一樣在身體四周糾結纏繞，不管怎麼揮也揮不去；黑暗如黏稠血液般纏繞在雙手上，不管怎麼搓手也搓不掉。可是，日出的那個瞬間，一切都會被沖洗掉。一旦看了那日出……」

魯華閉上眼睛，一副回想著當時情景而感到餘韻猶存似地，緩緩接續說：

「就沒辦法放棄當傭兵。」

正因為過著永無止境的戰爭生活，才會特別有這般想法。

在這世上真的有可能斬斷所有罪惡，並洗刷掉一切。

那想必會是一件讓人心情非常暢快的事情。

不過，可以的話，身為一介商人的羅倫斯希望在陷入絕境之前，能夠先採取因應措施。

「不過，這次似乎不太可能看見多美麗的日出就是了。」

雖然一行人是在德堡商行的叛亂下離開雷斯可，但目前看來德堡商行似乎沒有要追趕上來的意思。而且，魯華等人也說過德堡商行沒有光明正大的理由，所以不大可能會來攻打他們。

這狀況下應該能夠沒什麼困難地抵達雷諾斯，不久後也能夠與赫蘿會合。

只要把希爾德帶到雷諾斯，相信希爾德也會冷靜下來並改變念頭。

至於在那之後應該怎麼做，只要從長計議就好。

到時候可以與赫蘿一起前往約伊茲，但如果赫蘿願意，羅倫斯希望能夠先辦好他的事情。羅倫斯已經繞了很大一圈路，在春天正式到來之前，很多地方等著他重新展開行商。

而且，既然未來將與赫蘿兩人展開新生活，羅倫斯也想好好釐清很多事情。

「好了，肚子也填飽了，差不多可以出發了吧。」

聽到魯華說道，摩吉慢吞吞地站起身子。

想到自己在暗夜裡身處傭兵團之中旅行，羅倫斯不禁覺得——與一群幽靈一起旅行還比較有真實感。

面對眼前的不可思議光景，讓羅倫斯忍不住想笑。然而，別說是與傭兵團一起旅行，羅倫斯的馬車貨台上甚至多了一位乘客。這位乘客不只擔任前所未聞的礦物商的左右手，而且，這位乘客還是兔子的化身，並為了北方地區的和平而奮鬥。

羅倫斯心想，有時候一場邂逅真的能夠帶來如此奇妙的際遇。

不過，說到底這個世界是靠著人與人編織而成，個人的力量並不如想像中的大。如魯華所說，就算是稀世大商人，「一旦變成這樣也不過如此而已」。

一個人物不可能因為創造出了不起的業績，全身就變得像神明一樣金光閃閃，而且也無法點石成金。

想必赫蘿也是很快地察覺到這般事實，才會不再想要靠自己的尖牙利爪解決一切。

一個人的力量有限。

就連希爾德也輕易地被劍刺傷，並失去身為商人的絕大影響力，最後險些死在醉漢手中，而落得在藤籠裡睡覺的下場。希爾德此刻的模樣顯得無力，看上去就只是一隻普通兔子。

或許人們必須打從心底理解這般事實後，才懂得睜大眼睛看世界。

「有沒有忘了什麼東西？」

魯華沒什麼特別用意地問道。

聽到魯華的話語後，羅倫斯忽然看向雷斯可的方向。

雖然只有一下下，但羅倫斯在雷斯可確實看見了開店之夢。事實上，羅倫斯也支付了保證金。不過，最後很乾脆地放棄了。為了展開新旅程，懂得放棄是很重要的事情，也正因為如此，旅人不會在人們都很親切的村落久留。

想必不久後，雷斯可的遭遇也會變成一場有趣的回憶，只要提起這個回憶時，有赫蘿陪伴在身旁就好。所以，羅倫斯抬起頭準備回答魯華。

還是盡早出發比較好。畢竟人生短暫。

然而羅倫斯沒能夠這麼說出口，原因不在於他。羅倫斯看見魯華露出彷彿在說「哎喲？」似的表情。羅倫斯還來不及思考魯華為何突然做出這般反應。

羅倫斯背後傳來了聽似痛苦的沙啞聲音。

「有……東西……」

「希爾德先生！」

羅倫斯追著魯華的驚訝視線回過頭一看，發現受了傷的兔子在藤籠裡拚命地抬起頭。

「忘了……拿……」

可能是因為受傷而發高燒，希爾德顯得意識朦朧。希爾德小小的頭不停晃動，還有一邊眼睛沒有完全張開。儘管如此，希爾德仍然死命地開口說話。

希爾德對雷斯可還有留戀。

魯華逼近希爾德說：

「喂，死兔子。」

面對因為受傷且沒有體力而張不開一邊眼睛的兔子，魯華用骨節隆起的手指頂了一下。

「你已經戰敗了，接受事實吧。我們接下來將前往南方。你如果想活命，就閉上嘴巴窩在那裡不要動。明白了沒？」

對衰弱得光是抬起頭就全身顫抖的受傷兔子，魯華的這般舉動，並不會讓羅倫斯覺得他太沒有肚量。傭兵團是一個群體，如果腦袋想的和嘴巴說出來的不一致，手腳動作會立刻錯亂起來。

「懂了沒？」

魯華最後用手指彈了一下希爾德的下巴，希爾德就像受到虐待的奴隸一樣無力地把頭倒向一旁。雖然希爾德微微張開著眼睛，但像是暈厥了過去。

魯華用鼻子發出「哼」的一聲。

「真不愧是德堡商行的商人，讓人不得不佩服他的執著。」

「的、的確，這麼有志氣，只當一隻兔子太可惜了。」

就算摩吉再怎麼穩重，親眼看見會說話的動物也難免有些動搖。不過，魯華和摩吉都是忠於原則的傭兵。他們如果認定對方很厲害，就算是兔子也會表現出敬意。

摩吉用粗大的手指細心地幫希爾德重新蓋好棉被。

然後，魯華站起身子，並準備向部下發出指示的瞬間——

「信件還……」

聽到沙啞的聲音輕輕響起，魯華回過了頭。

「留……在……」

這時，魯華臉上浮現近似驚訝的表情。

「信件？」

魯華睜大了眼睛，而且下巴無力地垂下。不過，這般表情底下藏著一股猛烈的怒氣。

「喂！你說的是真的嗎？」

魯華推開摩吉，並且把手伸進藤籠裡。

「喂！起來！」

然後，魯華一副想要強硬搖醒醉漢似的模樣抓住希爾德胸口，並不停甩動著希爾德的頭部。

看見魯華的激動表現，摩吉急忙加以阻止。希爾德依舊一付虛脫無力的模樣，長長的耳朵沉重地垂著。

——信件還留在那裡——

希爾德這麼一句話，強烈擾亂了魯華的思緒。

「可惡！信件？什麼信件？」

魯華放手鬆開了希爾德的胸口。小小的兔子身軀再次無力地回到籠子裡。

羅倫斯看見希爾德的嘴角彷彿浮現了淡淡笑意。

「對啊，就是這個可能性……既然這傢伙會去拜託羅倫斯先生……就有這樣的可能性。而且可能性相當高……」

魯華顯得煩躁地一邊注視著貨台地板，一邊快速地反覆說道。

然後，魯華突然抬起頭說：

「羅倫斯先生。」

魯華的犀利眼神讓羅倫斯忍不住想要伸直背脊。

魯華瞪大著眼睛，那彷彿在說「不想浪費時間眨眼」似的眼睛已不像人類，而更像野獸。

「最後一個遇見這傢伙的人是你。可是，我粗心大意地忘了跟你確認。因為我以為事情都已經結束了。」

魯華注視著羅倫斯說道，那眼神彷彿直接看進了羅倫斯的腦袋裡。

「我知道這傢伙的最後請求是想要向人求救。可是，具體的請求內容是什麼？」

在這瞬間，羅倫斯的腦海裡浮現出信件。在一片安靜的旅館後門，處於瀕死狀態的希爾德拚了命地來到旅館，並託付了兩封信給羅倫斯。那是向斯威奈爾某領主求救的信件。想到這裡，羅倫斯總算理解了希爾德擾亂魯華思緒的效果。

希爾德的求救信件裡，明確指出目前什麼人是現今德堡商行的敵人。那麼，既然希爾德會向羅倫斯求救，難道就不可能向其他人求救嗎？舉例來說，希爾德會想到向駐留在他出入過的旅館、歷史悠久、菁英齊聚且名聞遐邇的傭兵團求救，也不足為奇。

不管事實為何，至少不喜歡希爾德行動的傢伙們會這麼認為。

羅倫斯像一個小伙子準備坦承自己做了無法挽救的失敗一樣，嚥下口水這麼說：

「為了抑制德堡商行目前的氣勢，希爾德試圖把求助於反對勢力的信件託付給我。」

羅倫斯從胸口取出兩封信。羅倫斯本打算找個機會燒毀信件就好。至少「託付給羅倫斯的信件」可以這麼處理。

但是，理所當然地，「其他信件」的狀況就不同了。

在當時那般狀況下，希爾德很可能把寫到一半還來不及銷毀的信件留在某處。或許應該說，希爾德故意留下信件的可能性極高。

為什麼呢？因為希爾德知道，羅倫斯在旅館會想要說服他放棄的可能性也極高。除此之外，只要考慮到自己的體力已快到了極限，希爾德當然聯想得到自己可能會被迫拖出城鎮。

一旦離開了雷斯可，將難以說服對方與德堡商行對抗。就算想要以武力脅迫對方，希爾德也一樣難以辦到。既然是這樣的狀況，希爾德會怎麼做呢？

只要設法讓德堡商行自己追上來就好了。好比說，在顯眼處留下求助於繆里傭兵團的信件，或是留下註明「感謝貴團協助」的信件。

一旦發現這樣的信件，為了斬草除根，德堡商行將會派出刺客。或者是，德堡商行也可能為了警告而派出刺客。不管德堡商行會怎麼做，都有了追趕叛徒的理由。

如果換成是羅倫斯站在希爾德當時的立場，羅倫斯肯定會把感謝信放在顯眼的地方。

羅倫斯還會在信上寫著「繆里傭兵團團長魯華．繆里大人敬啟，感謝您答應我的請求，讓我們攜手一起討回德堡商行。」

「竟敢擺我一道，死兔子！」

魯華緊緊咬住牙根，表情苦澀地嘀咕道，那聲音聽起來就像從牙根縫隙中溜出的呻吟。事到如今不可能為了這種事情回到雷斯可做確認。就像惡魔的證明一樣，誰也不可能證明「沒有」。

不過，為了讓繆里傭兵團這支戰力前往斯威奈爾，希爾德絕對會留下信件。只要留下暗示繆里傭兵團與希爾德聯手合作的憑據，繆里傭兵團就無法南下。

通往雷諾斯的沿路上只有一大片寬敞平原，而就戰力來說，德堡商行具有壓倒性的優勢。繆里傭兵團再怎麼會打仗，如果在寬敞的平原上被迫交鋒，肯定會是勢力較大的一方獲勝。相對地，如果換成是通往斯威奈爾的狹窄山路，就能夠克服寡不敵眾的不利局勢。

不過，以可能性來說，希爾德很可能只是在虛張聲勢。

雖然可能性很高，但萬一是真的，繆里傭兵團只要南下，將就此結束其歷史。

就連戰爭知識貧乏的羅倫斯，都知道在德堡商行的兵力追趕下，逃進狹窄山路才是繆里傭兵團唯一的存活之道。

嬌小的動物想要存活，當然得逃進狹窄之處。

就像兔子逃進兔穴裡一樣。

「斯威奈爾、什麼斯威奈爾……」

魯華用手按住自己的額頭，然後一副彷彿在說「別鬧了」似地不斷重複。就連羅倫斯都覺得前往斯威奈爾太欠缺智謀，所以魯華等人一開始就認為這件事情不值一提。

只要以正常邏輯來思考，都會做出這樣的判斷。

然而，希爾德有著異常的執著心，其動腦速度之快，也是異於常人。希爾德留下的短短一句話足以讓人看出這般事實。如果赫蘿也在一旁，或許會露出牙齒展現燦爛笑容。

希爾德利用僅存的少許體力，在最適當時機選擇了最具效果，也最具威力的最佳字眼說出口。不過短短幾個字而已，卻強烈地束縛住了傭兵團團長的思考。

希爾德是德堡商行老闆的左右手。

對於自己與希爾德身為商人的等級差異，讓羅倫斯強烈感到嫉妒。

「不可能選擇南下，那會有全軍覆沒的可能性。」

摩吉斬釘截鐵地說道。

「話雖如此，但如果因為不能南下而改往東邊或西邊，想必也不可能洗清我們的嫌疑。而且，不管前往什麼方向，都會遇到平原。那麼，是不是應該快馬加鞭地前往位於南方的雷諾斯呢？當然不可能。對方有船，我們一定會被追上，並且展開一場戰鬥。我們必須避免這種事情發生，絕對要避免。」

「我知道。」

魯華簡短地說道。摩吉點了點頭，繼續說：

「既然如此，我們只能夠前往北方。想要讓保護我們的盾牌發揮效用，只能夠選擇山中的狹窄小路。距離這裡最近的是……」

一個優秀的參謀就連作戰失敗時都能冷靜回報，摩吉以符合優秀參謀的作風斬釘截鐵地說：

「通往斯威奈爾的路。斯威奈爾位於交通要衝，不可能避開這個地方。」

「也就是說，我們被兔子趕進了兔穴裡。」

事實正是如此，所以身經百戰的參謀沉重地點了點頭。

不過，摩吉臉上沒有憤怒，也沒有絕望的情緒。

在摩吉臉上可看見對謀士希爾德的敬意。

「一支箭有可能扭轉戰況，而商人靠著一句話就做到了啊。」

魯華用力甩開外套，然後一副死了心的模樣抬起頭。

「我們只好加入了。就加入他們，做出漂亮的一擊吧。」

然後，魯華跳下貨台，並集合傭兵們宣布決定。

在魯華之後，摩吉也發出各種細項指示。

貨台上只剩下羅倫斯與希爾德。

然而，希爾德想出了足以讓魯華和摩吉表示敬意的計謀。

相較之下，羅倫斯只是一個小丑。

一方是大商行老闆的左右手，另一方只是旅行商人；身分如此懸殊，羅倫斯卻會感到嫉妒，或許太不知天高地厚了。

羅倫斯低頭看向暈厥過去的希爾德，然後別開視線。

頂尖商人變成這樣也不過如此而已？

這判斷太愚蠢了。

我是一個旅行商人。

羅倫斯把這句話重重地烙印在自己的胸口上。

生意難免會有虧損。

不過，還是有絕對不能碰上的虧損。

那不是會隨著時間加重的虧損，也不會是鉅額虧損，而是不可能東山再起的虧損。

對於傭兵們而言，也是一樣的道理。

既然傭兵們靠著「打仗」這個不確實的行業維生，當然有可能遭遇重創。然而，什麼損害都可以發生，就是必須避免發生可能無法繼續讓旗幟飄揚下去的損害。

因此為了避免全軍覆沒，當然也有可能刻意去挑戰高風險的行為。

希爾德的計謀使得南下之舉伴隨了全軍覆沒的可能性。於是，繆里傭兵團改變行進路線，進入了通往斯威奈爾的山路。

如果不趁著黑夜拉開距離，等到德堡商行認定繆里傭兵團為敵人並追趕上來時，將難以逃出生天。但是，積雪山路就連在白天通行都會伴隨危險，現在卻要摸黑前進，其壓力之重不在言下。摸黑前進會遇到不小心滑倒跌落陡峭坡面，或是把不是道路的地方誤認為道路的危險性。就這點來說，傭兵們的統率能力高，他們派出好幾名偵察兵，並高舉火把一邊互相確認彼此位置，一邊前進。如果是在平常，一定會佩服傭兵們的漂亮手法。

然而，此刻是在強大敵軍可能從後方追來的情況下行軍。而且，羅倫斯的存在只能用包袱來形容。感覺上，反而是釀成這般狀況的希爾德因為其計謀值得稱讚，而受到傭兵們看重。所以，在藤籠裡睡覺的希爾德也從羅倫斯的馬車貨台上，被移到了搬運傭兵團所有財產的拖車上。

羅倫斯對這一帶沒什麼方向感，當然不可能幫忙帶路，也沒辦法與傭兵們合作。而且，基本上羅倫斯的馬車不是用來走山路的馬車，再加上是雪路，所以更不適合行走，車輪也經常陷入雪堆裡。

雖然傭兵團所擁有的馬車遇到相同狀況的機率也不小，但羅倫斯的馬車上載著羅倫斯自身的物品，和傭兵們根本一點關係都沒有。

雖然魯華和摩吉不會擺臉色給他看，但不見得連部下們也一樣。

請傭兵們幫忙拉出陷入雪堆裡的車輪時，羅倫斯簡直如坐針氈。

除此之外，還有其他原因讓羅倫斯的表情一直開朗不起來。看過魯華和摩吉攤開的地圖後，羅倫斯清楚預料到一件事情。

運氣好的話，或許最終只是杞人憂天；儘管抱著這般想法，羅倫斯還是一直在心中問著：

「差不多快不行了吧？」然後，就在早已消化掉出發前吃下肚的宵夜，也到了想吃早餐的時刻後，這句話傳了過來。

前方坡路突然變得陡峭，路面也變得狹窄，終於來到馬車無法通行的地方。在摩吉的指示下，傭兵團全數卸下其拖車上的行李，並當場翻倒拖車。只見傭兵們動作熟練地拆下車輪，並改裝成雪橇。如果事前考慮到會在冬天行軍，雪橇當然是必備裝備。但是，羅倫斯的馬車並非具備雪橇功能的高級品。

話雖這麼說，但他的馬車畢竟還是不便宜。

因為沒有那麼大的膽量駕著馬車在雪路上前進，所以羅倫斯一直拉著韁繩走在馬兒前方，也因此流了汗。突然停下腳步後，羅倫斯感覺到體溫急遽下降。

然而，羅倫斯當時感受到的寒意，絕非是天氣因素。

羅倫斯看見摩吉趁著發出指示的空檔跑了過來。

「羅倫斯先生。」

傭兵在行軍中露出嚴肅的表情一點也不稀奇。

然而，觀察人們表情幾乎等於是商人的工作，而在身為商人的羅倫斯眼裡，明顯看得出摩吉是前來傳達難以啟口的事情。

「拖車嗎？」

所以，羅倫斯先開口問道。摩吉態度真摯地看著羅倫斯的眼睛，然後絲毫沒有緩和表情地點了點頭說：

「對商人而言，這或許是很痛苦的抉擇。」

摩吉是要羅倫斯放棄拖車的意思。

獨立門戶後，羅倫斯度過除了自己的性命之外，其他什麼東西都賣的生活，才好不容易存了錢如願買下這輛馬車。好幾年來，這輛馬車一直載著羅倫斯，以及羅倫斯的財產，也證明了羅倫斯是能夠獨當一面的旅行商人。

只要不斷旅行，失去馬車的可能性並不低。獨自旅行時如果車輪陷入泥濘，有時候就必須放棄馬車。但是，現在車輪沒有陷入泥濘，也沒有損壞。

然而，為了前進，必須在這裡捨棄馬車。

「我已經做好心理準備了。」

羅倫斯勉強露出笑容，露出不受動搖的模樣。

比起出售已支付保證金的商店，放棄馬車讓羅倫斯感到痛苦得多。

摩吉是個傭兵，想必會在交涉場合上面對比商人更嚴酷的交易，所以應該很輕易就看出羅倫斯表情中的陰霾。儘管如此，摩吉還是沒有說出無意義的同情話語，而是嚴肅地點了點頭。

然後，摩吉舉起手叫來了人手，並指示部下把貨物裝在馬兒身上，裝不下的貨物則搬到傭兵團的雪橇上。

「那麼，我們走吧。」

馬車的脫離作業轉眼間就結束了。

其他馬車換成雪橇的轉移作業也很快地結束了。路程漫長，一分一秒都不能浪費。

傭兵們沒有休息片刻便開始進軍。

在火把的光線照亮下，雪路發出令人毛骨悚然的白光。

羅倫斯回過一看，看見拖車孤伶伶地被擱在白色小路上。

目前沒有發生什麼不好的狀況。

只是，羅倫斯有一種失落感，就好像身為旅行商人的身體一部分被留在小路上一樣。

如果赫蘿在身邊，或許羅倫斯會感覺好一些。

然而，羅倫斯不知道什麼時候才能夠與赫蘿會合。

要是出了什麼差錯，羅倫斯也可能像那拖車一樣在半路上被截成兩半。萬一真的演變成戰爭，也不是完全沒有這樣的可能性。

消失在黑暗中的拖車像不祥的預兆，在羅倫斯的腦海裡揮之不去。

在這之後，一行人平安地在路上前進，並抵達了旅人專用的無人小屋。

大家輪流休息著，不久後天色亮了起來。

凌晨的天空蓋上一層薄雲，無法欣賞到魯華期望看見的日出。

聽說要花上三天到四天時間才能夠抵達斯威奈爾。雖然距離上不算太遠，但因為是多數人在嚴酷積雪山路上行動，所以不可避免地速度會變得緩慢。不過，如果有追兵在後，對方也會面臨一樣的條件，所以魯華和摩吉在討論今後行動時，並沒有把進軍速度列為問題。

魯華等人是在希爾德的策略下被迫進到這山上小路，所以比起進軍速度，應該優先考量穿出山路後如何行動。

「我們當初在選定地點時，也認定斯威奈爾位於北方地區的要衝。」

降雪地區一定會有提供給旅人禦寒的小屋，一行人離開小屋後第一次停下來休息。

這時，在商討行軍相關重要決定的帳篷裡，摩吉先這麼說。

「但是，不知道有沒有可靠戰力聚集在斯威奈爾。」

「你的意思是就算我們加入，狀況也不會有太大變化？」

摩吉沒有回答，但並非因為不想說出不確實的話語，而是因為魯華注視著攤開地圖的眼神，說出魯華確信自己的發言正確。

「關於羅倫斯先生接下的這封信。」

說著，魯華再次看向掀開放在地圖旁的信件。希爾德在信件最後蓋上了德堡商行的印鑑。信中的文章簡潔正確，能夠讓閱讀者對書寫者的高智商留下強烈印象。

然而，從筆跡看得出這封信寫得匆忙，因摩擦而暈開來的文字也說出當時沒有時間等待墨水變乾。不僅如此，信裡寫著如此重要的內容，卻沒有封上蠟封。

「信上寫著也要向斯威奈爾更北方的領主請求協助。這個呢？」

「應該是指克勞斯．馮．哈比利三世。雖然他自始自終都不肯協助德堡商行，但也不算是反對派吧。」

「這領主的風評如何？」

聽到魯華的詢問後，摩吉沉默了一會兒，然後摸著下巴的鬍鬚說：

「沒聽說過有關這位領主很勇猛的傳言。他擁有的領土應該不算小，還支配了幾條通往山脈北端的道路。想要前往比斯威奈爾更北方的地方，一定要通過其中某一條道路。也就是說，如果想要與山脈北端交易，就勢必得經過哈比利的領土才行。這點在德堡商行要去尋求新礦床時，想必也一樣。」

「那麼，那領主是屬於靠著通行稅搶錢，然後喜歡在城裡悠哉數錢的類型啊。」

「應該是吧。哈比利家族之所以能夠存活到現在，應該純粹是因為領土的地形好。姑且不論現在的當家如何，他們的祖先當中應該出現過明君吧。」

「這領主不可靠啊。」

魯華像在呻吟似地說道。

此刻的天空雖然明亮，但隨著風向改變時而會飄來細雪。

如果有雲層出現，天色也會比較快變暗。就這點來說，也沒有多餘時間考慮太多。

「如果正常來思考，還是不可能選擇進入斯威奈爾。但是……」

說著，魯華嘆了口氣。

「也不可能逃向更北方的地區，對吧？」

「是的。糧食撐不了那麼久。過了斯威奈爾後，在抵達下一個有規模的城鎮之前，只有散落四處的荒涼村落。就算他們願意『協助』我們，也不知能否養活我們。」

荒涼村落的儲備糧食有限，就算如蝗蟲過境般吃光村落的糧食，也撐不了多久。

而且，現在是冬天最冷的時期。

想必村落裡的儲備糧食已變少，剩下的糧食不是乾得硬邦邦，就是被老鼠咬過。

大家都為了度過寒冬在拚命。

羅倫斯以旅行商人身分最先爭取到的顧客，就是這些其他旅行商人連看都不看一眼的村落。

所以，對於這些村落在冬季裡會是什麼樣的光景，羅倫斯可說有切身的了解。

如果魯華等人決定路過村落，那村落肯定會毀滅。

「太完美了。居然把獵物逼進了無路可退的巢穴。」

魯華一副彷彿在說「這樣更爽快」似的模樣毫不避諱地說道。
不過，魯華會表現出這般態度，絕非受到被逼得走投無路的人們特有的死心想法所影響。
希爾德的計謀之所以了不起，還有另外一個原因。
這也是區區一名旅行商人的羅倫斯，會參加這場會議的最大原因。
「那麼，大概什麼時候能夠與赫蘿小姐會合？」
魯華保持視線落在地圖上的姿勢問道。
赫蘿的存在就像紙牌中的鬼牌。
而鬼牌是能夠打倒國王的唯一一張牌。
「快一點的話，預定是今天，不然就是明天會回到雷斯可。」
不過，不可能什麼事情都能夠那麼順利。
「抵達雷斯可後，赫蘿小姐會發現德堡商行已經被人占去。在那之後赫蘿小姐會怎麼做呢？她有可能來找我們嗎？」
羅倫斯忍不住想要稱讚希爾德，因為希爾德的布局真的像是計算好了一切。
「希爾德先生在旅館把這封信交給我的時候，也提到了這個可能性。他們似乎早就說好，一有什麼意外就前往斯威奈爾。希爾德先生有個同伴與赫蘿一起前往奇榭，他說事前已經告訴那位同伴這件事情。」

「也就是說……」

魯華用力吸了一口氣，讓身體膨脹得像熊那麼大。

隔了好一段時間後，魯華才吐出氣來。想必魯華是需要冰冷空氣來平息內心怒火。

「真讓人不爽，他竟然能夠得到戰力。」

魯華等人並沒有看過赫蘿變身成狼的模樣。

不過，魯華他們聽過有關赫蘿的傳說，肯定多過羅倫斯不知在何處隨便聽到的片段故事。

「如果在徒手空拳之下被丟到戰場上，就會滿腦子想著要逃跑。不過，只要拿到一點點武器，就算是在很勉強的狀況下，人們也意外都能夠表現出勇氣。所以，新兵第一次上陣的時候，我會把長槍綁在新兵手上……沒想到現在卻是自己被這樣對待。」

「恕我直言，赫蘿小姐有這麼值得信任嗎？」

說奉承話語不是參謀的工作。

對於摩吉的疑心，魯華瞇起一隻眼睛，並頂出下巴說：

「羅倫斯先生表現得這麼沉穩，不就是這麼回事嗎？」

魯華的話語絕非在誇獎人。

不過，是事實。

「……是的。如果能夠與赫蘿會合，肯定會是很強的戰力。但是——」

——我不想讓赫蘿上戰場。

魯華以手勢阻止羅倫斯這麼說下去。

「用不著把話說完。我現在只想知道事實。」

魯華疾言厲色地發出命令。因為從事旅行商人工作經常會受到不被當成人看待的待遇，所以羅倫斯也不覺得生氣。

「那這樣，目標果然是要設在斯威奈爾。」

據說與德堡商行敵對的人們，就聚集在斯威奈爾這個北方地區的要衝。

魯華等人原本的計畫是當斯威奈爾發生戰亂之際，去砍除準備逃往約伊茲附近的逃亡者。這一方面也是為了避免受了傷的人們逃到約伊茲地區後，會威脅到那一帶各村落的生活。

如果思考到這點，原本以斯威奈爾將遭遇戰亂為前提而行動的繆里傭兵團，必須特地前往斯威奈爾，會成為一件相當滑稽的事情。

不過，魯華並非只是被兔子逼得走投無路的敗犬。

魯華一邊眺望地圖，一邊以彷彿準備要去喝酒似的輕鬆口吻說：

「不然就去搶糧食搶個夠，然後再逃跑就好了。」

羅倫斯都忘了魯華他們是傭兵。

「好！開始進軍！」

傭兵是一群可靠，但屬於不同世界的人們。

此刻羅倫斯身旁沒有賢狼陪伴。

羅倫斯不禁想念起有些瞧不起人、顯得難為情的笑聲。

用過午餐並出發一會兒後，希爾德醒了過來。

進軍中團長或參謀總不能照顧一隻兔子，如果是不知道希爾德真實身分的團員們，更是會覺得納悶。

最後，照顧希爾德的工作再次落在羅倫斯身上。

「養肥一點啊。」

傭兵把裝在藤籠裡的希爾德交給羅倫斯時，夾雜著嘲弄意味這麼說。

雖然魯華和摩吉不可能主動說出來，但魯華等人是在商人的策略下準備前往斯威奈爾的謠言已確實傳開來。這麼一來，傭兵們當然很容易就會看出是誰害的。

傭兵們不肯靠近羅倫斯周圍，前後兩方也拉開好一段距離。傭兵們保持這般距離也像是事先擺好了陣容，以便發現遭到背叛時，能夠隨時當場亂槍殺死羅倫斯。

不過，臨到此時，這也算是一種幸運。

雖然已經醒了過來，但希爾德沒有粗心大意地發出聲音，而是一直在觀察狀況。

「現在說些話，也不會有人發現。」

羅倫斯一邊說道，一邊把沾了水的布湊近希爾德嘴邊。聞了一下味道後，希爾德含住了水。希爾德笨拙地喝下水，然後一副感到刺眼的模樣不停眨眼。

「……現在要去斯威奈爾？」

希爾德直截了當地問道。

聽到這句話後，羅倫斯確信希爾德當時說的話是臨時編造的謊言。

「你的計謀得逞了。」

所以，羅倫斯不客氣地說道，算是為自己報仇一下。聽到羅倫斯的話語後，希爾德瞬間屏住呼吸，然後緩緩吐出氣。羅倫斯再次把濕布湊近希爾德嘴邊後，希爾德比方才更用力地吸了水。

「現在……在哪一帶附近呢？」

希爾德低聲說道，但絕非刻意壓低聲音。從希爾德的毛髮色澤可以看出他確實沒有體力。

「我們進到山路，然後趁著清晨在第一棟山中小屋出發。目前東邊可看見兩座山，北邊有一座山。」

如果熟悉土地，只要有這些情報應該就會知道位置才對。希爾德點了點頭。

「赫蘿小姐呢？」

然後，希爾德這麼發問。人人都想要依賴赫蘿。每次看見大家這樣的反應，羅倫斯就會感到胸口一陣悸動。羅倫斯不知道這般心情是因為又要讓赫蘿背負重責而產生的責任感，還是嫉妒所引起的。

他心想，應該兩者都有吧。

「還沒回來。不過，你說過只要回到雷斯可，已安排好會讓她前往斯威奈爾，沒錯吧？」

「……是的。赫蘿小姐能夠通行的道路……有限。我那在天空上飛的同伴，應該很快就會發現她……」

人類已經征服了陸地和海洋，惟獨天空仍屬於鳥類。

羅倫斯沒有點頭回應，只把硬邦邦的麵包拿給希爾德看。

「要用餐嗎？」

「……我不確定吞不吞得下去……」

「我幫你加水磨成糊好了。」

行商途中，羅倫斯經常有機會照顧虛弱的家畜。這種時候不管是用麥子或豆子都行，總之就是加以磨碎再用熱水攪拌，然後硬是灌進家畜嘴裡。

就這點而言，因為希爾德會說話，所以不需費心勉強他張開嘴巴。

「這東西可能不好吃喔。」

羅倫斯在希爾德的嘴裡塗抹加水磨成的麵包糊，然後用濕布在嘴角擠出水滴。雖然希爾德瞇起眼睛一副痛苦模樣，但勉強吞了下去。羅倫斯反覆這般動作幾遍後，希爾德無力地搖了搖頭。

「……真丟臉。」

「咦？」

「我……這個樣子……」

聽到希爾德以沙啞聲音說道，羅倫斯露出苦笑。

羅倫斯絕非想要以一笑置之的態度來回應病人的多慮。

反而應該說，羅倫斯是在笑他自己。

「你只靠著一句話就限制住了魯華先生的想法。就算捧著一大筆錢來找魯華先生，都不一定能夠讓他改變行動。連這個你都辦到了，還要期望什麼？」

希爾德只用著一隻眼睛看向羅倫斯。那深邃的目光顯得深謀遠慮，就算身體虛弱，還是看不見任何情感從希爾德的眼神裡直接表現出來。他謹慎地藏起情感，將之置於厚厚一層智謀與思考背後。

「是啊……期望過多，就會失敗。」

「就像你的敵人一樣。」

聽到羅倫斯的話語後，希爾德閉上眼睛看似痛苦地笑笑。

「追兵呢？」

「目前還沒發現。不過，聽說如果有追兵追來，負責監視的人會在今天或明天聯絡。」

不可能沒有追兵。還是說，德堡商行會認為就算小規模的傭兵團加入也不成問題，而置之不理？如果是這樣，那也無所謂。不過，雷斯可此刻想必因為希爾德不見蹤影而陷入了騷動才對。只要看見兩個事實擺在眼前，總會想要推理一番可說是人類的本性。

對德堡商行來說，他們不大可能將希爾德這般地位的人物置之不理。

「你現在的任務就是睡覺。雖然很不甘心，但我必須承認你是個了不起的商人。事到緊要關頭時，我相信你的智慧一定會派上用場。至少會比我這個小小的旅行商人有用。」

希爾德使出羅倫斯肯定想不出來的了不起策略，讓羅倫斯不禁感到佩服。不僅如此，魯華完全握住了行軍的主導權，而羅倫斯在不知不覺中變成因為與赫蘿要好，才得以保住性命的俘虜。

這般想法讓羅倫斯忍不住如此自嘲。

雖然商人早就做好心理準備，隨時願意舔對方的鞋底，但如果卑躬屈膝就輸了。

儘管明白這樣的道理，羅倫斯還是無法控制自己。

「……我會聽從您的忠告。」

直直注視著羅倫斯的眼睛後，希爾德這麼說。面對羅倫斯的卑微表現，希爾德的眼神裡沒有嘲笑的情緒。希爾德是一名優秀的商人，當然不可能做出這種事情。

羅倫斯為再次閉上眼睛的希爾德重新蓋好棉被。他不禁心想，如果一直露出這種窩囊的模樣，與赫蘿重逢時肯定會被踹屁股。

羅倫斯知道自己的思緒有某處鬆懈了下來。羅倫斯親眼見識到希爾德的厲害之處，又被魯華等人認為只是普通的旅行商人，還看見每個人都只想依賴赫蘿。或許羅倫斯自己是為了這般狀況在嘔氣。

這樣的表現太愚蠢了。或許是因為總是與赫蘿在一起，所以不知不覺中羅倫斯覺得自己也是一隻能夠獨當一面的狼。羅倫斯感到疲憊地露出受不了自己的笑容，並且在傭兵之中默默走著。

這時，羅倫斯發現自己許久不曾這樣默默走路。想到自己在遇到赫蘿之前的旅程，一直都是這樣默默走路，羅倫斯甚至有一股大感新鮮的驚訝情緒。而且，羅倫斯已經回想不大起來當時的情況。與赫蘿一起旅行變成了理所當然的事情，讓羅倫斯不禁對自己的心態轉變傻了眼。

爬上山坡、越過結了冰的沼澤，然後一邊踏著鹿或兔子的腳印，一邊前進。此時太陽早已越過最高點，為了避寒，得加快腳步朝向地平線走去。

赫蘿差不多快開口問今天晚上要吃什麼了；羅倫斯這麼心想而抬起頭時，四周的傭兵們也一副清醒過來的模樣抬起頭。或許是大家都偶然抬起了頭，傭兵們不約而同地回過頭看。這時，羅倫斯忍不住期待起赫蘿就在後方。

然而，從後方跑來的人怎麼看都是一名傭兵。不過，傭兵穿過羅倫斯等人旁邊跑向前頭後，羅倫斯還是有好一會兒時間一直期待著赫蘿。

等到不得不承認赫蘿不會出現後，羅倫斯才沒出息地理解到自己有多麼為赫蘿著迷。

不久後隊伍停止了行進，大家聚集到了魯華四周。那名傭兵果然帶來了追兵已從雷斯可出發的情報。緊張感從圍繞在羅倫斯四周的朦朧空氣外圍傳了進來。

這時，魯華朝向眾人這麼說：

「剛才收到了追兵已從雷斯可朝向我們逼近的聯絡。」

傭兵們沒有吵鬧。大家一片鴉雀無聲，等待著首領接下來的話語。

魯華一副滿足於這般反應的模樣，威嚴十足地說：

「對方的規模是我們的三到四倍。」

傭兵們再怎麼鎮靜，還是傳來輕輕倒抽一口氣的聲音。

不過，不管哪個傭兵，都認為自己足以一夫當關，所以絕對不會情緒失控。大家的熱烈目光以及注意力，靜靜地投注在魯華身上。

「而且，對方不僅資金雄厚，也不是貴族家族的三公子心血來潮所指揮的烏合之眾。如果是在山區，對方的實力可能跟我們差不多，甚至勝過我們。至少可以確定的是，他們會是考驗勇氣的最佳對象。」

考驗勇氣的最佳對象；這句話就像把「撤退」說成「改變進軍方向」一樣是一種迂迴說法。

雖然傭兵們之間也發出近似竊笑的聲音，但嚴格說起來，更像是在逞強的笑聲。

聽說在上戰場前，一般都會拚命貶低對方來減輕恐懼。明明如此，魯華卻刻意直接說出嚴酷現況。比起要訓誡部下們不准掉以輕心，或許魯華更在意無路可逃的事實。

在狹窄山路上就算順利逃進山中，這裡也是荒涼的冬季雪山。大家很快就會因為寒冷和飢餓而死。

戰鬥是唯一的選擇。

而且，所謂窮鼠齧貓，老鼠被追急了，當然只能夠反過來咬貓。

「那麼，是哪裡的部隊呢？」

一名傭兵一副按捺不住的模樣問道。

沒有人回頭看這名傭兵，大家都直直注視著身為首領的魯華。因為傭兵提出的問題，正是每個人都感興趣的事情。

傭兵是個世界狹小的行業。

只要知道對方是誰，也會知道其戰鬥方式以及強度。

雖然狀況不會因為知道這些事情而好轉，但至少事先知道自己即將與什麼對象打仗，能夠帶來某種安心感。

「你們真的想知道啊？」

看見魯華面帶認真表情說道，傭兵們之間引起一陣騷動。就連羅倫斯也緊張地屏息凝視。世上往往會發生一種狀況，那就是有些事情知情後比較安心，但有些事情反而不要知道比較好。

不管怎樣，一旦被追兵追上，就必須迎戰。

然而，這些人是愛面子的傭兵。另一名傭兵代表大家說：

「對方是誰？」

聽到這個問題後，所有人瞬間停止了吵鬧。

魯華一副感到疲憊的模樣笑著看向腳邊，然後抬起了頭。

所有人屏住了呼吸。

魯華這麼說：

「胡果傭兵團。」

在雷斯可時，羅倫斯曾經聽過這個團名。如果羅倫斯記得沒錯，這支部隊是由名為李波納多的首領所率領。

德堡商行絲毫沒有掉以輕心。就算不知道繆里傭兵團的目的是什麼，或其規模根本不算大，德堡商行還是以具有壓倒性優勢的戰力派出一支百戰雄獅。

羅倫斯用力握緊了拳頭。

羅倫斯心想，這次或許真的性命難保。

然而，一陣歡呼聲在下一秒鐘響起。

「什麼嘛！老大，不要嚇我們好不好啊？」

「我都嚇得差點尿褲子了耶！」

大家異口同聲地吵鬧著，並且邊笑著舉高長劍或長槍邊抗議。

羅倫斯有種像是被精靈搔了搔鼻子的感覺。他完全不明白為什麼大家會突然這麼高興。

「哈哈！別生氣、別生氣。還不知道追兵是誰之前，我也是一直擔心得要命。不過，李波納多那傢伙還真有一手。他好像從德堡商行那裡收下了不少錢。都已經賺到錢了，他還打算賣人情給我們。」

魯華看似愉快地說完後，傭兵們還是不斷叫罵，以對率領胡果傭兵團的李波納多表示不滿。

然而，羅倫斯還是不明白是怎麼回事。

「看來得好好跟他們演一場戲，讓他們找得到藉口才行。」

說罷，魯華把指揮權交給了摩吉。

「就是這麼回事！準備繼續行進！如果想要早一天在有屋頂的地方睡覺，就給我走大步一點！」

摩吉扯開嗓子也發出指示，但傭兵們的氣氛還是顯得鬆懈，並慵懶地發出回應。

傭兵們一個接著一個解散，並重新回到原本的隊伍之中，但氣氛與方才截然不同。

聽到追兵是胡果傭兵團後，真的能夠如此安心嗎？

或者是，本來就說好了呢？魯華與李波納多似乎是會一起喝酒的交情。可是，傭兵不是只要拿得到錢，要他們舉旗造反多少次都無所謂嗎？

羅倫斯回到自己的馬兒身邊後，希爾德從一直放在馬背上的藤籠裡，稍微探出頭說：

「發生什麼事了？」

希爾德似乎是被方才大聲說話的聲音吵醒了。

因為隊伍前頭已經踏出步伐，所以羅倫斯先隨著隊伍前進後，才回答：

「追兵似乎追上來了。」

聽到羅倫斯的話語後，希爾德沒有表現出驚訝，也沒有顯得悲傷。希爾德以看不出任何情緒的目光沉默地看著羅倫斯。

「不過，他們似乎完全不擔心的樣子就是了……」

羅倫斯從馬背上卸下藤籠，然後一邊單手抱著籠子，一邊搭腔說道。

希爾德思考了一會兒後，謹慎地回答：

「對方的部隊是他們的密友吧。」

然後，希爾德安心地嘆了口氣。希爾德也明白這件事代表的意義。

「這是怎麼回事呢？」

羅倫斯詢問後，希爾德稍微抬起耳朵說：

「很簡單。傭兵並沒有像人們畏懼的那般野蠻，也不是只要付錢給他們，他們就什麼事情都願意做。尤其是他們很少會與同業刀鋒相向。」

這幾天下來，羅倫斯開始理解到傭兵並非單純的殺人狂。

然而，並非因為如此，就能夠立刻安心下來。

「所以，身為雇主一方……不知道花了多少心力在應付傭兵上。」

藤籠裡的兔子瞇起眼睛笑著說道。

羅倫斯總是以身為被傭兵襲擊的一方來看待傭兵。

希爾德卻是身為雇用傭兵的一方。

「戰場上的打打殺殺主要是由騎士和臨時聘請的流氓負責。真正的傭兵們則是以活捉這些人為工作。然後，再把這些人當成俘虜來換錢。傭兵們不會過度破壞附近的村落或城鎮。您在雷斯可……沒有觀察過他們的生活嗎？尤其像是部隊彼此之間的好交情等等。」

的確，魯華儘管因為宿醉而臉色慘白，還是到處去露臉。

德堡商行正式公布發行新貨幣的通知後，魯華似乎也在外面徹夜痛飲。

羅倫斯點了點頭後，希爾德愣愣地嘆了口氣說：

「傭兵團當中有歷史悠久之輩，如果在戰場上照面過好幾次，想必自然會產生情感。傭兵團是以他們的理論在行動的獨特集團。」

「那麼……」

「是的。所以……聘請傭兵的目的與其說是作為戰力，其實是要當成抑止力。不過，視狀況而定，有時候也會為了荒廢某地區，而請傭兵來破壞村落或城鎮就是了。錯得再離譜，也不應該請傭兵來追趕其他傭兵，而且還是彼此熟悉的傭兵。如果這麼做……也只是白白浪費錢而已。」

希爾德把頭靠在籠子裡的棉被上一邊說話，一邊瞇起眼睛，表情逐漸變得不甘心。

希爾德可能是因為自己信賴的人所建立出來的商行，被一群連這種事情也不懂的蠢蛋占去，而感到丟臉。

「……我在想，各項決定權可能被領主握在手中。這種出洋相的花錢方式，我的部下……」

希爾德說到一半閉上了嘴巴。

然後，顯得有些難為情地笑笑。

「不對，那些叛徒……不可能做出這種事情。」

羅倫斯不知道該怎麼反應才好。但相對地，羅倫斯清楚知道希爾德果然是個大商人。

原來也是因為這麼回事，魯華才會誇獎李波納多幹得好。李波納多有技巧地討好對方，然後主動接下絕不可能正式展開戰火的追擊戰追兵工作。魯華也清楚掌握到狀況，所以願意陪對方演一些戲，好讓李波納多有藉口向雇主解釋。真是完美的一筆交易。

「不過，看這樣子或許有辦法挽救。」

希爾德忽然開口說道。

「咦？」

「如果做出這樣的決定，肯定有辦法挽救……這樣就算赫蘿小姐不在……或者是……」

希爾德在籠子裡保持把頭靠在棉被上的姿勢看向遠方。

希爾德埋頭思考著下一步棋該怎麼走。

不過，羅倫斯完全追不上希爾德的思緒。這般大規模的事態完全超出了羅倫斯的能力範圍。

世上真的存在著唯有動用莫大金額的一群人，才能夠理解的世界。

羅倫斯早已過了拉長脖子想要一窺該世界模樣的年紀。

「你要喝水嗎？」

於是，羅倫斯這麼詢問。

這時希爾德才總算看向羅倫斯，然後用詞禮貌地回答：「有勞您了。」

隔天中午，德堡商行派出的追兵——胡果傭兵團追上了繆里傭兵團。

商行派來的使者帶來了通告，要求繆里傭兵團交出希爾德，並乖乖投降。羅倫斯很快就猜出交出希爾德的要求是在套話。一夜之間發現傭兵和希爾德都不見的時候，會認為兩者有所關聯並非缺乏智慧的想法。

不過，不管有沒有正當的理由，也從來沒聽過哪個傭兵會接受投降勸告。

一個傭兵如果發現狀況對自己不利就立刻投降，根本不會有人想要雇用。所以，當傭兵們發現局勢不利時不會投降，但會突然迷路。結果就是傭兵們會從戰場上消失。

因此，世上到處都有不敗的傭兵團。

「衝啊！」

結果德堡商行方面似乎也是打算以帶著希爾德行動為由來找碴，進而打垮繆里傭兵團以示警告，所以宣戰後隨即展開戰鬥。

不過，這場戰鬥上傭兵們沒有上演肉搏戰，而是以箭矢交火。

弓箭如雨下般迅速射來。每一名傭兵都以木板護身，然後趁著對方上弦時發出攻擊。

在這之間羅倫斯等人先往前進，等到前進一段距離後，弓箭手們也跟著前進。

目前為止只有兩名傭兵受傷，而且是在回收射出的箭之際，恰巧被箭射中才受傷。

令人難以置信地，在空中交錯的箭規格不一，收集了各地城鎮工匠的製品。這些箭別說是保養了，還因為多次被射出，使得箭頭都變鈍了。所以，受傷的兩人當中有一人是撞傷。除非真的被射到要害，否則就算小孩子也死不了。

雖然是這樣的狀況，但面對體格健壯的男子們一邊吶喊，一邊大量射箭的畫面，從旁觀者看來確實像是一場激烈的戰爭。

對方的隊伍當中，隱約可見疑似德堡商行派來監視的商人身影，只有他一人直率地捏一把冷汗注視著戰況。

「偉大的大商人只要坐在椅子上，就能夠移動大量的人和商品到各地去。不過，幾乎沒有人看過實際移動的人或物品。聰明的人會上當一定不是因為無能，而是因為怠慢。」

「這話聽起來有些刺耳。」

希爾德從羅倫斯抱在手中的籠子裡輕聲答道。滿載著偵察兵以及行李的雪橇在部隊前頭前進，魯華等幹部的馬兒跟隨在後頭。

因為畢竟還是需要有人指揮，所以摩吉在部隊最後方扯開嗓子大聲說話。不過，摩吉時而走回來以葡萄酒潤喉。或許這般戰鬥正好是一種喝酒的餘興節目。

「李波納多聯絡我們說，目前順利矇騙過負責監視的人。這說法可信嗎？」

「事實確是如此吧。因為他應該是第一次親眼目睹戰場才對。」

希爾德似乎也認識負責監視的商人。對方的一切內心想法透明得令人難以置信。

「也就是說，是個典型的書呆子啊。是不是那種很自豪能夠用教會文字寫名字的人啊？你不會也一樣吧？」

魯華弓起一隻腳坐在馬背上，並且托著腮。這般姿態看起來像極了身經百戰的傭兵。雖然事實上魯華也確實是傭兵，但希爾德表現沉穩地回答：

「這點您可以親眼觀察再做判斷。」

魯華安靜地盯著希爾德看，而只能夠乖乖待在藤籠裡的希爾德甚至表現出有些睏倦的樣子。

魯華用鼻子哼了一聲，然後說：「算了。」

「只要李波納多緊緊咬住他不放，就能夠安心地一路去到斯威奈爾。不過，我不是故意要說你舊同事的壞話。」

「不，應該是領主們決定要派兵。我不是因為是自己人而想要讚美幾句，但如果是真心要攻擊貴團，就不可能採用那名人選。應該也是這個原因，才會選那麼年輕的人來負責監視吧。」

「你的意思是不用特地來看也知道結果？」

「是的。」

兩人除了互相清楚掌握到彼此的內心想法之外，態度更是冷靜。

明明一方是陷害者，另一方是受騙者，卻沒有任何爭執。

此刻大局已定，就算又哭又鬧也沒用。如果有時間哭鬧，不如把目標放在思考具建設性的事情上。

兩個不折不扣的優秀人物交談起來，就像老友在對話般順暢。

「然後，照這狀況下去，我們就會照你所計畫的那樣抵達斯威奈爾。」

「是的。」

「你是有勝算才這麼做的嗎？」

因為總不能讓人看見傭兵團的團長對著兔子在說話，所以羅倫斯拿著藤籠在馬兒旁邊一起走著。雖然周遭的人看來會覺得羅倫斯與魯華在交談，但事實上羅倫斯根本沒有插嘴的權利。不管從什麼角度來看，羅倫斯的的確確都是個負責拿行李的人。

「……是的。」

希爾德停頓了一會兒才回答。

看見希爾德這般反應，魯華像在苦笑似地用鼻子哼了一聲，然後這麼說：

「少騙人了。應該是在李波納多來了之後，才出現勝算的吧。」

雖然魯華以輕鬆的語調在說話，但其眼力相當敏銳。

依使用者不同，工具能夠變成好用的工具，也可能變成廢物。

如同希爾德的舉動一樣，魯華也看出名為胡果傭兵團的工具如何被使用，並當場識破現今的德堡商行內情。

「那些被利益沖昏了頭的領主和貴族，比想像中發揮著更大的影響力。他們認為只要靠暴力來推動事情，就有辦法解決。針對這點，你打算像過去的做法一樣輕鬆避開。」

「是的。只要看到他們的裝備和人數，就知道做了誇張的預算分配。我在猜應該是讓領主們進到了執勤室吧。」

羅倫斯猜想希爾德是在做一種比喻，但只見魯華仰天大笑說：

「就算讓腰上佩帶長劍的傢伙們坐到桌子前，根本也不可能好好討論什麼。就這點來說，你和德堡率領的商行算是相當了不起。像我這種弱勢傭兵團的團長，甚至連拜見你們尊容的機會都沒有。」

越是諷刺的話語，聽起來越像是誇獎話語。雖然希爾德當然不是那種聽到誇獎，就會直率地感到高興的人，但他表現出似乎不討厭聽到人家這麼說的模樣嘆了口氣。

羅倫斯不禁有些聯想起與赫蘿之間的互動。

「如今商行應該明白了真正被花言巧語矇騙的人是誰。如果是這樣的話，背叛我們的那些幹部，應該會想要不擇手段地從領主們手中奪回主導權才對。」

「也就是說，如果得知你在斯威奈爾，那些商人就會擺出『輪到我們出馬』的態度前來交涉？」

「然後，為了得到我的協助以從領主們手中奪回主導權，他們或許會表示一些讓步——我認為這樣的可能性極大。」

不僅如此，那些幹部就是為了讓遭到軟禁的希爾伯特・馮・德堡本人重新回到舞台上而有所行動，也不足為奇。至少一直以來，德堡在並列而坐的權力人士之間穿梭，不僅將他們集中掌控，甚至將他們玩弄於股掌之間。

「而且，如果看見我們平安抵達斯威奈爾，能夠讓不知道實情的人們以為我們從規模大過好幾倍的戰力順利逃離。這樣會是提高士氣的最佳方式。」

「沒錯。提高士氣後，再集結戰力，然後像你說的那樣拒絕德堡商行的要求，並逼對方讓步……是嗎？畢竟對方是靠著氣勢在行動的集團。那些領主想必也沒有什麼太高明的策略。商行那些傢伙察覺到自己被領主們的花言巧語所騙，又得知一切可能瓦解的話，會變得寧可忍辱讓步，也想將一切恢復原貌。差不多是這樣的狀況吧？」

「是的。因為商人是靠著損益計算而活。」

魯華晃動著肩膀笑笑。或許他是覺得受不了商人如此沒有骨氣。

「那，水到渠成的話，我們會領到應有的報酬吧？」

就這點來說，傭兵也不輸給商人。傭兵們無時無刻不為自己的行動要求代價。不過，與其說傭兵賺錢是因為自私自利，事實上是因為不管怎麼掩飾，都必須有錢才能夠讓旗下部隊存活下去。

「這是一定的。因為商人就連感謝之意，也會換算成金錢。」

聽到希爾德的玩笑話後，魯華似乎也有種出其不意的感覺。

魯華沒出聲地笑過一陣後，顯得開心地發出笑聲說：

「咯！咯！咯！……好吧，一切都搞懂了。不過，對喔……」

與希爾德一路交談下來，魯華第一次表現得有些猶豫。

希爾德似乎也對這般態度感到在意，而像赫蘿一樣豎起長耳朵，一副深感興趣的模樣看著魯華說：

「怎麼了嗎？」

「嗯？喔，嗯……」

魯華還是結結巴巴的。

不過，魯華的模樣不像在隱瞞什麼壞事情，或是企圖敷衍什麼。

年輕的傭兵團團長像是很開心地陷入了困惑的思緒之中。

然後，靜靜地享受這般困惑情緒好一會兒後，魯華一副做了小小決心的模樣看向希爾德。

「當初我的想法是，管它什麼德堡商行，就讓他們自己去打打殺殺，自生自滅就算了。」

魯華單刀直入地說道。

「可是，不知不覺中已經演變成對傭兵來說，是非常幸運的狀況。」

希爾德直直注視著魯華。或許是商人的本性使然，希爾德露出犀利目光，觀察著話語中是否有圈套要圈住他。

看見希爾德這般態度後，魯華聳了聳肩輕笑說：

「很簡單。有個傢伙遭到背叛，並試圖起死回生。但是，目前的狀況不大理想。而且，敵人擁有強大力量，甚至可說是擁有壓倒性的優勢。為此，這傢伙必須集結戰力，也不能錯過任何反擊的可能性。後來，這傢伙玩弄手段，終於抓到了反擊的機會。我們繆里傭兵團就是其少數又貴重的希望之光當中的一道光。我們並非被人花錢請來，反而應該說，我在雷斯可時不知道花了多大工夫，才壓抑住想要痛毆你們一頓的衝動。也就是說……」

許多名將之所以都是了不起的演說家，想必不是偶然。

魯華的話語強而有力，具有一股吸引聽者的獨特魅力。

不過，這並非純粹是魯華的口才好，而是魯華真心相信自己的話語。魯華繼承了延續好幾百年歷史的旗幟，並統治高舉旗幟戰鬥的勇者們。就算摩吉再嚴厲地教育魯華必須保持現實態度，如果魯華不愛作夢，恐怕也無法勝任這樣的職務。

而且，一個人真心懷抱夢想時，才能夠引起人們的共鳴。

「也就是說，我們現在只是傭兵，而且是徹頭徹尾的傭兵。偉大的千人隊長約翰・史勞哲維茲曾經說過一段話：為了一直保有傭兵身分，傭兵必須設法讓人需要其力量。而需要傭兵力量的人越是無力、傭兵越是能夠掌握到對方使用力量的目的，就越能夠一直保有傭兵身分活下去。真正的傭兵只要想著怎麼揮劍打鬥，並且像呼吸一樣自然地吞噬敵人的血，專心地在戰場上奔馳。

這才是所謂完美的工具，而工具單純得美極了。」
羅倫斯心想，這或許可以用「機能美」來形容吧。
赫蘿聽了或許會生氣，但羅倫斯不得不說為了得到黃金寶座，而把一切心力放在賺錢上的伊弗，也一樣美極了。
不過，面對滔滔不絕的魯華，希爾德露出冷漠的表情。
掌管大商行帳務的會計，態度乾脆地這麼說：
「所謂合約，必須是彼此都期望的交易，就這麼簡單而已。這是做生意的基本。」
希爾德始終保持一貫的態度。
希爾德果然是德堡商行的重要人物。他策畫並成功實現發行新貨幣的計畫，並且讓魯華這些傭兵做了一場惡夢，是一個讓羅倫斯這些市井商人看見夢想的大商人。
對於希爾德的存在，羅倫斯不覺得羨慕，甚至也不再感到嫉妒。羅倫斯純粹感到深深佩服。
偉大成就是由希爾德這般人物來完成，而不是羅倫斯這種旅行商人身分的人該做的事。
魯華激動地瞪大眼睛，並露出牙齒來。那模樣甚至表現出「如果這傢伙是雇主，就算要征服全世界也不難」的想法。
原本就快被摧毀的夢想，此刻正打算藉由希爾德的智慧以及傭兵的力量，繼續開花結果。如果照這樣順利進行下去，或許也不需要赫蘿搬來的禁書了。

「雖然我們頂多是紙老虎，但就盡量努力吧。希望成功之際拿得到大筆報酬才好啊。」

魯華刻意讓話中帶刺，但這是他掩飾難為情的方式。希爾德沒有回答，只是一副享受徐風吹來的模樣閉上眼睛。

「咯！咯！你就盡力讓我們作一場好夢吧。可別被流箭射中啊。」

「看來我要當心別被當成晚餐配菜才好。」

「一點也沒錯。」

然後，兩人靜靜地笑著。

夜營後，隔天再度展開行軍，這天的行軍與前一天沒什麼不同。

雖然鬧哄哄一片，但絕對不會出現死者的鬧劇繼續上演著。

儘管如此，不可思議地還是會看見對方時而進攻，這方時而巧妙地拉開距離，雙方像是一進一退地展開攻防戰。

事實上，這方純粹是在遇到上坡路時，必須放慢前頭雪橇的速度，而遇到下坡路時則相反。想必是負責指揮的摩吉手腕太高明了。

我方時而會把香腸煮爛做成的假血漿灑在雪地上，也會刻意增加重量裝出運送傷者的樣子。

部下們盡力配合著演戲的同時，胡果傭兵團也提供了德堡商行監視者的狀況，以及德堡商行部隊正在其他較寬敞道路朝向斯威奈爾進軍等情報。如同魯華協助胡果傭兵團般，對方也藉由想要提供情報的方式還人情。

如魯華與希爾德所說，除非是實際到過現場的人，否則根本想像不出幕後竟是這般狀況。如果只知道坐在商行椅子上擺架子發令或發錢，利益將會慢慢被聰明的人榨取殆盡。

另外，魯華趁著把後方交給摩吉處理的時間，派出偵察兵觀察斯威奈爾的狀況。魯華等人原本是為了受雇於德堡商行而聚集在雷斯可，如果一副滿不在乎的模樣不多加思索地前往斯威奈爾，說不定會被誤認為敵人而遭受攻擊。

就算沒有被認為是敵人，也不確定斯威奈爾對德堡商行是否還抱持反對意識。畢竟德堡商行的威光以及氣勢尚未衰減。

「不過，應該沒問題吧。」

魯華在馬背上一邊打呵欠，一邊說道。

「不擅長於做損益計算的傢伙們，不會輕易地改變想法。」

「這點有好也有壞。」

聽到希爾德補充說道，魯華頂出下唇，並聳了聳肩。

「確實是這樣沒錯。不過，應該可以對斯威奈爾那些傢伙抱有期待。」

「真的是這樣嗎？遺憾的是我們並沒有實際與他們交易過。」

「我想也是吧。畢竟他們是一群很普通的傢伙。他們在城鎮四周蓋了城牆，然後徵收稅金、組成公會、監視工匠、慎重決定麵包價格，並且一直注意著來來往往的物資。不像有些城鎮城牆也不設，稅金也不收，比起管理這種奇妙城鎮的傢伙們，他們的行動容易猜測多了。」

聽到魯華的話語後，希爾德的鼻子不停微微顫動。

「的確，像這種傢伙不值得信任。」

聽到遭受背叛的希爾德才懂得表現的玩笑話，魯華貌似開心地拍著馬兒的脖子。

「總之，去了就知道。我們已經來到明天……最遲後天中午前就能夠抵達的距離了。比起這個，差不多該思考要怎麼從李波納多他們的攻擊下逃跑了。」

「逃跑」這個字眼顯得意義深遠。因為實際上並非真的在打仗，所以要表演出成功逃跑的狀況似乎有些難度。

更何況必須有一場華麗的好戲，才能夠讓一直躲在斯威奈爾裡的傢伙們提高士氣，所以難度更高。

「就要看對方怎麼行動了。」

說著，魯華看向遠方的山頭。以胡果傭兵團的立場來說，想必也不希望變成眼睜睜讓敵人逃跑的局面。既然如此，就得動腦思考了。

然而，躺在藤籠裡的希爾德並未傳授任何智慧，也不像在鋪滿棉被的被窩裡動腦思考的樣子。希爾德發出窸窸窣窣的聲音把臉埋進被窩裡避寒，並準備入睡。

希爾德想必一點也不認為自己頭腦好，就能夠想出所有問題的答案。

只要擅長於該領域的人能夠想出最佳答案就好。

有別於旅行商人，大商行把分工合作視為理所當然的事情。想要委託某人處理某件事情，必須有很大的勇氣。以羅倫斯來說，甚至對象是赫蘿時，也不敢全權交給赫蘿去做判斷。反觀希爾德這些人卻能夠毫不在意地把攸關自己性命的事情交給他人處理。其器量之大，羅倫斯根本無從比起。

離開雷斯可到現在，羅倫斯痛切感受到自己完全被排擠在外，但此刻就連不甘心的情緒也不見了。光是能夠一窺這些人合理到了完美境界的世界，羅倫斯就覺得很開心了。

想著想著，太陽已經完全升起，並且到了中午時刻。午餐分配到了羅倫斯等人手中，而多數人一邊談笑風生地悠哉走路，一邊吃飯。當中也看見不久前以傷者身分被帶到這裡來的人，半張臉上還塗抹著豬血。

在一片和樂的氛圍之中，來了一位符合這般氣氛的訪客。

「什麼？用劍和長槍？」

魯華在停下腳步的馬兒背上這麼說。

一名胡果傭兵團派來的傳令兵，跪在魯華腳下。

「是的。而且貼在老大身邊的監視人就快等得不耐煩了，所以，老大希望來一場華麗的戰鬥場面。」

「啊——……」

魯華閉上眼睛，然後抬高下巴用手撫摸，只是很遺憾地，因為年紀還輕加上體質的關係，魯華的鬍鬚並沒有長齊。看見魯華這般表現，就會覺得特別孩子氣，也意外地顯得可愛。

「不過，如果這麼做，雙方都必須交出俘虜才行。這方面你們有什麼想法？」

「是的。老大說我們會交出四個人，然後希望貴團交出……約莫十五人——」

「什麼？」

魯華的音質變了。在這瞬間，整體狼群因為一匹狼的聲音而充滿緊張感，四周的傭兵們也變了眼神。

不過，這或許是理所當然的反應。就是以羅倫斯的腦袋來思考，也覺得這筆交易太過荒唐。繆里傭兵團如果交出多達十五人的俘虜，人數將會急遽減少，而且更重要的一點是，對總是認為自己最強的高傲傭兵來說，這肯定是難以接受的條件。

「你們的四人可以抵我們十五人，是這個意思嗎？」

雖然雙方是靠著默契展開一場隨便了事的戰役，但還是有無法讓步之處。

「不是，老大有他的想法。」

魯華一副感到無趣的模樣，然後盛氣凌人地說：「說來聽聽。」

「老大打算在那之後進行交換俘虜的交涉，並同時發出最後通牒。」

「交涉？」

魯華反問道。

然後，魯華瞥了摩吉一眼。

「是的。殲滅戰會對彼此造成損失。既然如此，應該有交涉的餘地才對。交涉之際，我方會拉著那名負責監視的商人與老大一起出來。所以，希望貴團也能夠由魯華・繆里大人與另外一人出面交涉。」

羅倫斯想像著交涉畫面。

傭兵團團長與商人的二人組合在雪路正中央對峙。

此刻出面交涉的一方傭兵團儘管部隊將近一半成員被當成俘虜抓走，仍拚命想要逃脫。另一方傭兵團則擁有壓倒性戰力和資金能力，並且有德堡商行當後盾。

對方的意思是，只要繆里傭兵團願意投降，並放棄前往斯威奈爾，就饒過你們一命。

這將會是一場單方面的交涉。

到時候會是哪個傢伙得意洋洋地出面交涉呢？

思考到這裡後，羅倫斯理解了整個構圖。

「也就是說，天真無邪的年輕商人打算要求我們交出俘虜的贖金，最後再逼我們放棄並且投降，是嗎？」

一直保持面無表情的傳令兵臉上瞬間閃過心滿意足的笑容，很快又恢復原本的面無表情說：

「聽到交涉內容後，貴團肯定會暴跳如雷吧。然後，面對咄咄逼人地提出無理要求，而且完全失去戒心的狂妄小子，要抓住他當人質想必易如反掌吧。我方根本無計可施，最後只好釋放俘虜，讓貴團逃走。到時候我方會誠心誠意地向雇主報告誰是那個壞了大局的蠢蛋。」

「事情會那麼順利嗎？雖說是個狂妄小子，但對方畢竟是德堡商行的成員。」

聽到魯華的詢問後，傳令兵毫不掩飾地嘆了口氣說：

「那傢伙很誇張。我想我們老大也忍他忍得很辛苦。乾脆一刀把他砍了就算了。」

形式化的互動之中，隱約看見了傳令兵的真心。

傳令兵最後恭敬地說：「我的意思是，大家都表示了這樣的意見。」

「我知道了。因為即將進入斯威奈爾，所以我們也在思考策略。這樣應該可行吧。不愧是聞名世界的沙場老將——胡果傭兵團團長所想出的點子。」

「能夠聽到您這麼說，相信我們團長也會引以為傲。那麼，就麻煩照這樣的方針行動。」

「知道了。那這樣，需要動一些手腳……可以交給我們來動手腳嗎？」

「老大是有這麼交代過。」

魯華輕輕笑笑。那模樣彷彿在說「什麼都給李波納多預料到了」。

「那麼，我會再通知你們大概在什麼時候要怎樣互鬥。這樣可以嗎？」

「遵命。」

傳令兵保持跪姿低下頭，隨即踢高雪花跑了出去。

傳令兵的動作敏捷，完全符合了動如脫兔的形容。

轉眼間，傳令兵已消失在偏離道路的樹林之中。

「好了，摩吉，就是這麼回事。你去選出十五個左右的倒楣傢伙。還有，豬血也全部用掉。至於要怎麼動手腳……就採用像雷索溪谷那次的手段應該可以吧。」

「……原來如此，我明白了。我會立刻派人去勘察場地。」

「交給你了。」

在這之後，大家各自著手做起準備，最後安排好了一切。

就是在城鎮廣場表演的劇團，想必也不會搞這麼大的排場。

看著大家忙著布置，羅倫斯不禁看傻了眼。

不過，做著準備的傭兵們就像小孩子一樣，顯得開心極了。

在中間夾著平緩山谷的山丘上，兩軍展開了對峙。

原本似乎有河川流過谷底，但冬季期間河水乾涸，其四周一帶也因為下雪的緣故而變得平整。這樣的場地正適合作為戰場。

魯華和李波納多等指揮官分別站在山谷兩側的山丘上，士兵們則在從山丘延伸到山谷的坡面上排開來。由於能夠站在高處俯瞰我軍和敵軍，所以戰力差距一目瞭然。

不過，以寡擊眾的逸聞多得數不清。或許就是有這類逸事在背後支撐，戰力上理應處於劣勢的繆里傭兵團，士氣才顯得格外高昂。

如果站在兩軍對峙場面外圍觀看，想必會浮現這般想法。

「所有人的刀上都塗油了吧？」

然而，魯華口中卻說出這般話語。如果在刀刃上塗油，長劍就會變得跟棍棒沒什麼兩樣。繆里傭兵團迎擊胡果傭兵團的這般場面，也是刻意營造出「雖然一路努力逃跑，但覺悟到這樣下去不可能甩得開敵軍，於是下定決心展開最後一戰」的感覺。

羅倫斯原本懷疑地心想不大可能演得如此逼真，但摩吉的指揮實在太出色了。或許，也可能得歸功胡果傭兵團熟知追趕敵軍之法。

不管事實如何，儘管知道是演技，羅倫斯等人也冷汗直流地一路往前逃，然後越過山谷爬上山丘。

「是的。對方似乎也拿掉用了很久的舊武器。事後對方應該會說在戰鬥中用壞了武器，然後向雇主請款吧。」

「喔？真是令人羨慕呢……就這點來說，我們這邊呢？」

魯華回過頭問道。

魯華詢問的對象當然不是羅倫斯，而是羅倫斯抱在手中的藤籠裡的希爾德。

希爾德只是動了一下長長耳朵並從籠子裡伸出，然後頭也不抬地繼續躺著。雖然希爾德是實質上的雇主，但謹慎的商人除了書面合約之外，也很重視口頭約定。

魯華發出了咯咯笑聲，但摩吉似乎顯得焦慮不安。

「不過，最教人掛心的是會不會節外生枝。沒有疏忽掉什麼吧？」

「沒有。也已與對方事前做好了討論。雙方都做好了安排，所以應該可以進行得很順利。」

「這樣啊。」

說著，魯華深深吸了一口氣。魯華之所以露出眉頭上揚、眉尾下垂的表情，想必是因為知道這是一場愚蠢至極的戰爭。

不過，這場戰爭是一記妙招。這場戰爭不會無意義地出現死者，也盡可能地不會與敵軍結下樑子，而且雙方還能夠與雇主保有良好關係。或許顯得愚蠢，但這場戰爭非常重要。

不過，這不是魯華一人想出點子就能夠完成的事情。如果不是傭兵們經年累月建立出多種默契，就不可能完成得了。這不是光靠金錢就能夠解決的問題，也不是使出恐嚇或懷柔策略就有辦法解決。

聚集在此的許多人們，贊同傭兵這個生存方式的意志，並以這種方式呈現出來。

從事旅行商人的工作，能夠一窺屬於各種職業的各種世界。

其中能以金錢解決的問題有限。

羅倫斯個人認為，世上應該可以多一些能夠以金錢解決的問題，而希爾德正是抱著這樣的想法，才會一路支持德堡商行。然而，狹小世界裡的規約，時而會創造出如此愚蠢又完美的舞台。

山丘另一端有一名高大男子一邊在胸前交叉雙手，一邊看著這裡。想必是李波納多的男子，看起來與情緒激昂的摩吉也有幾分相像。男子擁有一頭朝向四面八方捲起的紅髮，以及在寒冷冬季仍曬得黝黑的臉孔。不過是在胸前交叉起雙手而已，男子隆起的肌肉感覺就快撐破了衣服。

這般模樣的李波納多一邊看著魯華，一邊輕輕點了點頭。魯華先看向摩吉做了確認後，也點點頭做出回應。

現場有這麼多人齊聚一堂，卻安靜得連一聲咳嗽聲也沒聽見。

寒風緩緩吹過之中，李波納多先點燃了導火線。

「知道逃不過追趕就決定勇敢奮戰，志氣果然過人！為了向繆里傭兵團的旗幟表示敬意，我方胡果傭兵團將全力應戰！」

雪路上難以傳達聲音，但李波納多的聲音，卻帶著彷彿其雙手就要觸碰過來的威力，傳到了山丘上頭。

魯華回應了李波納多。

魯華發出「咻」的一聲拔出掛在腰上的長劍，並高舉在頭上回答：

「我們遵循神明賜予的使命，是勇往直前的勇者！為劍而活的人，時而甘願接受連神明也敢違背的叛教者烙印！但是，我們無法忍受從敵人後方展開襲擊的卑劣者烙印！為了擁有無數榮譽的胡果傭兵團名譽，我們將成為賭上一命的挑戰者！」

或許這是一種固定句型的互動，但羅倫斯差點笑了出來。

尤其是在知道接下來即將上演一場大規模鬧劇的情形下，更會覺得好笑。

就是從遠處看過去，也看得出李波納多露出憤怒表情，並且聳起原本就高高隆起的肩膀。站在李波納多身旁的德堡商行監視者，似乎對魯華的話語感到憤慨不已。

這般場面之中只有監視者一人真的抱持認真態度，教人不得不佩服。

不，就某方面來說，魯華和李波納多也是認真的。

如果說這是為了讓他們繼續當傭兵的儀式，或許就會是認真的。

赫蘿要是看了，肯定會很開心。

「無妨！戰神拉吉特會告訴我們真相！」

說話的同時，李波納多舉高原本掛在腰上的板斧。而沿著坡面站定位置的傭兵們也一齊拿起武器。

超過百人以上的士兵架起長劍或長槍備戰的光景，可說是難得一見。

羅倫斯也曾經嚮往過打倒龍的英雄故事，所以面對這般光景，心中難免有些感動。

「敵人永遠不嫌多！衝啊！」

魯華發出開戰的吶喊。

下一秒鐘，士兵們宛如雪崩般衝下山坡。

或許是被戰場的氣氛震撼住，看起來與羅倫斯差不多年紀或年輕一些的監視商人興奮地扯著嗓子。這時如果把長劍交給監視商人，他或許會親自上戰場也說不定。

的確，如果面對這般光景，想必幾乎所有男人都無法保持冷靜。

就連抱著捨棄心態把戰爭視為既愚蠢又沒錢賺的商人，也會如此地興奮。

羅倫斯似乎明白了為何世上有那麼多人願意從事既危險又被世人嫌棄，而且利益絕不算好的戰爭職業。

歸根究柢，這時大家是在追求一件單純得連不會說話的幼兒也能夠理解的事情。那就是「誰才是強者」的答案。

赫蘿如果在場，肯定會意氣用事地支援自家部隊。搞不好赫蘿還會化為狼形跳進戰場。

因為很容易就想像出赫蘿跳進戰場的畫面，羅倫斯忍不住獨自輕輕笑了出來。

就在這時——

已經固定在羅倫斯臂彎的藤籠動了一下。

羅倫斯察覺到希爾德抬起頭的下一秒鐘，背後傳來了聲音：

「發生什麼好笑的事了？」

「什麼事情？那當然是——」

羅倫斯笑著準備回答，並回過頭時，才總算理解了是什麼人印入眼簾。

是赫蘿。

「赫蘿！」

羅倫斯忍不住出聲呼喊，赫蘿一副嫌吵的模樣閉上眼睛。

然後，聽到羅倫斯的聲音後，四周的人也總算察覺到有人闖入。

像赫蘿這樣的女孩如果在這種荒郊野外遊盪，應該會很顯眼才對，現場卻沒有任何人發現。

或許得佩服赫蘿不愧是狼吧。

「妳……什麼時候回來的？」

「咱前天就回到了城鎮，但在城鎮花了一些時間。」

久違的赫蘿看起來有些疲憊的樣子。兜帽以及兜帽底下的臉孔像是蒙上了一層塵埃。不需要仔細思考也知道赫蘿累壞了，因為赫蘿才往返了人類腳程必須花上七天時間的旅程。如果被迫做出如此荒唐的舉動，就是馬兒也會累垮。

不過，比起這件事情，羅倫斯更在意的是明明只有幾天不見，他卻高興得像是好幾年沒見到赫蘿一樣。

「這樣啊……不過，幸好妳平安無──」

這時，赫蘿以手勢阻止羅倫斯說下去。

「所以呢？為什麼這隻兔子會在這裡？」

羅倫斯原本打算繼續說下去而張開的嘴巴，就這麼僵住不動。羅倫斯想起自己還是個徒弟時在陌生城鎮與師父走散，後來以為好不容易找到了師父，才發現認錯了人的糗事。

想到這裡，羅倫斯想起以前好像也有過這樣的感覺。

那次赫蘿在帕茲歐遭到囚禁，羅倫斯還記得是在地下水道等待赫蘿時有過這種感覺。

「關於這件事情也完全出乎我們的意料。」

魯華回答了赫蘿。姑且不論戴上兜帽再藏起耳朵後就像一般女孩的赫蘿，但在四周有人們眼光的地方，當然不可能讓希爾德開口說話。

「汝等是不是被兔子騙了？」

聽到赫蘿諷刺地說道，魯華露出苦笑。因為赫蘿說的完全是事實，所以無從辯駁。
「哼。不過，咱們在城鎮裡也聽到了大致上的狀況，所以猜得出來是怎麼回事。」
「咱、們？」
聽到羅倫斯這麼一問，赫蘿一副嫌麻煩的模樣回過頭看向羅倫斯，並指向頭頂上方。
羅倫斯和魯華看向天空後，看見一隻鳥在空中畫著圓圈飛行。
「哎，詳細狀況事後再告訴咱吧。先不管這個，那是在做什麼吶？是在舉辦什麼祭典麼？怎連豬血都用上了？」
不愧是赫蘿，瞬間就識破那是一場鬧劇。
「如果說是傭兵們一起裝模作樣，應該很容易理解吧？」
聽到魯華的話語後，赫蘿沒出聲地笑笑。配合狀況一起思考後，赫蘿或許大致理解了魯華的話語代表著什麼意思。
「裝模作樣很重要。因為每個人都有適合自己的角色。」
「感謝您的諒解。我還以為會被責罵『上演一場鬧劇豈不令繆里之名蒙羞』呢。」
「如果沒有處理好，咱或許會生氣唄。」
魯華縮起嘴巴，露出引人發噱的表情。
「不過，這場戲處理得很好。因為繆里也是個喜歡和其他人打鬧的傢伙。」

聽到赫蘿的話語後，原本裝得很驚訝的魯華，這回真的嚇到了。

然後，魯華燦爛一笑，轉頭看向高舉的旗幟，並再次看向赫蘿說：

「真的嗎？」

「嗯。不過，雄性都喜歡這種場面，不是嗎？就連這隻大笨驢，似乎都捏著一把冷汗在一旁觀看。」

赫蘿像在拍打物品似地拍打羅倫斯說道。

雖然羅倫斯很想反駁些什麼，但赫蘿說的是事實，所以無從抗辯。

「不只是傭兵，只要是為戰爭而活的傢伙，大概都是這個樣子。我知道這場面可能有些看不下去，但請再忍耐一下。就快要落幕了。」

「咱想也是唄。山上那邊偷偷摸摸不知道在做什麼，是為了那個目的唄？」

赫蘿一副受不了的模樣說道，朝向山谷做著形式上指揮的摩吉，驚訝地回過頭看。

真是什麼事情都瞞不過這隻狼。

「是的。」

「也是因為這樣才會把大雪橇拉到前方唄？」

魯華聳了聳肩，其動作隱含著「一點也沒錯」的意思。

「因為這樣，害咱為了尋找藏匿地點吃了很多苦。」

「藏匿地點？」

「嗯。所以，汝啊，汝要照顧這隻兔子照顧到什麼時候？」

說著，赫蘿粗魯地從羅倫斯手中搶走希爾德的藤籠。

「哼。咱會聞到鮮血的味道，就是這傢伙唄。這隻大笨驢。」

赫蘿露出壞心眼的表情說道，跟著竟然左右搖晃又上下甩動籠子。

希爾德只能夠默默承受。

此刻在被窩裡的不是被蛇盯住不敢動的青蛙，而是被狼盯住的兔子。

「幫咱拿著。」

對希爾德一陣惡作劇消解悶氣後，赫蘿把籠子塞給就在附近的小伙子。

看見突然出現在部隊中心，連團長也畢恭畢敬應對的奇妙女孩，小伙子已經感到十分困惑，現在變得更加困惑地向團長求救。

「好好看著，這隻兔子很重要。」

「拜託。那麼汝啊，走唄。」

面對團長的命令以及赫蘿的笑臉，小伙子一副戰戰兢兢的模樣，但赫蘿沒理會小伙子，逕自牽起羅倫斯的手走了出去。此刻感到困惑的，不只有羅倫斯一人。

「您要去哪裡？」

魯華提出理所當然會詢問的問題。

已經拉著羅倫斯走了好幾步的赫蘿突然停下腳步，然後轉過身子說：

「咱把那樣東西藏在山裡，所以必須去拿回來。」

「如果是這件事情，可以吩咐下面的人去做……」

或許是為了對魯華的提議表示敬意，赫蘿先鬆開羅倫斯的手，然後看著魯華回答：

「很感謝汝的體貼提議，但這隻大笨驢很容易鬧彆扭。」

赫蘿用指尖用力頂了一下羅倫斯的側腰。

關於禁書，羅倫斯確實說過他會負責，然後請求赫蘿協助。如果赫蘿沒有讓羅倫斯參與，就自己交給魯華或希爾德，羅倫斯當然會有些不是滋味。

不過，羅倫斯當然沒有孩子氣到會鬧彆扭的程度。羅倫斯打算抗辯時，赫蘿迅速轉過身子，並牽起羅倫斯的手。然後，赫蘿回頭對著魯華說：

「所以，請等一下唄。咱們很快就回來。」

「喔……」

魯華發出少根筋的聲音答道，然後目送赫蘿兩人離去。

赫蘿牽著羅倫斯的手不斷前進，最後終於來到感覺不到喧鬧的地方。在這裡可看見事先拉到前方的雪橇，而拉動雪橇來到這裡的人們腳印仍清晰可見。

羅倫斯看見小了一號的腳印混在這些腳印之中，而且在途中偏離道路往山中的方向延伸。

「妳從這裡走回來的啊？」

「嗯，因為咱聽見了殺伐聲。不過，咱差點就想保持狼模樣去參戰。」

因為視狀況不同，有可能必須祈禱赫蘿前來搭救，所以羅倫斯無法輕鬆地笑出來。不過，身為知道這場大規模鬧劇內幕的人，羅倫斯還是忍不住露出苦笑。

「真是好險啊。要是妳真的去參戰，事情就搞砸了。」

「要不是路易斯告訴咱，咱險些就跳了進去。」

「路易斯？」

赫蘿拉高長袍下襬，準備爬上方才走下來的斜坡時，羅倫斯反問道。

「別露出這種表情。就是那個，那傢伙。」

說著，赫蘿指向天空。

羅倫斯察覺到赫蘿是在指那隻鳥。

「真難得，妳還會記住別人的名字。」

聽到羅倫斯的話語後，赫蘿一副找到有趣玩具似的模樣，露出心滿意足的笑容。

「怎麼著？汝在嫉妒嗎？」

被赫蘿這麼一說，羅倫斯不禁板起臉來。

「不過，看見汝發現咱出現時的表情，就覺得汝會嫉妒的可能性極高。汝是怎麼著？竟然那麼慌張？那模樣簡直就像很久沒看見主人的狗一樣。」

赫蘿大笑著，然後獨自迅速往山坡上爬去。

難為情加上不甘心的情緒，使得羅倫斯完全無法吭聲。雖然不甘心，羅倫斯還是抱著「反正每次都是這樣」的死心心態嘆了口氣，然後為了追上赫蘿而趕緊踏上斜坡。

羅倫斯一邊前進，一邊忍不住暗罵：「真是的，這麼多天沒見，居然一見面就尋我開心」。

有別於赫蘿的輕盈身軀，羅倫斯踩在雪地上時雙腳會陷入積雪深處。所以，羅倫斯每次從雪堆裡拔出腳而怒罵時，也會把赫蘿的壞心眼一起罵進去。

久違後再相見，不是應該要很高興嗎？

在帕茲歐的地下水道等待赫蘿時也一樣，羅倫斯不知道有多麼擔心。沒錯，這次是不會發生有直接危險的事情。但是，就是不知道會發生什麼事情，才叫作旅行。

尤其是羅倫斯這方只要出了一點什麼差錯，真的有可能已經橫死路途了。姑且不論羅倫斯會擔心赫蘿，但赫蘿是不是應該再多擔心羅倫斯一些呢？

儘管自知有些不講理，羅倫斯還是忍不住想問：「難道有所期待錯了嗎？」

羅倫斯拔出埋在雪堆裡的腳，並尋找下一步的落腳處，伸手扶著樹木爬上陡峭斜坡。因為羅倫斯無法抬高視線，所以根本不知道赫蘿前進到了哪裡，也早就聽不到腳步聲。

如果是這樣，不如在山下等赫蘿還比較好。

這麼想著的羅倫斯停下腳步，然後夾雜著嘆息聲喘口氣。在這瞬間——

「呃、哇啊！」

羅倫斯受到大力撞擊，瞬間天地顛倒了過來。

如果不是實際有過經驗，就體會不到順著斜坡往後倒的感覺有多麼恐怖。那正是所謂天地為之翻轉的感覺。

不過，在身體旋轉一圈之前，深厚的積雪先包住了羅倫斯。

「……嗚……」

除了感到頭暈，還有不知何物壓在胸口上的壓迫感之外，羅倫斯還聽見雪花落下的啪唰啪唰聲響。似乎是積在樹上的雪掉落下來，正好砸中了羅倫斯。

羅倫斯心想「又要被赫蘿取笑了」，並動著四肢掙扎，試圖挺起跌得四腳朝天的身體。

這時，羅倫斯總算察覺到了。

「……………赫蘿？」

赫蘿不是來解救羅倫斯，也不是來取笑他。

赫蘿一直把臉埋在羅倫斯的胸口，動也沒動一下。

也就是說，羅倫斯不是被落雪砸中。

而是赫蘿整個人撲上羅倫斯。

「……」

赫蘿沉默地用力把臉埋進胸口，並且用力地環抱著羅倫斯。

赫蘿似乎真的用盡全身力氣抱著羅倫斯，所以時而會換氣並稍微移動雙手和身體的位置，然後再次用盡全身力氣緊緊抱住羅倫斯。如雪花落下的啪唰啪唰聲響，也是赫蘿甩動蓬鬆尾巴在掃雪的聲音。

掌握到整個狀況後，羅倫斯放棄抬起埋入雪中的頭，並且放鬆力量再次埋入雪中。羅倫斯似乎受到相當大的撞擊力而倒下，所以整顆頭深深埋在雪中，視野也被積雪形成的壁面擋住，只看得見壁面背後的一小區塊。羅倫斯的雙耳當然也被積雪覆蓋，所以只聽得見有限的聲音。也就是只有他自己與赫蘿的聲音。

羅倫斯的視線前方看不見天空，只看得見常綠樹掛滿雪花形成一片寒冷綠景。這時羅倫斯總算察覺到赫蘿把禁書藏在山中的真正理由。赫蘿的目的是想把羅倫斯帶到這裡來。這裡不會有魯華、摩吉或希爾德，也能夠擋住在天空飛翔的路易斯視線。

羅倫斯把手繞到赫蘿背後，並輕輕撫摸赫蘿的背部。赫蘿似乎瘦了一些。羅倫斯撫摸赫蘿的背部後，赫蘿發出顯得痛苦的朦朧聲音，並且輕輕扭動著身子。赫蘿繞到羅倫斯背後的手用力頂出指甲，刺得羅倫斯都發疼。

並非只有羅倫斯一人因為久違後再重逢而感到開心。並非只有羅倫斯一人想不通只不過幾天見不到面而已。羅倫斯輕輕笑著，然後這麼說：

「原來裝模作樣的人是妳啊。」

這是赫蘿向魯華說過的話。或許是帶著抗議的意味，知道羅倫斯在笑後，赫蘿加重力道掐了進去。

「會、會痛啊。不過，我也胡思亂想過一些事情，要是妳知道了，肯定會覺得受不了。」

聽到羅倫斯的話語後，赫蘿感到懷疑地停頓一會兒後，稍微縮回了指甲。羅倫斯感到疲憊地笑笑後，想起在帕茲歐地下水道的互動，也和現在的狀況有些相似。羅倫斯不禁鬆口氣地心想，幸好沒有說出來。

取而代之地，為了善加利用這份幸運，羅倫斯這麼說：

「歡迎回來。」

赫蘿像彈開似地從羅倫斯胸前抬起了頭。

然後，赫蘿看向羅倫斯且不怕醜地皺著臉。

羅倫斯已經不會再慌張了。羅倫斯再次緊緊抱住就快哭出來的赫蘿，然後挪動雙腳位置試圖挺起身子。赫蘿發出像在投訴不滿的眼神，羅倫斯露出苦笑回答：

「如果太晚回去，會有人來看狀況喔。」

對愛面子的赫蘿來說，肯定無法忍受被看見。

赫蘿嘟起嘴巴，然後把臉埋進羅倫斯胸口擦拭滲出的淚水。赫蘿最後再次緊緊抱住羅倫斯，並利用反作用力挺起身子。

「我怎麼好像老是被當馬騎啊。」

羅倫斯還曾經被那隻狼的巨大爪子壓在地面上過。

不過，這次赫蘿沒有露出尖牙，而是挪開身子，並且伸出手幫助羅倫斯站起來。

「……手握韁繩的人怎麼會被壓在下方呢？」

雖然赫蘿給了可貴的話語，但羅倫斯沒有反駁：「到底是誰想要用繩子圈住對方的脖子啊？」取而代之地，羅倫斯挺起身子後，用手指擦去留在赫蘿眼角的淚水。雖然赫蘿一副感到厭煩的模樣別過臉去，耳朵和尾巴卻顯示她很開心。

而且，羅倫斯幫赫蘿擦去右邊眼角的淚水後，赫蘿這回把左邊眼角也朝向羅倫斯。

羅倫斯夾雜著嘆息聲，但比右眼更加仔細地幫赫蘿擦去了淚水。

第九幕

「這就是禁書啊。」

赫蘿從奇樹搬來的行李當中，發現了一本書。

這本書大手筆地以皮革裝訂而成，光是如此就已散發著巨大的壓力。

「內容呢？」

「不知道……不過，照那個圓滾滾的書商所說……」

赫蘿一邊穿衣服，一邊說道。從頭上套過襯衫後，赫蘿發出「噗」的一聲接續說：

「聽說是真的禁書。」

「唔……這樣啊……」

羅倫斯輕輕打開書本後，傳來一股墨水獨特的知識清香。

不過，羅倫斯當然看不懂書本上的文字。據說為了不讓人輕易讀取內容，禁書是以沙漠國家的文字撰寫而成。只見書上淨是一些碎點以及歪七扭八的曲線。羅倫斯甚至不確定這些是不是真的文字。

「不過，多虧妳辛苦把書本帶了回來。」

聽到羅倫斯的話語後，原本忙著從襯衫裡拉出長髮的赫蘿停下動作，並且突然擺出臭臉。

「……是不是發生什麼爭執了？」

畢竟是一本昂貴的書，赫蘿與魯．羅瓦之間就是有過什麼不愉快也不足為奇。

羅倫斯抱著這般想法而詢問後，赫蘿用力甩開頭髮，並且一副極度不悅的模樣說：

「是有過一些哪。」

「這、這樣……啊？」

羅倫斯只是抱著至少要表現一下關懷而這麼說，卻看見赫蘿臉上明顯寫著「真的發生過討人厭的事情」，然後逼近羅倫斯說：

「咱可是費盡千辛萬苦才甩開寇爾小鬼，汝明白那有多勞心嗎？」

「啊！」

羅倫斯總算搞懂了狀況。

「那小鬼原本就是被迫跟咱們分開，所以看到咱出現後，當然會大哭起來。咱是趁著那個目中無人的教會女孩拉住寇爾小鬼時，像落荒而逃似地跑走！」

看見赫蘿前來拿取禁書，就是笨蛋也知道赫蘿兩人又被捲入什麼大紛爭之中。

寇爾肯定是拚命纏著赫蘿說自己也想幫忙。

要不是艾莉莎出面阻止，或許赫蘿真的會被迫背著寇爾回來。

「喔……那真是……辛苦妳了。」

羅倫斯並非當事人，所以只能夠如此表示同情。

赫蘿也明白這樣的事實，所以一副氣憤難平的表情別過臉去。

「就是啊！而且，如果只是這樣就算了，那個目中無人的丫頭竟敢對著咱說……」

雖不知道發生過什麼事情，但赫蘿說著說著，一副想起當時憤怒情緒似的模樣全身顫抖。

世上很難找到像艾莉莎那麼不知畏懼的女孩，所以想必對赫蘿撂下了重話。

不過，赫蘿甩動幾下尾巴後，搖搖頭這麼說：

「這不重要，倒是汝等為何帶著那隻兔子打算前往危險城鎮？」

對赫蘿來說，肯定會覺得不稱心的事情一件接著一件發生。

雖然平常都是由羅倫斯幫赫蘿綁上腰帶，但這次赫蘿從羅倫斯肩上搶走腰帶，然後動作粗魯地綁在腰上。這時如果有人恰巧路過，肯定會多有遐想，但事實上根本沒什麼。純粹是赫蘿學狐狸那樣把書本和其他東西埋在雪中，所以變回狼模樣把東西挖出來。

赫蘿不太開心地對著羅倫斯說：

「咱在城鎮聽說汝等抱著兔子往斯威奈爾前進，並且企圖叛亂。咱親愛的先生啊，是不是不管咱說過多少遍，汝還是非得一頭栽進危險之中不可啊？」

如果只是交出禁書，幾乎不會遭遇危險。

但是，如果是抱著希爾德前往斯威奈爾，就不在此限了。

「關於這件事情……我只能說是希爾德先生的計策太厲害了。」

羅倫斯向赫蘿做了一連串的說明，包括了在雷斯可的旅館與希爾德的互動，以及離開雷斯可後因為希爾德一句話而受限的傭兵團所做出的痛苦抉擇。

赫蘿當然表現出感到無趣的模樣。

聽完說明後，赫蘿這麼說：

「不過，也不能因為這樣就特地前往敵營唄？有哪個笨蛋會這麼做？」

羅倫斯能夠理解赫蘿想要表達的意思。

顯而易見地，希爾德的反擊行動太過輕率，所以不應該出手相助。

然而，隨著一連串的事態發展，羅倫斯等人被迫走在這條狹窄山路上。

既然如此，羅倫斯只能夠這麼詢問赫蘿：

「那，要不要我們自己逃跑？」

比起就這麼前往斯威奈爾絕地大反攻，選擇逃跑簡單多了。不過，這當然有問題了。

「……咱只是抱怨一下而已。」

赫蘿一副索然無味的樣子說道。

如果能狠下心腸，輕易地拋棄希爾德或繆里傭兵團，或許赫蘿會願意多為這世界讚揚一番。

「不過，多少看得到一些新芽冒出來唄？」

赫蘿應該是指能夠打開局面的可能性。

羅倫斯闔上書本，並輕輕點頭回應赫蘿的問題。然後，羅倫斯把書本收進赫蘿搬來的麻袋裡，並緊緊綁住袋口。這只麻袋並非廉價品，而是扎扎實實編織出來、能夠媲美鎖鏈的高級麻袋。希爾德託付給赫蘿的金幣原封不動地裝在麻袋裡。

傑出的書商魯．羅瓦看到這筆金額時，測量損益的天平在當下肯定搖擺了起來。如果計畫失敗而不再需要禁書時，赫蘿肯定會強行奪回禁書。既然如此，只要考慮到順利達成計畫的可能性，就會明白此刻應該賣人情給希爾德比較有利。魯．羅瓦預估能夠得到比收下三百枚盧米歐尼金幣更大的利益，下了一場賭注。

羅倫斯這麼猜測著魯．羅瓦的心態。

「妳不也看到了那場鬧劇嗎？德堡商行內部似乎動搖得相當厲害。聽說商行的幹部們自以為借了領主們的威勢而成功奪下權力，後來才發現是被領主們利用了。好像是因為這樣，害得幹部們必須做出愚蠢的決定。」

赫蘿一直注視著羅倫斯說話，並在仔細推敲話語內容後，像是吞下話語似地壓低下巴說：

「……這叫做自作自受。」

「是啊。不過，對我們來說，這狀況比較有利。」

聽到羅倫斯的回答後，赫蘿顯得有些不滿。

「是嗎？只不過是換了一個敵人，從叛徒商人變成除了耀武揚威之外，什麼也不會的傢伙們而已唄。」

「話是這麼說沒錯，但是德堡商行曾經把領主們當成人偶在操控，並企圖從領主們手中抽走權力。也就是說，可以推測德堡商行內部的叛徒們也很想打破現狀。」

「所以，只要升起反擊的狼煙，叛徒當中就會出現協助者……是嗎？」

赫蘿臉上的表情像是吃到了硬邦邦又苦澀的黑麥麵包。

的確，這樣的推測或許太樂觀了。

不過，這不是外行人的推測，而是曾經在德堡商行內部待過的希爾德所說，所以十分具有說服力。

「至少希爾德先生是這麼認為。雖然我也覺得這樣的看法太樂觀，但就算同是叛徒，也會有意見相左的狀況吧。比起意氣用事地就這麼讓領主們搞垮商行，不如協助希爾德……就是有人抱持這樣的想法，也絕不稀奇。」

羅倫斯相信赫蘿也明白這道理，但赫蘿顯得極度不滿。

羅倫斯還來不及詢問赫蘿的真心想法，便聽見赫蘿這麼說：

「然後，再把曾經撕破臉的前主人叫回來嗎？被叫回來的一方也會願意原諒嗎？」

赫蘿的疑問確實是很正常的反應。

不過，商人有著令人難以置信的貪婪心，而且厚顏無恥。手腕越高明的商人，這樣的特質也就越明顯。也聽說過耀武揚威出了名的大商人，最在行的就是滿不在乎地在人前磕頭。

事實上，要是磕了頭，大部分的事情都只能夠不了了之。而且，如果幹部們是因為德堡本人具有利用價值而沒有殺害他，相反的狀況也可能成立。也就是說，就算德堡恢復商行領導者的地位，光是靠希爾德與德堡的力量，也不可能讓商行恢復原貌。

「我覺得有可能。而且，正因為如此，希爾德先生他們的反擊才出現了希望之芽。」

赫蘿露出像在看可怕魔術師似的眼神注視著羅倫斯好一會兒，但不久後嘆了口氣。赫蘿別開了視線，或許她是想看著熟悉的森林讓心情平靜下來。

「汝等商人真是大笨驢吶……」

赫蘿雖然這麼說，但似乎接受了羅倫斯的說法。而且，對赫蘿來說，這也是個好消息。對赫蘿來說，能避免拋下繆里傭兵團或希爾德逃跑的選擇，是最好的狀況。

畢竟關於希爾德的處境，兩人的想法是只要交出禁書，希爾德或許就能夠避開所謂北方地區史無前例的危機。如果赫蘿與羅倫斯沒有更進一步參與其中，繆里傭兵團也不會被捲入這樣的危機。

如果思考到這點，赫蘿與羅倫斯是不可能獨自逃走的。

可能的話，羅倫斯希望能夠有個皆大歡喜的結局，而此刻出現了這樣的可能性。

而且，赫蘿不可能看不出這樣的可能性。

雖然顯得不滿，但赫蘿接受了事實。或許應該說，赫蘿一開始就想要找到一個兩人不需要逃跑的藉口。不過，這種事情沒必要特別向赫蘿確認。

雖然沒必要做確認，但羅倫斯有些話想對赫蘿說。

「如果是一個手腕高明的商人，能夠輕鬆達成妳覺得難以置信的事情，妳會怎麼想？」

「唔？」

赫蘿看向羅倫斯，然後花了一些時間才理解羅倫斯的話語含意。

不再只會被赫蘿耍得團團轉後，羅倫斯最高興的就是能夠盯著赫蘿瞬息萬變的表情。

而且就是看上一百年，也不會膩。

「……汝以為這樣就騙得過咱嗎？汝就是這個樣子，咱才會說汝是個小人物。」

「我是想到妳可能會喜歡得意洋洋還撐大鼻孔的笨雄性。」

然後，赫蘿沒露出一絲笑容地貼到羅倫斯身上這麼說：

「是、是，咱是這樣沒錯。」

赫蘿牽起羅倫斯的手說：「這樣行了唄？」

羅倫斯回以滿面笑容。

「哼。」

赫蘿一副感到無趣的模樣別過臉去。

在這之後，兩人走下山坡，並來到山路上。

向右轉會通往魯華等人的戰場，向左轉則會通往斯威奈爾。

此刻笨重的雪橇，應該都已經前進到了更為遙遠的前方。這場劍與槍之饗宴已經確定會是精采收場，所以先讓一些無關人士繼續前進。

「對了。」

說著，羅倫斯向右轉並走了出去，然後接著詢問說：

「既然妳前天已經抵達雷斯可，那來到這裡之前妳做了什麼？」

照希爾德所說，希爾德事先告訴過名為路易斯的鳥「如果在雷斯可發生什麼意外就會前往斯威奈爾」。

既然如此，只要利用在空中飛翔的小鳥目光，應該很快就能夠找到羅倫斯等人。但事實上，赫蘿花費的時間比羅倫斯預期得還要久。

這時，赫蘿輕輕聳了聳肩這麼說：

「城鎮就像貝殼一樣緊緊閉著雙殼。雖然咱們知道那隻兔子肯定出了事，但很難掌握到實際發生了什麼事。而且，某人還連張字條也不留，就離開旅館。」

赫蘿的話中帶了點刺，但在那個時間點絕對不能夠留下字條。

萬一留下了不妥當的內容，誰知道會被解讀成什麼意思。

「所以妳打探了一番？」

「嗯。路易斯的同伴也都躲了起來。不過，儘管路易斯無法變身成人類，卻是一個真正擁有勇氣的傢伙。他鍥而不捨地尋找同伴。嗯，只讓他當一隻小鳥實在太可惜了。」

鮮少記住他人名字的赫蘿，竟然會如此誇獎某個人。

不過，如果繼續思考這件事情，又會被赫蘿批評是在嫉妒或鬧彆扭。

羅倫斯這麼想著，並打算盡可能地裝作若無其事，但為時已晚。當羅倫斯察覺到時，身旁的赫蘿已經露出不懷好意的笑容。

「……那個叫什麼路易斯的鳥真的有那麼厲害嗎？」

所以，羅倫斯在赫蘿開口前，先主動出擊。

「嗯。咱只能說，咱與路易斯經歷過一次小小的冒險。」

「這樣啊。」

羅倫斯保持冷靜地答道，但赫蘿像在考驗羅倫斯似地刻意開口：

「咱強迫自己趕路，一邊踏著蹣跚步伐，一邊不分晝夜地奔跑，好不容易抵達城鎮後，又要尋找消失蹤影的人們，並且收集情報；一個人不可能完成這麼多任務，有時必須有一方激勵另一方，有時也必須有一方引導另一方。所以，或許咱……」

說著，赫蘿停頓了一下。

「或許咱當下有些愛上了對方。」

如果赫蘿是別過臉這麼說，羅倫斯還承受得了。

然而，赫蘿卻露出有些尷尬的笑容這麼說道。

困難能夠促使男女結合在一起，這根本是老掉牙戲曲的方法論。

不會是真的吧？

既然人類與狼被允許在一起，當然沒道理不允許狼與鳥在一起。

但是，只要起了一絲疑心，在那當下就表示羅倫斯不信任赫蘿。

更重要的是，如果覺得自己被懷疑，赫蘿肯定會很受傷。

羅倫斯拚命地收斂著自己的理性和自制力，赫蘿則是仔細觀察著羅倫斯的表情，然後在臉上浮現心滿意足的笑容。

「啊！妳──」

羅倫斯還來不及說完話，赫蘿便用力抱住了羅倫斯。

然後，赫蘿聞著羅倫斯的衣服味道用力吸氣，深深吸了一大口氣後，才緩緩吐出氣。

挪開身子時，赫蘿顯得很開心，眼中甚至泛著些許淚光。

「汝不知道咱有多麼喜歡汝嗎？汝這隻大笨驢。」

的確，主動把羅倫斯引到杳無人煙的地方，然後撲倒在羅倫斯身上的正是赫蘿。

羅倫斯找不到話語反駁，還一副蠢樣搔著頭。

「不過，狀況確實有這麼嚴重。咱是狼狽不堪地從城鎮逃了出來。」

羅倫斯搔癢難耐、彷彿腦袋有一部分麻痺了似的感覺，在這時完全散了去。

「真的啊？」

「嗯。對於汝等所做的判斷，咱沒有要批評的意思……但那些傢伙依舊是難以應付的強敵。或許應該說正因為內部起爭執，防禦才會做得更加堅固。不管怎樣，差不多就是這樣的狀況，所以，這袋子裡裝了路易斯滿滿的勇氣。」

羅倫斯看了一眼掛在肩上的麻袋時，聽到赫蘿說：「咱不是在比喻。」

「路易斯的主人似乎事前交代過他。主人要他在事到臨頭時，必須在絕對不讓人看見的狀況下，不問理由地把某個袋子送去給兔子。」

赫蘿的表情不像在開玩笑。

羅倫斯再看了一眼掛在自己肩上的麻袋。

「可是，城鎮裡到處都是敵人。路易斯可是費盡心力才拿到袋子……而且，他還說咱的力量比較強，然後把如此重要的東西丟給咱保管，可見其膽量之大。汝應該能夠理解咱怎麼會有所心動唄？」

雖然最後這句話應該是在開玩笑，但路易斯肯定是託付了極其重要的東西，才會讓赫蘿做出這般發言。路易斯與赫蘿有過的互動，確實足以讓赫蘿記住他的名字並誇獎他。

可是，路易斯究竟託付給了赫蘿什麼呢？路易斯的主人是指希爾伯特・馮・德堡嗎？

羅倫斯只想像得到可能是信件或現金，不然就是各種文件加上具有德堡商行權威的印鑑。如果是這些物品，確實不能讓任何人知道，甚至不能讓人覺得可能已經被帶出外部。

商行業務終究是靠著信用運作。賦予文件商行信用的工具如果被帶出外部，就等於商行信用直接被帶出了外部。

因為具有利用價值而活命至今的主人，甚至可能因此被殺害。

或者是，對方會讓主人活命，就是為了逼主人說出隱瞞的事情。

「妳打開看了嗎？」

聽到羅倫斯的詢問後，赫蘿收起臉上的表情，接著，羅倫斯的視野上下顛倒了過來。

羅倫斯花了好一會兒時間，才察覺到是被赫蘿絆住腳而跌倒。

「汝真是大笨驢吶。」

赫蘿一副盛氣凌人地冷眼俯視羅倫斯，趴在地上的羅倫斯只能抬起頭，並點點頭說：「妳說得是。」

羅倫斯兩人回來時，饗宴已進行到了高潮時刻。

四名被繩索綑綁住的男子，坐在魯華等人的陣地上。

男子們臉上有好幾處撞傷，烏青紅腫的凸起大得彷彿能夠用手摘下來。

染紅雪地的鮮血似乎也不是假血。

明明弄得這副狼狽樣，男子們卻顯得神清氣爽，讓人留下深刻印象。光是知道不會有性命危險，不可能表現得如此豁然。男子們的表現簡直就像比賽完一場騎士競技一樣。

「我們回來了。」

羅倫斯朝向魯華搭腔後，魯華沉默地點了點頭，並朝向摩吉使眼色。

「差不多快了。」

聽到摩吉的話語後，羅倫斯點了點頭，並牽起赫蘿的手往路邊靠。

從路邊看過去，也能將虛假的戰場盡收眼底。

戰場上雪花紛飛、怒吼聲四起，感覺不出有任何人偷懶或放水。事實上，傭兵們所使用的長劍和長槍只是不夠鋒利，當作鈍器揮舞也是殺傷力十足。光是被用力擊中腦袋就可能暈倒，也可能就此喪命。羅倫斯與赫蘿一起眺望戰況的短短時間內，也出現幾名骨折和暈倒的士兵被送到後方去。

另外，雖然事前就知道會是這般局勢，但繆里傭兵團明顯處於下風。甚至可以說敵方具有壓倒性優勢。

不過，所有成員都不分敵我地使出全力在戰鬥。任何人都可能戰死，也正因為如此，同伴之間才會同心協力、互相激勵，並朝向同一目標前進。儘管知道基本上是在演戲，但奮不顧身的表現還是讓他們變得內心洶湧澎湃。傭兵們對戰鬥的熱情遠遠地傳了過來。

所以，就算是為了愚蠢的目標，或是自我滿足的目標，羅倫斯依舊認為他們相當帥氣——而且是克制不住地覺得他們帥氣。羅倫斯甚至會有希望自己也能參與其中的想法。眼前是屬於劍與盾的世界，而羅倫斯從未往這個世界走去。

「汝果然還是很羨慕的樣子吶。」

赫蘿指出了羅倫斯的想法。

自認一直保持面無表情的羅倫斯，不禁摸了一下自己的臉。

「真不知道這樣有什麼好羨慕的。」

赫蘿一副受不了的模樣說道，然後聳了聳肩。羅倫斯自身也解釋不清楚原因，而且真正在戰鬥的傭兵們，想必也不知道真正原因是什麼。儘管如此，戰鬥就是具有這股莫名的吸引力，讓人還是會被吸引過去。

戰鬥確實有一種莫名魅力，會讓人忍不住要說「女人不會懂的」。

「那，如果我是個傭兵的話，就不可能跟妳一起旅行，是嗎？」

所以聽到羅倫斯這麼說後，赫蘿像個大姊姊一樣露出苦笑。

「汝說呢？至少可以確定一點就是，汝現在這狀態根本沒辦法應付那些傢伙。所以遇到咱之前，應該已經死了唄？」

赫蘿給了相當直率且實際的意見。而且，十分具有說服力。

然而，羅倫斯還是忍不住想像了起來。

羅倫斯想像自己是一個比現在更強壯豪放，並且擅長於使用長劍或長槍，只靠著打仗維生的傭兵。

某天羅倫斯與赫蘿相遇，並朝向約伊茲前進。因為羅倫斯是個傭兵，所以當然會靠著武器和計謀一一解決旅行中發生的各種問題。

這時，赫蘿會站在羅倫斯身旁。沒錯，確實會是赫蘿，但畢竟羅倫斯的職業是以長劍開出一條血路的傭兵，所以不會要求赫蘿保持低調。羅倫斯會要求赫蘿以狼模樣現身，然後自己架起長劍與赫蘿並肩而立。

好比說，就像這樣站在這座山丘上盯著腳下敵人，然後赫蘿與羅倫斯各自露出尖牙、架起長劍迎戰。

咧嘴露出巨大尖牙的赫蘿，加上被稱為戰場之狼的羅倫斯？

看見這樣的組合，有哪一個男人不會害怕發抖？

「不過……」

赫蘿說道。

雖然羅倫斯有種被赫蘿偷窺其愚蠢幻想的難為情感覺，但赫蘿卻只是瞇起眼睛，悠哉地望著戰場這麼說：

「只要是跟汝一起，或許不管做什麼都會很開心唄。」

然後，赫蘿看向羅倫斯顯得難為情地笑笑。看見這般笑容後，羅倫斯無法帥氣地做出回應。如果是一個投身於傭兵業，平常取人性命時連眼睛也不眨一下的勇者有這般反應，也會是一種可愛表現。

然而，很遺憾地，以羅倫斯的立場來說，只會是一種沒出息的表現。

雖然羅倫斯忍不住覺得自己沒出息，但赫蘿似乎不這麼想。赫蘿愉快地縮起脖子笑笑後，再次看向戰場。吸了口氣，再吐出氣後，赫蘿的嘴邊理所當然地蒙上一層白色氣息。

「咱相信世上真的有命運這東西。」

羅倫斯不會覺得赫蘿的話語來得突然。

羅倫斯與赫蘿相遇是個偶然，而兩人能夠一路走到現在，絕大部分也是因為偶然。這一切也可以換成其他可能性，所以就是以傭兵身分相遇，最後在某處戰場上死別也不無可能。

「咱不想再悲嘆，也不想再煩惱或迷惑了。儘管餓著肚子，四肢還因為寒冷而發疼，咱還是拚命在雪路上奔跑回來時，腦中浮現這樣的想法。不久前咱根本想像不到被稱為約伊茲賢狼的咱，竟然會做這種事情。不過，現在咱覺得如果這是命運，或許也不賴。」

赫蘿與羅倫斯之間保持著些許距離。

赫蘿再怎麼少根筋，也不可能在這裡緊緊貼在羅倫斯身上。

不過，羅倫斯完全不在意這段距離。

就算在伸手觸碰不到的地方，羅倫斯也能夠感受到赫蘿近在身邊。

赫蘿在距離羅倫斯幾步路的位置緩緩回過頭，然後這麼說：

「然後，因為奔跑的時候太無聊，所以咱想好了。」

「想好了？」

想好什麼？

羅倫斯還來不及詢問，赫蘿已經忍不住接續說：

「汝的商店名稱。」

「咦？」

羅倫斯瞪大眼睛，並打算跨出一步抓住赫蘿的肩膀。在這瞬間——

一陣震撼天地的怒吼聲，帶著洶洶氣勢響起。

那氣勢之大，彷彿足以震倒樹木；羅倫斯這麼想著，但發現不對。事實上，樹木確實已被震倒了。

「雪崩了！」

有人大叫道。

羅倫斯看向戰場後，看見所有士兵手持武器保持準備砍向對手，或準備接招的姿勢僵住不動。士兵們都發愣地望著同一方向。

如同傭兵再怎麼鍛鍊身體，練得一身發達肌肉，也絕不可能勝過熊的道理一樣，人們再怎麼團結在一起，也絕不可能勝過大自然。一開始雪堆看似緩緩落下，形成堤防的樹林接著受到推擠扭曲，最後終於發出「啪」的一聲。在這瞬間，雪山炸了開來。

積雪一鼓作氣地朝向谷底崩落。

「撤退！撤退！」

魯華大叫道，李波納多也在對面山丘上大叫著，但聲音已經傳達不到士兵們耳中。

直接撼動身體似的巨響之中，士兵們宛如看見大水沖來的螞蟻般散開來。雪堆毫不留情地往下沖，並沖倒一切，最後揚起如白煙般的雪花吞噬一切。

所有動作在瞬間結束。

然而，一切全變了樣。

也讓這場戰爭硬是落了幕。

「把傷者放上去！撤退！神明發怒了！」

戰場上一片鴉雀無聲，魯華迅速發出指示。

羅倫斯看見德堡商行派來的監視者嚇得腿軟，李波納多則在山谷另一端吃驚發愣，但繆里傭兵團一點也不在意。繆里傭兵團的團員從雪堆之中盡可能地拉出同伴後，往山坡上衝來，並且就這麼爬過山坡。羅倫斯等人也趁著這個機會一溜煙地逃出後，李波納多才總算回過神來。

「想逃啊！這些膽小鬼！」

然後，李波納多像在發洩怒氣似地丟出板斧。板斧令人難以置信地劃過半空呼嘯而來，最後刺中了繆里傭兵團的陣地。不過，板斧當然沒有刺中任何人。看向空空如也的陣地後，李波納多絲毫不像在演戲地怒喝：「可惡！」

羅倫斯等人抵達事先拉到前方的雪橇位置後，熱騰騰的湯正等著他們。

雖然這是一場適合鬧劇的落幕，但甚至是事前知道動了手腳的羅倫斯，也沒料到場面會如此浩大。羅倫斯還忍不住擔心起被捲入雪崩的士兵們是否平安無事。

或許是一邊想著這些事情，一邊喝著熱湯，使得羅倫斯臉上不禁浮現一片憂愁。

經過點名，得知照當初計畫留下十五名傭兵在戰場上後，摩吉向魯華報告了現況。接著，摩吉這麼說：

「被捲入雪崩的那些傢伙都是使槍能手，應該不會有事。」

羅倫斯這才釋然。

「而且，那只是雪花飛得很厲害而已，沒有真的雪崩那麼嚴重。如果因為那樣就死掉，就趁機除名算了。」

說罷，摩吉露出壞心眼的笑容。

「等狀況再穩定一些，他們應該會主動來聯絡吧。比起擔心這個，我們現在應該考量接下來的事情。」

聽到摩吉的話語後，羅倫斯坦率地點了點頭。

羅倫斯心想，摩吉說的一點也沒錯。在這之前只要靠著傭兵之間隨隨便便的互動就能了事，但接下來就沒那麼容易了。進到斯威奈爾後，對手將變成德堡商行本身。

在這之間，魯華到處巡視傷者和假俘虜的狀況，並慰勞深入高山動手腳，並成功做出一場完美雪崩的部下們。

差遣人們的人雖然看起來態度高傲，而且時而顯得霸道，但正因為懂得拿捏分寸，才有能力差遣人們。

「大家辛苦了。」
等到狀況大致穩定下來後，魯華開口說道：
「對上規模大又歷史悠久的胡果傭兵團，我們得到了相當出色的戰績。雖然很遺憾地沒有定出勝負，但下次如果再有對打機會，肯定會得到我們期待的結果。」
不管是過去，還是未來都不可能發生這種事情，也正因為大家都知道這樣的事實，才會輕佻地露出笑容。
身為雇用傭兵一方的希爾德，肯定也在籠子裡露出苦笑。
「那麼，今天大家就好好休息吧……我是很想這麼說，但很遺憾地，還要前進一些距離，才能夠在有屋頂的地方睡覺。而且，我們必須是利用突來的雪崩而勉強逃脫的傭兵團。所以，我打算立刻進軍。有沒有哪個傢伙想哭訴？」
魯華環視了一周，但當然不可能有人想哭訴。
大家都笑了出來，並享受著扮演自己的角色。
「那麼，各自準備完成後，立刻進軍！」
在劇本上，繆里傭兵團這時正拚命往斯威奈爾逃去。
然而，傭兵們沒有一絲緊張感，並且彼此興高采烈地談論著有關戰鬥的自吹自擂或感想。
想必胡果傭兵團此刻正忙著挖出埋在山谷的同伴，以及繆里傭兵團的團員。以胡果傭兵團的角度來看，繆里傭兵團可說已經被逼得走投無路，甚至捨棄多達十五人的同伴逃跑。

雖說實際上是在演戲，但這場戰鬥讓胡果傭兵團具有壓倒性優勢。

負責監視的商人什麼也不知情，所以應該很容易就騙過他了。

「那，這些傢伙打算怎麼做？」

赫蘿一邊走路，一邊問道。

發現馬兒背上載著行李，也沒看見拖車時，赫蘿什麼也沒說。

赫蘿知道如果問了，羅倫斯不可能會開心。

「妳猜他們打算怎麼做？聽到他們的計畫時，我也讚嘆不已。」

思考了一會兒後，赫蘿聳聳肩說：「猜不出來。」

「接下來會與對方交涉。畢竟這邊被擄走了多達十五人的同伴，已經是百孔千瘡。對方會認為如果以具有壓倒性優勢的立場來交涉，這邊只能夠讓步。我們將前往交涉，然後抓住那個確信自己已經勝利的可憐年輕商人當人質。」

「……然後，要求對方釋放被擄走的同伴，咱們再逃跑？」

「對方那些流氓會主張是商人壞了事，跟他們無關，然後逼商人扮演丑角。」

赫蘿露出感到無趣的表情，然後鼻子哼了一聲。

「真不入流。」

赫蘿立刻做出裁決。

「不過，很了不起吧？」

「咱還比較擔心汝會被迫扮演那笨驢角色。」

雖然赫蘿說得相當直接，但羅倫斯自己也思考過這個可能性，所以不覺得生氣。

「至少這充滿了啟發性，讓人知道如果只相信眼睛所看見的事物，將會被反將一軍。這就是所謂的經驗累積吧。」

「嗯。這正是汝缺乏的東西。」

羅倫斯連想要抗辯的意思也沒有，而且光做出嘆了口氣的反應，就讓赫蘿相當滿意的樣子。

「對了，現在人這麼多會很麻煩吶。」

「嗯？」

看見赫蘿貼近身子且壓低聲音，羅倫斯不禁感到驚訝，但立刻被眼尖的赫蘿識破想法且遭到盤問：

「汝的腦袋想不到其他事情了嗎？」

赫蘿的眼神帶著些許輕蔑。

「這團體的首領也對兔子那麼執著，很難抓到適當時機交出那東西。」

赫蘿頂出下巴指向纏在馬背上的麻袋。

馬背上有許多不應該在這種地方草率纏在馬背上的東西。首先，馬背上有三百枚盧米歐尼金幣，再加上教會以焚書處置過的禁書原稿。不止這些，馬背上甚至還有在雷斯可受到德堡託付的東西。

如果是在不久前聽到這種事情，羅倫斯肯定會認為是捏造出來的荒唐內容，而不予以採信。儘管現在大部分事情都嚇不倒羅倫斯，只要想到自己的馬兒背上載著藏在大商行寶庫裡的物品，還是讓羅倫斯有種像在作夢的感覺。

「有道理，是很想趕快交出那東西，然後卸下肩上的石頭。」

「不過也必須思考交出東西後的事情。如果是不能被人看見的東西，更應該好好思考唄。」

「是啊……不過，是哪一個啊？我看袋子裡亂七八糟地裝了一堆東西……」

赫蘿用有所防備的目光注視著羅倫斯，但羅倫斯並沒有想要套話的意思。

羅倫斯往後退一步表明這般心態後，赫蘿輕輕嘆了口氣說：

「大概這麼大，然後用布包住。」

赫蘿舉起雙手比出該物品的大概尺寸。看見赫蘿比出像是短棍棒的大小，羅倫斯當下聯想到短劍之類的物品。進行非常重要的交易之際，有時候會交換儀式專用的小刀，以證明彼此為了交易賭上性命。如果該物品是儀式專用的小刀，就真的代為保管了德堡商行的性命。

「這東西似乎不適合藏起來喔。」

「嗯。更何況對象是那隻兔子。」

先不談探索不探索，這是一個更現實性的問題。

思考一會兒時間後，羅倫斯不得不做出最妥當的結論。

「等到了斯威奈爾，並且知道可以靜下心坐下來後，應該也找得到機會吧。而且，為了與德堡商行交涉，也不可能一直保持兔子的模樣。」

聽到羅倫斯的話語後，赫蘿緩緩點了點頭。

然後，赫蘿準備開口說話，但又打消了念頭。

看見赫蘿移動視線，羅倫斯也察覺到有人靠近。

羅倫斯一看，發現是摩吉。

「方便說話嗎？」

「方便。」

「少主說想與兩位討論接下來的事情。」

羅倫斯看向赫蘿。

彼此點了點頭後，羅倫斯回答說：「好的。」

在大家投來「這兩個傢伙到底是何方神聖？」的目光下，羅倫斯與赫蘿朝向部隊前頭走去。魯華與其他人拉開頗長一段距離走著，身旁帶著一名手中抱著裝了希爾德的籠子的小伙子。

「我帶兩位來了。」

聽到摩吉的話語後，魯華回過頭看向小伙子。儘管知道赫蘿可能會不高興，羅倫斯還是小心翼翼地接下裝了希爾德的籠子。

「好了，接下來是一場沒有劇本的戰爭。」

魯華說道，其聲音完全不同於不久前一直發出的音質。

「現在平安無事地與赫蘿大人會合了。而且，我聽說赫蘿大人還帶著一本不明的書。」

對於被人以「大人」稱呼，赫蘿似乎也不想多說什麼了。赫蘿點了點頭，沒有什麼意見。

「詳細狀況就問他唄。」

然後，赫蘿很快地把任務交給了羅倫斯。

「那是一本記載了礦山開發技術的書籍。」

「我聽說是禁書啊。」

「是的。說不定希爾德先生會比較清楚詳情。」

聽到羅倫斯的話語後，一直閉著眼睛的希爾德總算張開了眼睛。

「之前我們也做了調查。我們一路查到作者確實已經被處死的事實，但畢竟不是我們的專業領域，所以沒能夠也查出內容。」

「真的是禁書嗎？」

魯華插嘴指出問題的核心。

「照書商的說法，這的確是貨真價實的禁書。不過，那本書似乎是使用沙漠國家的文字撰寫而成，所以我連一個單字也看不懂。」

「原來如此。同樣身為德堡商行的人，你有什麼看法？你覺得是值得信任的交易工具嗎？」

雖然這是一個難以回答的問題，但希爾德毫無遲疑地立刻回答：

「關鍵在於我們有多願意相信那本書是真的禁書。」

羅倫斯覺得都快聽見赫蘿膨起尾巴的聲音。

「哈哈！沒錯，不管在什麼時候，這都是交涉的精神所在。真是太可靠了。」

「就現實問題而言，光是要找人翻譯，可能就要費上很大的心力。就算找到了人，也要看願不願意信任該翻譯者。不管什麼時候，交易總是如此地不確實。」

希爾德說出了分量十足的話語。就連站在稍遠處監視有沒有人偷聽的摩吉，也一副深感佩服的模樣點了點頭。

「那麼，條件都齊全了。一個是我們繆里傭兵團，一個是那本什麼禁書。另外，還有一個是赫蘿大人。」

這是希爾德對抗德堡商行所需的三種工具。不管是什麼工具，只要由專家來使用，就算是破銅爛鐵也能夠勝過精製品。就這點來說，希爾德與魯華的智謀是可以掛保證的。

不過，赫蘿發覺自己被算入工具之中後，顯得有些不滿的樣子。

「另外，我們派去斯威奈爾的偵察兵，帶回了令人滿意的消息。至少斯威奈爾的市議會是抱持歡迎我們的態度。」

這麼一來，就不會遇到在城牆前起爭執，或看見城牆內射出箭的事態。

「不過，問題並沒有完全解決。」

揭開追兵身分時，魯華淨是說一些會讓人不安的話語。

如果從這般行為模式來判斷，當魯華說得一副淡然處之的時候，就表示不是什麼好事。

「反抗德堡商行的人們聚集在斯威奈爾是事實。不過，不能確定是不是所有傢伙都會跟我們站在同一陣線。」

聚集在斯威奈爾的淨是一些烏合之眾，不然就是各持不同目的的三教九流。所以，這些人不會站在同一陣線的可能性極高。

「至少大家都有一個想要抵抗德堡商行的共同目的。不過，為了摧毀對方而抵抗的人，以及只想著要制止對方而抵抗的人，兩者的態度自然會有所不同吧。」

說罷，魯華看向羅倫斯手邊的希爾德。

「也就是說，要我主動表明身分，然後看他們的反應，是這意思嗎？」

「沒錯。尤其是要讓他們知道我們是想要配合希爾德．修南的智謀，根本沒有一絲要服從於其他傢伙的意思。這麼一來，就必須由你來掌握交涉的主導權。」

無庸置疑地，希爾德的目標是奪回德堡商行，並追求更進一步的發展。

如此一來，想必難以確定聚集在斯威奈爾的所有人，都會願意接受其目標。如果要問是否所有人都願意接受，將會得到悲觀的答案。

然而，肩上纏著比毛髮更白的繃帶的希爾德，從藤籠裡探出頭後，毫不畏懼地這麼說：

「聖經上也寫著如果有所隱瞞，一定會被揭穿。我想勢必是要表明身分。」

「在表明身分之後，你能夠讓利害關係相反的傢伙們集結起來嗎？」

魯華的犀利目光毫不留情地貫穿希爾德。決定一起越過城牆，就等於決定成為命運共同體。如果無法信任希爾德，肯定會做出其他選擇。

然而，對希爾德而言，根本沒有任何保障能夠讓他許下這般承諾。畢竟就連在德堡商行氣勢達到巔峰的此刻，這些人仍抱持反抗態度。如果只是半吊子，根本不可能集結這些人。

然而，希爾德毫無動搖地這麼說：

「讓他們集結起來是我的工作。只要交給我來處理就好。」

希爾德甚至沒有低聲下氣。

與希爾德互瞪好一會兒後，魯華終於讓步了。

魯華往後退一步，然後用右手按住胸口，輕輕彎下腰。

魯華的舉動說出誰才是主人。

「我們將化為你的盾牌、你的長劍。我們的旗幟將為你擦去鮮血，也會為你包起遺體。」

「然後，也會在勝利時高高揚起。」

聽到希爾德的話語後，魯華彷彿喝下上等好酒似的模樣閉上眼睛。

雖然不甘心，但羅倫斯必須承認，希爾德非常了解什麼樣的話語最能夠讓什麼人陶醉。

「小時候我非常崇拜商人，或許我憧憬的對象就是你吧。」

希爾德讓魯華願意說出這般話語。

在羅倫斯懷裡的希爾德卻動也沒動一下。

直到深夜時分，胡果傭兵團才派出使者前來。

這次並非一路來多次在後台穿梭的使者前來，而是乘坐在馬上，身旁還跟著一名舉旗手下的正式使者前來。

另一方的繆里傭兵團點燃火把，並架起長槍及長劍守護陣地，在戒備森嚴的氣氛之中迎接使者們到來。

「無妨。」

對於使者的口述內容，魯華只簡短回答一句。

魯華的態度嚴肅，就彷彿負責監視的商人正在黑暗之中窺探著。

神明與眾人常在。

而繆里傭兵團的旗幟，也一直在空中飄揚。

「那麼，胡果傭兵團將在約定地點恭候大駕。」

深深一鞠躬後，使者離開了繆里傭兵團的陣地。

現場只剩下沉默。儘管知道接下來將發生什麼，羅倫斯還是難掩緊張。

「摩吉，做準備。」

「是。」

魯華打破沉默後，摩吉向負責在雪橇旁邊看管行李的小伙子使了眼色。

這時，小伙子動作熟練地從行李當中取出帶有皮草的外套。在那件外套所屬的時代，皮草並非純粹是有錢人家的代表，而是表現出穿著者的高貴身分。

披上看起來既笨重又一點也不暖和的外套後，魯華把裝飾劍插在腰上。

「每次我都搞不清楚是太緊張，還是純粹是裝備太笨重。」

魯華一副感到無趣的模樣說出玩笑話。

羅倫斯心想，魯華可能也感到緊張吧。

「準備好了。羅倫斯先生，你呢？」

聽到魯華搭腔說道，羅倫斯點了點頭。

用餐前魯華就先試探過羅倫斯，最後決定由羅倫斯一同前往交涉。一方面因為希爾德受傷，更主要的原因是，如果被人知道希爾德身在何方，我方可是一點好處也沒有。

不過，羅倫斯只需要照著討論過的內容完成幾件事項，而且這些事項與羅倫斯身為旅行商人時所從事的交易相比，一點也不困難，所以，不會有事的；羅倫斯不斷這麼告訴自己，卻還是難掩緊張。

或許是羅倫斯的緊張模樣讓赫蘿看不下去，赫蘿沉默地拍了一下羅倫斯的腰部。

「為了以防萬一，大家先做好出發準備。」

魯華對部下們發出這般指示。摩吉露出苦澀表情，但部下們笑著做出回應。羅倫斯原本也想對赫蘿說些玩笑話，但赫蘿只是一邊打呵欠一邊啜酒，連看羅倫斯一眼也沒有。

或許赫蘿是想要告訴羅倫斯，不要為了這麼點小事就弄得緊張兮兮，才會表現出有些不高興的樣子。

在這之後，魯華在前頭帶領著羅倫斯、摩吉以及兩名護衛，在夜裡的雪路上前進。多雲的夜晚上，月亮忽隱忽現，氣溫也低得嚇人。彷彿不管說出什麼話語，都會當場凍結似的。想必是吹來的風太冷，才會時而有一種像在下雪的感覺。

聽著馬兒用力踩平雪地的聲音，羅倫斯等人終於來到白天引起雪崩的山谷。胡果傭兵團已經在谷底等候，旁觀者如果看了，想必會覺得對方表現出勝利者的從容。

然而，看見對方的身影後，魯華與摩吉都顯得有些驚訝。看見兩人的反應後，羅倫斯才察覺到胡果傭兵團的首領李波納多身上，只裹著一般禦寒衣物。雖然那些禦寒衣物絕非品質不好的東西，但與身穿儀式專用皮草及佩帶裝飾劍的魯華相比，顯得不相稱。

即便顯得不相稱，但以胡果傭兵團的角度來看，這不是一場對等的交涉，所以或許需要表現出如此無禮的態度。羅倫斯這麼想著，而魯華與摩吉似乎也做出這般判斷。

「那麼，走吧。」

說著，魯華率先動作熟練地騎著馬走下坡去。羅倫斯也勉強操控韁繩，走下不習慣行走的下坡路。谷底的積雪已被踏平，所以雙腳不會陷入雪中。胡果傭兵團的團長與德堡商行派來監視的年輕商人並肩而立，身後同樣帶著兩名護衛。

雖然摩吉習慣性地環視了四周一遍，但四周當然沒有伏兵。

摩吉輕輕瞥向魯華後，魯華點了點頭，並拉進最後一段距離。

「久等了。」

下馬後，魯華首先這麼說：

「你們應該已經收到傳話了吧。」

胡果傭兵團的李波納多沒有回應魯華的話語，而直接切入話題。

「我重新口述一遍。這不是交涉，而是通牒。」

有別於魯華一身用來散發威嚴的服裝，李波納多的禦寒衣物完全傾向於實用性。

這身打扮的李波納多斬釘截鐵地說道，而不管是誰聽了，都會覺得李波納多是毫不留情地發出最後通牒。

「隨你怎麼說。用劍打交道也就算了，我一向不擅長於用嘴巴交涉。」

魯華愛面子地這麼回答。站在李波納多身旁的年輕商人一副不悅模樣皺起眉頭。李波納多那張比摩吉更大的臉彷彿凍結了似的，面無表情地接續說：

「我方抓到了十五名俘虜。相較之下，我方只被抓走四名俘虜，雙方的立場顯而易見；不過，我方非常熟悉繆里傭兵團的旗幟以及一路累積下來的榮譽。正因為如此，我們如果繼續拔劍相向，就會有失道義。」

傭兵最喜歡誇大的用字遣詞。

不過，實際被抓走多達十五名俘虜後，下一步不是全軍覆沒，就是潰敗。

即使現在不是在演戲，李波納多肯定也會說出同樣的台詞。

「我不會刻意詢問貴團打算前往何處。在這前提下，我將公布我方的結論。」

李波納多並不打算與魯華對話。

在寒冷黑暗的谷底，非常適合這樣的作風。

聽到李波納多的話語後，一直在他身旁不悅地皺著眉頭的商人終於眉開眼笑，那模樣彷彿在說「總算能夠發出最後通牒了」。

「我是隸屬於德堡商行的商人，名為拉迪．葛雷姆。希望各位記住我的發言以及命令，都是在德堡商行之名下進行。」

說完話後，葛雷姆露出充滿挑戰意味的眼神直直看著魯華。

葛雷姆似乎認為只要說出德堡商行之名，所有人都會低頭屈服。

事實上，魯華不僅沒有因為葛雷姆的口述內容而害怕發抖，甚至連看葛雷姆一眼也沒有。面對魯華的態度，葛雷姆一副氣得牙癢癢的模樣。

不過，葛雷姆似乎沒有愚蠢到會大聲怒罵魯華的地步。

或許一方面是多虧有分外冰冷的空氣，葛雷姆做了一次深呼吸，讓怒火平息下來。然後，葛雷姆從胸前取出最後通牒書，準備交給形勢懸殊但仍不肯屈服的頑固傭兵。

「我方有兩項要求。第一項是要求支付俘虜的贖金。另一項是停止進軍。」

葛雷姆的發言與事前接到通知的內容一致。

然後，比起事前得到的情報內容，負責監視的葛雷姆似乎是一個自尊心更強的商人。

「怎麼沒聽到回答？」

葛雷姆盛氣凌人地問道。

李波納多看向身旁的葛雷姆，但沒有阻止葛雷姆的挑釁言行舉止。

魯華像個小孩子一樣別開臉說：

「贖金？你應該知道行情多少吧？」

明明主動做出明顯的挑釁行為，葛雷姆卻滿臉通紅到令人憐憫的地步。

同樣身為商人的羅倫斯，不禁為對方的氣量之小，感到難以置信。不過，如果待在沒有吃過什麼苦，就能夠一直保有成功的商行，或許羅倫斯總有一天也會變成像葛雷姆一樣。

葛雷姆完全就像個被徹底寵壞的貴族三公子。

葛雷姆瞪著魯華大聲怒罵說：

「一個人頭十盧米歐尼！還不快立即付錢！」

如果以十五人來計算，將會是超過五千枚崔尼銀幣的金額。

雖然羅倫斯也不知道贖金行情，但很快就察覺到這金額不對勁。

李波納多大吃一驚，並且急忙向身旁情緒激昂的葛雷姆搭腔說：

「你、你怎麼擅自——」

「哼！對表現得高高在上的喪家犬來說，這價格算是恰當！」
雖然李波納多確實說過這不是交涉，但事態演變成這樣，甚至已不成通牒。
葛雷姆的情緒越是激動，魯華的應對態度就越冷漠。
「搞什麼啊。李波納多團長，這可是關係到貴團品格的問題耶。」
聽到魯華的調侃，李波納多說不出話來。
葛雷姆毫不在意李波納多的反應，並且揮舞手中的紙張怒吼說：
「喂，狗雜種！這不是交涉！這是通牒！你沒看到這是什麼嗎？」
魯華總算一副嫌麻煩的模樣把視線拉回葛雷姆身上。
葛雷姆急促地喘著氣，其興奮模樣感覺頭部就要冒出熱氣來。
一般來說，在交涉場合上如此情緒失控，就輸了。
然而，看見葛雷姆拿在手上的紙張後，魯華露出驚愕表情。
「什……那是……」
「……哈、哈哈、哈哈哈！嚇到了吧！狗雜種！沒錯，這是字據！被你拋棄的部下們說願意支付這麼多錢來答謝我們救他們一命。這上面還蓋了血印！你知道這代表著什麼意思吧！你如果不理會這字據，我們隨時能夠以違約者的名義逼迫你們！」
雖然看不清楚合約內容，但羅倫斯知道如果連血印都蓋上了，對方就有權利這麼做。

合約本來就具有這般約束力，也應該具有約束力。

「可……可是，誰知道那是不是真的……」

面對痛苦掙扎的魯華，葛雷姆撐大眼睛和鼻孔一副得意忘形的模樣。

「看清楚啊！這就是綁住你們的合約！」

然而，羅倫斯只覺得葛雷姆可悲極了。

一直以來，葛雷姆在商行裡肯定只看過畏懼與商行之間的合約，而受到束縛的人們。

所以，葛雷姆忘記了極其單純的事情。

「不，可是，不可能發生……」

「有完沒完啊！你看不懂文字——」

「哼。」

所謂合約，並非能夠束縛住所有惡魔的萬能魔法。

魯華用鼻子嘆了口氣的瞬間，葛雷姆似乎沒有掌握到什麼東西揪住了他的胸口。

「這傢伙真吵耶。」

「魯華！」

李波納多大喊道，並準備拿起板斧時，一切動作已經結束。

魯華將葛雷姆拉近自己後，像遞出行李似地，把葛雷姆交給在後方待命的摩吉。

不管是交易或戰鬥都一樣，局勢總會在瞬間逆轉。

「咕……嗚……」

摩吉粗得可怕的手臂，扣住了葛雷姆的纖細頸部。

羅倫斯仔細一看後，發現葛雷姆的雙腳離開了地面，並且不停甩動。

「別動啊，狗屎蛋。萬一你的脖子被扭斷了，我怕糞便真的會流出來。」

魯華保持直直注視著李波納多的姿勢說道。

葛雷姆瞬間停止動作。

「魯華……」

「別露出這種表情啊，李波納多大叔。這不過是一個笨頭笨腦的蠢貨會有的下場啊。」

李波納多把視線移向葛雷姆。

其嚴肅表情變得更加嚴肅，然後做了一次深呼吸，並壓低下巴說：

「放開葛雷姆先生。」

「哈！葛雷姆先生啊？貴團的旗幟在哭泣了喔。對方到底撇了多少錢到你面前啊？」

說罷，魯華轉過身子。

想必是猜到了自己的下場了吧，葛雷姆再次不停甩動雙腳。

「你說誰是狗雜種？」

魯華扭轉腰部，然後朝向葛雷姆的側腰揮出右拳。

以羅倫斯的耳力也清楚聽見骨頭斷裂的聲音。

「喂！魯華！」

李波納多大喊道。

「別吵，別吵啊……」

魯華舉高雙手到肩膀的高度，做出投降的姿勢。

然後，魯華回過頭，並看向主人被人抓去當人質的可憐李波納多。

「把我所有部下帶到這裡來。」

「咕……！」

葛雷姆似乎在魯華正後方大叫了什麼，但摩吉的粗手臂把葛雷姆的嘴巴也遮住了。而且，那叫聲或許不帶有任何意思，而純粹是哭聲。

「我聽說這不是在交涉啊？」

魯華以冷漠透頂的聲音說道。

儘管事先已經與李波納多做好約定，或許魯華還是無法連葛雷姆的無禮態度也包容進去。

李波納多再次看向葛雷姆，然後看向魯華說：

「……你會釋放葛雷姆先生吧？」

「我願意以繆里傭兵團之名保證。」
然而，葛雷姆這回確實低聲叫了什麼。
李波納多一臉苦澀，看向魯華後方的葛雷姆。
魯華先回頭看了後方一眼，然後嘆口氣說：
「李波納多大叔，雖然憑你的個性，我知道這其中一定有什麼理由，但你不覺得這樣很沒出息嗎？」
「……給我閉嘴，小鬼。那傢伙是德堡商行的……」
「哼，既然你那麼在意雇主的意圖，何不去請示雇主看看。如果葛雷姆少爺是個具有勇氣的商人，我願意跟他交涉。」
看見魯華露出不懷好意的笑容說道，李波納多輕輕點了點頭。雙方的演技都十分完美。
然後，魯華轉過身子，這回換成朝向摩吉輕輕點了點頭。摩吉以一個忠實部下的態度放鬆手臂後，葛雷姆隨即跌落在雪地上。跪在地上的葛雷姆看似痛苦地發出呻吟，並不停咳嗽。魯華露出完全像在看一隻蟲的眼神看著葛雷姆。不管在什麼時候或用什麼方式殺死葛雷姆，相信魯華永遠不會再想起這個人的存在。可憐的葛雷姆在這般狀況之中，一邊抬高頭拚命喘氣，一邊呼喚：
「……李波納多……」
——救我。

羅倫斯以為葛雷姆會這麼說。

「動手。」

下一秒鐘，魯華往側邊跳開。然而，這只是羅倫斯的錯誤認知。因為事情實在來得太突然，而且力道大得驚人。直到李波納多全身肌肉隆起的身軀保持揮出拳頭的姿勢停止不動後，羅倫斯才察覺狀況不對。

「……魯華應該不會被一拳打死……」

李波納多一邊望著護衛們以迅雷不及掩耳的敏捷身手把長劍架在魯華脖子上，一邊說道。

然後，李波納多像頭熊般緩緩轉過身子。

「好了，現在是誰掉以輕心啊？」

「唔……？李波納多大人……？」

「幹嘛？」

聽到摩吉的話語後，李波納多一邊挖耳朵，一邊說道。

這是演技？表演？出差錯？照預定行事？還是……？

不，這是背叛。

羅倫斯總算思考出結論的瞬間，李波納多輕輕揮動了手臂。

下一秒鐘，羅倫斯感覺到左腳大腿一陣劇痛，跟著像被吸住了似地跪在地上。

「什麼啊？是真的商人啊？」

聽著李波納多顯得失望的聲音時，羅倫斯發現自己的大腿被短劍刺中。這時，摩吉伸出手準備再次抓起腳邊的葛雷姆。

「喂！不要讓我失望喔……」

李波納多會黏人的聲音讓摩吉停下了動作。

摩吉的視線從李波納多身上，移向被一拳揮開的魯華身上。

魯華沒有死，也沒有暈厥過去。

然而，因為完全沒有掌握到狀況，所以儘管脖子上被架著長劍，魯華還是企圖站起身子。而且，可能是被擊中頭部，企圖起身的魯華不停顫抖，彷彿全身骨頭就快散了開來。魯華這樣子根本不可能站得起來，甚至無法確定他的意識是否清醒。

現在要殺死魯華，根本就像要扭斷嬰兒手臂一樣容易。

「葛雷姆先生啊，過來這邊。」

聽到李波納多的話語後，葛雷姆搖搖晃晃地爬向前去。

摩吉只能夠默默看著葛雷姆爬去。

當然了，羅倫斯根本比路邊的樹木更加沒用。

「真是的，沒事給我惹這麼多麻煩。真沒料到你會這麼做。」

葛雷姆好不容易爬到李波納多附近後，李波納多的粗大手臂抓住了他，並整個人拉起來。

「咕……」

「哼……沒怎樣，只是肋骨斷了幾根而已。振作一點，你也沒吐血。不愧是魯華，力道拿捏得很恰當。」

李波納多這麼說完後，魯華或許是聽到自己的名字而有所反應。

魯華沒能夠成功站起身子而仰臥在地上，然後像在呻吟似地說：

「李波……納……多……」

「喔？你還有意識啊？我可能下手太輕了。」

把葛蕾姆交給部下後，李波納多大步走向魯華，並低頭俯視著魯華。

「喂！魯華，既然你還聽得到，我就說了。你們乖乖投降，放棄前往斯威奈爾吧。你應該知道希爾德．修南的去處吧，快說出來。別擔心，我不會對你們怎樣，也會讓俘虜活著回去。」

然而，魯華雙眼無神，不像聽得見李波納多的聲音。

李波納多嘆了口氣，然後蹲下來抓住魯華的耳朵，並拉起頭部。

「聽得到嗎？你應該聽得到吧？別以為我沒發現你挪動過身體。」

說罷，李波納多把如壯牛般的巨腿壓在魯華的右腳膝蓋上。

「嘿咻。」

下一秒鐘，李波納多站起身子壓上全身重量，魯華的右腿也應聲斷裂。

「啊……嘎啊……！」

「完全清醒過來了吧。好了，答案呢？」

然後，李波納多再次蹲下身子。

羅倫斯知道李波納多背叛了繆里傭兵團。

也察覺到比起遭到背叛，我方更深深跌入陷阱，墜落到無可救藥的地步。

「咕……為什麼……」

「為什麼？以問句回答問句啊？」

說著，李波納多拔出魯華腰上的裝飾劍。雖然裝飾劍看起來頗具價值，但李波納多露出彷彿在說「撿到了個爛東西」似的表情垂下手臂。

雖然裝飾劍重視的是外觀，銳不銳利是其次，但裝飾劍刀刃再鈍，仍舊是一把刀。

李波納多把裝飾劍刺進魯華的右手。

「不過，也難怪啦。我也會有這種疑問。」

李波納多沒有鬆開刺在魯華手掌上的裝飾劍，並且扭轉裝飾劍二、三次。那模樣看起來像一個鬧彆扭的小孩子在撥弄沙子。

「不過，這也是沒辦法的事情啊。人家捧了一大堆錢來。」

比起膝蓋骨折或被裝飾劍刺中手掌，李波納多的話語帶給魯華更大的衝擊。

「不、不會吧！」

「哈哈！你用那麼天真無邪的眼神看我，我會很難受耶。畢竟我……我竟然當了叛徒。」

李波納多拔出裝飾劍，然後注視著鮮血從裝飾劍前端滴落。

「勇猛果敢又硬脾氣的胡果傭兵團？沒錯，我守護這個討喜的評價守了二十年。如果從祖先那時候開始算起，應該有幾百年了吧？」

魯華此刻肯定感受到劇烈疼痛，被擊中頭部時的暈眩感想必也尚未散去。魯華搖搖晃晃地一邊瞪著李波納多，一邊擠出話語：

「……為什、為什……麼……回答我！」

「嗯。我也煩惱了很久。為什麼我非得要背叛不可？我們或許很野蠻又凶猛，但我們是遵守群體規矩的傭兵。可是啊，人家捧了一大堆錢來。」

李波納多站起身子。

葛雷姆露出猙獰面孔，拚了命地一邊扶著部下的手，一邊走近。

「因為錢啊，魯華。」

李波納多把毫不銳利的裝飾劍遞給葛雷姆。

雖然葛雷姆露出充滿怒火的眼神看向李波納多，但李波納多說：「要是給你更銳利的武器，不就被你殺死了。」摩吉看狀況真的不妙而打算採取行動，但李波納多伸手握住腰上板斧的瞬間，摩吉立刻停下動作。

李波納多一擺出把武器架在腰上的姿勢，看起來就跟一隻熊沒兩樣。其身上散發出會讓人停下腳步的某種氣勢。

「摩吉，別逼我殺任何人。」

李波納多這麼發言時，葛雷姆就在其背後把裝飾劍刺進魯華的右腿。

「咕……啊……！」

「適可而止吧。他要是死了，我們也很麻煩。」

李波納多把手放在葛雷姆肩上後，葛雷姆面目猙獰地一邊瞪著魯華，一邊站起身子。

最後，葛雷姆在魯華臉上吐了口水。

「我也思考過人生只有一次這件事。所以，當德堡商行捧著讓人看了眼花撩亂的大筆金錢前來時，我在想應該可以把旗幟賣給他們。」

夜空上月亮忽隱忽現，李波納多一副想要打動月亮似的難受模樣說道，然後深深嘆了口氣。

「我錯了嗎？魯華，你自己想想看。你猜世上有多少傭兵團只是笨拙了點，就從這世上消失了？當中你還記得幾個？」

聽到李波納多的話語後，魯華緊緊閉上眼睛。

那模樣像是受不了苦痛折磨，也像是想要逃避話題。

「你聽我說啊。」

魯華似乎是想要逃避話題。李波納多踩著魯華的大腿傷口說：

「再加上在雷斯可發生的那件事，我知道我們的時代已經結束了。所以啊，這讓我有一種長久堅持下來的信念，變得愚蠢的感覺。欸，魯華啊。」

李波納多明明保有壓倒性優勢，說話聲音卻顯得悲傷極了。

李波納多對著魯華說話的聲音並非演技，而是真的很悲傷的樣子。

「說到底，大家不是都想要過美好的生活，有美好的回憶後，再去找死神報到，不是嗎？你聽我說，就這點來說，只要跟這些商人低頭，就能夠實現願望耶。其實事情就是這麼單純。」

羅倫斯眺望著李波納多的言行，感到一陣想吐。

李波納多是在請求諒解。他是在請求魯華諒解他為了金錢，出賣傭兵們的矜持。

魯華原本一拳重擊葛雷姆的側腰，並占有壓倒性優勢，轉眼間卻倒臥在雪地上。說穿了，其原因就是金錢的力量。而不用多說，這就是德堡商行的力量。

如果從商人的觀點來看，這或許是值得高興的事情。德堡商行是商人集團，而這個商人集團成功讓古老力量低頭屈服。

然而，羅倫斯為何會感到如此不舒服？羅倫斯當真感到作嘔。以金錢解決事情明明也是羅倫斯期望採取的手段，眼前的一幕幕卻是如此醜陋骯髒。

其醜陋程度讓為了金錢出賣靈魂的李波納多甚至懇求起魯華。

「我……沒辦法為了最後只會被遺忘的東西繼續賣命。金錢耀眼無比，而好酒價格昂貴。就是這麼回事，魯華。」

李波納多再次從正上方俯視魯華的臉。

「你知道希爾德．修南在哪裡吧？所以你們才會前往斯威奈爾吧？那傢伙在哪？德堡商行的大人物們非常在意這件事情。欸，魯華。說吧。告訴我吧。」

「如果不說，我就殺了你。」

葛雷姆插嘴說道。

從他對魯華做出報復的舉動來看，葛雷姆的演技似乎沒有涵蓋到容易激動的個性。

李波納多瞥了葛蕾姆一眼後，把視線再次拉回魯華說：

「魯華，如果要被殺，至少希望死在傭兵手裡吧？」

「李波納多……」

摩吉以沙啞的聲音大喊道，但無奈聲音只是被吞噬在夜空之中。

摩吉的聲音聽不出是在恐嚇，而是甚至顯得悲傷的懇求聲音。

「我們是一群不懂金錢威力的土包子，但沒必要為了這件事情感到羞恥。所以，魯華，說吧。

還是說……」

李波納多的表情瞬間變得冷漠，並且緩緩拔出腰上的板斧。

「你純粹是不知情？」

傭兵為了金錢什麼都做。

羅倫斯所認知的傭兵就在眼前。

「唔……」

因為看見魯華動了嘴唇，李波納多停下了動作。

李波納多向葛雷姆和部下使了眼色後，蹲了下來。

「魯華，說吧，快說，魯華！」

李波納多一副像在鼓勵就快死去的同伴似的模樣說道。

羅倫斯聽見為了金錢出賣靈魂的卑微男子聲音。

你也來加入我們吧。

李波納多這麼呼喊著。

「……羅倫斯……先生。」

李波納多露出充滿疑問的表情縮回了頭。

就連羅倫斯也感到意外。

臨到此時為何魯華會呼喚羅倫斯的名字呢？

魯華沒有求饒，也沒有乖乖聽話，更沒有要求摩吉以死明志。

繆里傭兵團的團長呼喊了受傷旅行商人的名字。

「……快叫吧。」

羅倫斯心想「原來是這麼回事啊」而差點癱倒在地。然而，此刻沒有時間讓羅倫斯為了自己的無力感而意志消沉。羅倫斯早已隱約料到只能夠這麼做。

羅倫斯自身為了消去這股作嘔的感覺，只能夠放聲大叫。

為了對抗大商人的下流手段，只能夠仰賴古老的力量。

吸入一大口氣後，羅倫斯呼喚了其名：

「赫蘿～～～～～……！」

羅倫斯對著天空使出全力大喊。羅倫斯之所以閉著眼睛大喊，並非因為全身用力，而是覺得自己可悲極了。

下一秒鐘，羅倫斯難堪地倒在雪地上。因為李波納多的龐大身軀以令人無法想像的敏捷動作跑向羅倫斯，並且一腳踹向羅倫斯的腹部。

羅倫斯在雪地上痛苦翻滾，胃裡的東西也吐了出來。在這之中，羅倫斯差點哭了出來，但想哭不是因為苦痛，而是因為自己沒出息到只能夠呼喚赫蘿的名字。憑赫蘿的耳力應該聽得到羅倫斯的呼喚，而羅倫斯只能夠賴著這份期待感，也因為自己的無力而忍不住想哭。

「備戰！」

李波納多大喊道，下一秒鐘架起弓箭的士兵們從山丘上探出頭來。

士兵們已經做好迎戰準備。

然而，過了好一會兒也沒有任何變化。

「……啊？」

原本充滿戒心的李波納多，一副感到掃興的模樣揚起眉毛。

「那是禱告啊？喂，魯……」

李波納多伸出手打算搖晃魯華的肩膀。這個瞬間——

所有人停下了動作。就連羅倫斯也感到背脊僵硬。

據說直到被獵人以箭射下之前，被獵犬盯住的小鳥會一直待在樹枝上不動。被蛇盯住的青蛙直到被吞下之前，會待在原地不動。當具有壓倒性氣勢的對象認真起來盯住獵物時，獵物只能夠表現得像一隻獵物。

「火！快放火——」

到這裡就聽不見李波納多的聲音了。想必他的記憶也在這裡中斷了。不過，羅倫斯也不確定李波納多的記憶到底有沒有延續下去。李波納多的巨大身軀被更巨大的存在踢飛開來，並且在飛到一半時被一腳踩下。

赫蘿的腳踩入雪地裡，連一聲低吼也沒有，就出現在眼前。

月亮在雲層背後忽隱忽現的黑夜裡，赫蘿的尖牙縫隙之間流瀉出白色氣息。

這裡並非城鎮，不會有人為光線照亮一切。

受到深邃黑暗與寂靜支配的深山或森林，是屬於動物與精靈的世界。

赫蘿緩緩甩了甩頭。羅倫斯不知道在這之後其他人怎麼了。他只知道自己應該站起身子並全力奔跑。

然而，羅倫斯的左腿被刀子刺中，腹部被踢了一下，所以兩腳膝蓋使不上力氣。羅倫斯打算難堪地在雪地上爬行時，繆里傭兵團的一名護衛抓住他的領子拖著走。

來到停放馬兒的位置後，只有羅倫斯那匹熟悉赫蘿的馬兒，面對張牙舞爪的巨狼卻沒有僵住不動。羅倫斯在護衛的攙扶下勉強站起身子後，立刻抓住韁繩並回頭對著摩吉大喊：

「……快、快上我的馬！」

摩吉背著魯華，連頭也沒點地跑近羅倫斯。摩吉之所以會哭花了臉，想必是因為不甘心到了極點。

摩吉先把魯華放在馬背上，跟著發現羅倫斯的傷勢後，也輕輕鬆鬆舉起羅倫斯放上馬背。

「少主交給您了！」

摩吉說罷轉過身子。兩名護衛也跟著摩吉做出同樣動作，並身手俐落地拔出長劍握在手中。不過，不知道是因為憤怒還是覺得沒出息，或是身為人類對赫蘿的畏懼，他們的手不停誇張地顫抖。

「這、這樣反而礙事！」

羅倫斯說出事實後，摩吉和護衛吃驚地縮起身子。

對於這件事實，摩吉等人再清楚不過了。一直藏在山丘後方的胡果傭兵團士兵們，一個接著一個被赫蘿打倒。如果隨便衝進士兵之中，摩吉等人也可能被殺害。

「大家……快逃吧。快逃。」

羅倫斯毫不畏縮地接續說：

「我們已經輸了！」

我方完全掉進了陷阱。如果赫蘿沒有出現，所有人不是被殺死，就是相對幸運地變成被控制生殺大權的囚犯。只見摩吉全身不停顫動，感覺都快聽見身體抖動的聲音，看得出來他拚命壓抑著怒氣。

不過，摩吉不僅是個傭兵，也是一位優秀的參謀。

「摩吉先生……」

「……抱歉。快走吧。少主和您都有危險。」

羅倫斯握住韁繩讓馬兒跑了出去。

羅倫斯的腿部大量出血，眼前一片黑暗，但他知道並非全是因為黑夜才覺得眼前黑暗。

羅倫斯幾人一邊忍受著寒冷以及出血，一邊朝向陣地前進。

羅倫斯一直以為商人擁有美好的力量，沒想到德堡商行利用金錢行使的力量，竟醜陋得令人難以置信。這般事實宛如惡夢般慢慢啃蝕羅倫斯的頭腦。羅倫斯忘了以金錢解決事情當然包括這樣的可能性。疼痛的左腿就好像一把現實之劍，戳破了羅倫斯的天真夢想。

羅倫斯每隨著馬兒的起伏動作而感到背部晃動時，失去意識的魯華就宛如屍體般險些滑落。

羅倫斯自身也失去體力，讓摩吉救了好幾次。跟在馬兒後頭的士兵並沒有輕忽警戒，而頻頻回頭。

明明沒有多遠，羅倫斯卻覺得到陣地是一段永無止境的距離。

羅倫斯想起在港口城鎮帕茲歐的地下水道。那時羅倫斯也是因為被刺傷手臂而一邊搖搖晃晃，一邊逃跑。從那時候到現在，羅倫斯一點進步也沒有。面對自己的窩囊，在馬背上就快失去意識的羅倫斯忍不住笑了出來。

「看見陣地了！就快到了！」

聽到聲音後，羅倫斯才察覺到自己也險些從馬背上滑落。

在摩吉一邊奔跑，一邊支撐身體之下，羅倫斯急忙拉動韁繩挺起身子。羅倫斯勉強抱在懷裡的魯華，全身冰冷得像一具屍體。

「去拿藥！去把酒跟藥拿出來！」

摩吉使出全力大喊後，發現有異狀的人們立刻衝了過來。

然後，他們不需要聆聽細節說明，光是從遠處看了一眼後，就當場發出命令。某人向另一人發出指示後，又有另一人還沒聽到指示便採取行動，跟著又有另一人預料到上一個人的行動而採取行動。從遠方看過去，這般光景就像一場做了完美安排的戲劇，羅倫斯不禁覺得有些有趣。

傭兵一天到晚都在打仗，這種事情就像家常便飯一樣，碰上危機時，他們會馬上反應，並且上演一場如此完美的表演。這般默契並非一朝一夕就能夠培養出來，而是一群同伴歷經一段漫長歲月以相同方式戰鬥下來，才培養得出來。

胡果傭兵團出賣了這樣的默契。

他們已經無法再回到昔日美好的傭兵世界。

「去把所有熱水拿過來！趕快為少主治療！」

傭兵們轉眼間聚集到羅倫斯的馬兒四周，並將羅倫斯連同魯華一起從馬背上抱下來。傭兵們對待羅倫斯的方式，似乎也從可疑旅行商人升格為挺身帶著魯華回來的恩人。

傭兵們在雪地鋪上棉被讓羅倫斯躺下後，便從頭到腳敲打他身上各部位進行觸診。這時，羅倫斯突然被用力甩了一巴掌。羅倫斯打算開口說自己意識很清楚，但發現不僅嘴巴動不了，也無法自己轉頭。

不過，被甩了巴掌又被粗魯地轉回頭時，羅倫斯看見一名傭兵拿著理應刺在他腿上的刀子。傭兵們似乎是為了分散拔出刀子時的疼痛感，而甩了羅倫斯巴掌。

「快止血！藥草還沒來嗎？」

「參謀，現在要迎擊，還是進軍？」

「要武器！快去拿武器來！」

「小鬼，馬上跑去解開二號行李！」

羅倫斯聽見這般騷動聲從遠方傳來。數不清的粗魯腳步在羅倫斯頭部旁邊跑動，每次一有人跑過，雪花就會飛濺到羅倫斯臉上，接著就會有人替羅倫斯撥開雪花。

羅倫斯發愣地心想「這就是所謂的戰場啊」。

下一秒鐘，坐在羅倫斯身旁的人這麼說：

「神明永遠在你身邊。禱告吧。」

對方是一名頭髮凌亂，顯得相當嚴肅的聖職者。對方只是隨便披著長袍，掛在腰上的長劍完全暴露在外。儘管如此，他還是一名值得尊敬的從軍祭司。

「我不缺神明……」

羅倫斯勉強回答後，即席祭司露出壞心眼的笑容拍打一下羅倫斯的臉頰，並站起身子。

「恢復意識了嗎？」

羅倫斯心想，那是摩吉的聲音。下一秒鐘，一隻粗大的手硬是轉動了羅倫斯的頭。

「羅倫斯先生！是我！」

朦朧意識之中，羅倫斯勉強點了點頭。

「我們可以認定那隻狼是同伴吧！」

摩吉的眼神不像在開玩笑。

不過，也不難理解摩吉會想要這麼詢問的心情。

「她是……赫蘿。」

羅倫斯輕聲回答後，摩吉像是吞下硬物似地壓低下巴。

「我明白了。」

在遭到胡果傭兵團背叛之後，接下來一旦做出錯誤判斷，便會將部隊帶往毀滅之路。

摩吉充滿決心的表情，說出事態的嚴重。

「留下治療人員，其他人都拿起武器！」

參謀大喊後，幾乎所有人手上都已經拿著武器。

大家一手拿著長劍、長槍或斧頭，另一隻手拿著火把。一瓶就快滿出來的酒瓶在傭兵們之間傳來傳去。傭兵們一接到酒瓶便大口大口喝下酒，然後傳給下一人。

「胡果傭兵團背叛了我們！接下來我們要去救出同伴！」

聽到這般話語後，所有人準備發出叫吼聲的那一刻——

「參、參謀！」

一名傭兵嚇了一跳地指向道路前方。摩吉轉過身後，傳來後退一小步的聲音。那或許也可能是其他人把武器架在腰上的聲音。

不過，羅倫斯不用看也知道大家看見了什麼。因為透過躺在地上的身體，羅倫斯感受到赫蘿那巨大身軀發出令人難以想像的溫柔腳步聲。

那腳步聲多次為羅倫斯解危。

光是聽到那腳步聲，就讓羅倫斯有種睡意漸濃的感覺。

「……赫蘿大人啊。」

摩吉勉強擠出聲音說道。赫蘿把不知道何物丟在地上取代回答。「咚」的一聲傳來後，幾名傭兵叫了出來。

「為、為什麼要把葛雷姆帶來？」

聽到摩吉的話語後，赫蘿回答說：

『應該有什麼用途唄。』

羅倫斯保持躺著的姿勢沉默地笑笑。他心想，希爾德肯定也在籠子裡表現出滿足的模樣。

『汝等的同伴也正朝向這方前進。當中也有傷者。快去接他們唄。』

赫蘿態度冷淡地說道，然後坐了下來。

包括摩吉在內，所有傭兵互看著彼此沉默一陣後，立刻一邊吶喊，一邊跑了出去。

等到快聽不見傭兵們的腳步聲時，赫蘿站起身子並慢慢靠近羅倫斯。

『大笨驢。』

話語傳來的同時，羅倫斯的臉也被舔了一下。

「……逃過……一劫了……」

『哼。暫時而已。』

說著，赫蘿看向摩吉等人跑遠的方向。

『不過，咱或許不應該去救人。』

然後，赫蘿簡短說了一句話，便不知往何處走去。

不應該去救人？

羅倫斯在斷斷續續的意識之中思考著這句話的意思，最後失去了意識。

第十幕

羅倫斯醒來後，發現自己在一間房間，房裡的爐火正靜靜燃燒著。

羅倫斯覺得自己好像做了一場漫長的夢。他打算挪動身體的瞬間，感覺到腿部一陣劇痛，模糊的意識也總算變得清晰。

斷斷續續的記憶裡，羅倫斯隱約記得，他們在天色還沒有完全亮起之際就抵達了斯威奈爾。

羅倫斯緩緩挪動身體，一邊護著疼痛不已的腳，一邊走下床。

從木窗縫隙流瀉進來的光線十分微弱，外頭想必被濃濃的鉛色天空覆蓋著。

不過，除了旅館本身，屋外也太過安靜，所以或許時刻還很早。

這麼一來，就表示羅倫斯沒有睡多久。但是，羅倫斯幾乎感覺不到睡意。每次遇到有性命危險的時候，羅倫斯總會如此。

不過，羅倫斯自身也知道還有另一個原因讓他感覺不到睡意。

那就是「無法原諒對方」的心情。

羅倫斯並非因為遭到胡果傭兵團背叛而生氣，而是無法原諒德堡商行為了讓胡果傭兵團背叛而使出的手段。

當然了，最後關鍵還是在於李波納多決心背叛，所以李波納多當然也有錯。雖然如此，但李波納多向魯華說的每一句話都是在乞求原諒。看見李波納多的態度後，不難猜想到是什麼樣的狀況。李波納想必是看見了難以置信的金錢堆在面前，才不得不點頭答應吧。

在雷斯可，傭兵們因為德堡商行而體認到時代變遷。傭兵們應該多少也會感到內心動搖，這時如果看見面前堆了足以讓人玩樂過活一輩子的大筆金錢，會有什麼反應呢？

只要是商人，都會巧妙地刺激人們的慾望來賺取利益。

但是，那時李波納多的立場具有絕對優勢。當時魯華的腳被折斷，手和腿都被短劍刺中，還因為頭部受到劇烈撞擊而甚至無法好好說話。在如此狼狽的魯華面前，李波納多卻是低聲下氣。

李波納多懇求著魯華「拜託你也來加入我們，不要只讓我一人變成叛徒。」

相信李波納多曾經拒絕被收買而做出抵抗，但最後被金錢重量壓得低下了頭。

然後，一想到這件事情，羅倫斯就感到作嘔。

做生意不應該是這個樣子的。

羅倫斯絕對不承認那是在做生意。

「……」

羅倫斯站起身子，然後拿起掛在床邊椅子上的外套，並披在肩上。披上外套時，羅倫斯發現椅子底下有一片深褐色的毛髮。赫蘿肯定一直待在身旁為羅倫斯看護。

羅倫斯一邊拖著疼痛的腳，一邊打開房門來到走廊。他發現此刻果然還是凌晨時分，走廊上瀰漫著一股獨特的清淨空氣。從房間的寬敞度來看，可推測出房間應該位於旅館的三樓或四樓。如果希爾德或魯華也在這間旅館，應該會在二樓的房間。於是，羅倫斯用肩膀靠著牆壁，一階一階地走下樓梯。

對於現狀，就算抱著再樂觀的心態，也必須說情勢不佳。希爾德等人沒有思考過胡果傭兵團會攻擊繆里傭兵團的可能性，並且以這樣的基準點來推測德堡商行的現狀。最後做出德堡商行在趕走希爾德和德堡後，內部再次引發權力鬥爭的推測。

沒想到事實上胡果傭兵團已被收買，羅倫斯等人也因此上了當。對方的策略可說相當完美，如果不是赫蘿出現，當時一切應該都結束了。

這麼一來，就表示儘管勉強逃進了斯威奈爾，對方還是會準備萬全地前來攻打斯威奈爾。此刻能夠很肯定的一點是，到時候不會是一場輕鬆的反擊。

羅倫斯一邊想著這些事情，一邊走下二樓時，看見負責監視的小伙子在走廊上站著。雖然小伙子睡眼惺忪地打著呵欠，但立刻察覺到羅倫斯出現，然後急忙敲了敲門，把頭探進房間內。小伙子縮回頭並從門口讓開後，赫蘿走了出來。一看見羅倫斯，赫蘿立即露出驚訝表情，並一臉怒容地跑近羅倫斯。

「汝在做什麼？」

「難道妳要我乖乖睡覺？」

赫蘿打算讓羅倫斯靠在她肩上時，羅倫斯就這麼順勢推著赫蘿往前進。

「汝啊，要去哪裡？」

「這還用問嗎？你們剛剛是在討論接下來的計畫吧？」

臨到此時，羅倫斯不可能讓他們以傷者或旅行商人為由，把他排擠在外。

在親眼目睹那般狀況後，羅倫斯怎麼可能退下。

羅倫斯希望自己能夠多少為希爾德或魯華盡一些力。

當然不可能繼續讓德堡商行為所欲為。

「沒有人在討論這種事情。」

然而，赫蘿靜靜地說道。

羅倫斯瞬間感到一股怒氣。他心想「我怎麼可能被這種騙小孩的說法騙去」。

「是真的。汝、汝啊，冷靜一點好嗎？」

在門口監視的小伙子注視著爭吵的羅倫斯與赫蘿，顯得有些困惑。可能是還沒有完全恢復體力，羅倫斯時而會覺得小伙子的身影變得模糊，但他確信自己的腦袋清晰。

然而，被赫蘿一推後，羅倫斯沒能夠做出太大抵抗，就往後倒在牆壁上。

羅倫斯暗罵一句「可惡」並試圖挺起身子，但赫蘿用手碰觸他的額頭後，不禁被手的冰冷程度嚇著了。

「……汝啊，汝這麼亢奮是因為發燒。」

發燒？

雖然羅倫斯嗤之以鼻，但事實上，他的身體確實使不上力氣。

「汝的腳被刺傷，還被打到把胃裡的東西全吐出來。如果繼續讓體力衰竭下去，很可能會喪命。如果是咱遇到相同遭遇，汝會怎樣想？」

如果要說道理，不可能贏得過赫蘿。

羅倫斯從赫蘿身上別開視線，並打算再次走出去，但沒能夠使力踏出步伐。

「汝啊，汝不是說得很乾脆嗎？」

「……什麼？」

赫蘿直直注視著羅倫斯說：

「汝說咱們輸了。」

「輸……」

羅倫斯還來不及說完話，勉強支撐住身體的一隻腳已失去了力量。

不過，羅倫斯是旅行商人。如果要比誰最不懂得死心，羅倫斯絕對不輸給任何人。

「我不認為希爾德先生會死心。」

聽到羅倫斯不肯罷休地說道，赫蘿滿臉苦澀。

羅倫斯知道希爾德也沒有死心。既然如此，為何赫蘿會堅持說已經輸了呢？

大家聚在那間房間裡，不可能沒有召開會議。希爾德儘管弄得全身是傷，仍然發揮相當了不起的機智，並靠著只夠說出幾句話的體力讓羅倫斯等人前往斯威奈爾。希爾德早就做好喪命或被殺的心理準備。

的確，我方因為胡果傭兵團被收買而遭到背叛，也釀成魯華受重傷的慘痛事態。

不過，我方有禁書，還有一毛也沒用到的三百枚金幣，以及繆里傭兵團。

打從一開始，羅倫斯就希望能盡力支持希爾德與德堡的夢想。

然而，此刻羅倫斯只想著「不能夠讓現今的德堡商行繼續肆無忌憚下去」。

「的確，那隻兔子沒有死心。」

「那——」

「不過，咱們真的沒有在討論未來的計畫。」

「那這樣，你們在做什麼？」

聽到羅倫斯的詢問後，赫蘿難得別開了視線。

赫蘿似乎有些為難地瞇起眼睛，使得長長睫毛隨之落下陰影，然後就這麼別開臉。

這時，房門輕輕打開，站在門口的小伙子像被吸進去似地進到房間裡。想必是有人把小伙子拉進了房間。

看見小伙子被拉進房間，再看見赫蘿的反應後，羅倫斯已經察覺到大概是什麼樣的事態。

然後，羅倫斯嘀咕一聲：「不會吧？」

「妳不會是要說，就只讓我們兩個逃跑吧？」

赫蘿仰望著羅倫斯，然後態度明確地點點頭說：

「沒錯。」

堅毅的美麗眼珠注視著羅倫斯。

羅倫斯張大手掌，抓住赫蘿的纖細雙肩。

「不可能！我們怎麼可能棄他們不顧！」

羅倫斯當然不可能把希爾德和繆里傭兵團留在斯威奈爾，然後與赫蘿兩人逃跑。

「那，咱們留下來要做什麼？汝啊，汝要做什麼？」

羅倫斯抓住赫蘿肩膀的手，比赫蘿的手大上兩圈，但赫蘿抓下了羅倫斯的手。

赫蘿的手宛如冰塊般冰冷得嚇人。

赫蘿望向羅倫斯胸前的眼神帶著哀痛。

「汝啊……這不是咱一人的想法。這同時也是那隻兔子和繼承繆里之名那些人的想法。」

所以，赫蘿才會進入那間房間。赫蘿不是在說服人，而是被人說服。

如果站在對方的立場來想，對方當然會有這樣的想法。羅倫斯就算留在這裡，也不能幫上任何忙，而且萬一死掉了，只會給他們留下不愉快的回憶。

儘管已慢慢察覺出這般事實，羅倫斯還是嚥下一口口水說：

「他們不逃跑嗎？」

赫蘿遲疑了一下子後，點了點頭。

「那隻兔子還沒放棄。繼承繆里之名的那些人不管怎麼想都必須留在這裡。」

魯華的傷勢嚴重，就算不是如此，繆里傭兵團也有多名傷者。如果在這樣的狀況下離開斯威奈爾，這回很可能在抵達像樣的城鎮之前就被追上，然後就這麼全軍覆沒。

既然可能在逃跑時被後方追兵殺死，不如在此正面迎戰。

雖然不確定繆里傭兵團的成員有沒有人主張這種看法，但羅倫斯知道決定留在斯威奈爾也算是合理的判斷。

「這樣的決定……妳甘心接受啊？」

羅倫斯知道這樣的說法太卑鄙。儘管如此，羅倫斯還是忍不住這麼詢問。希爾德追求自我夢想的同時，也一邊考量到北方地區的和平在行動。至於繆里傭兵團，多虧繆里傭兵團存活了好幾百年，才終於能夠將繼承下來的繆里傳言帶給赫蘿。明明知道希爾德的夢想，以及一路延續下來的傭兵團可能毀滅，卻打算見死不救地默默離開，赫蘿真的做得出這種事情嗎？

一想到希爾德他們留在斯威奈爾最後戰敗時的下場，就算不是抱持悲觀主義的人，也想像不出快樂的結局。

「當然不甘心。咱怎麼可能甘心。」

赫蘿表情痛苦地說道。羅倫斯明明知道答案，卻逼赫蘿說出來。

羅倫斯明明想要放棄、明明想要請求原諒，卻一副把這點當作是最後線索似地展開攻擊說：

「那我們不是也應該留在這裡嗎？應該堅持下去不是嗎？不能因為狀況開始不利，就捨棄對方逃跑吧？我相信要是立場反過來，繆里傭兵團一定不會這麼做。就算受了傷，他們都是繼承妳故鄉同伴之名的一群人，不是嗎？」

羅倫斯的話語宛如重石般壓迫著赫蘿的胸口，使得赫蘿的表情逐漸扭曲，聽到最後一句話時，赫蘿終於忍不住淚水奪眶而出。

然而，赫蘿不是感到悲傷，而是憤怒。

「不過，留下來後，汝打算怎麼做？汝打算死撐活撐下去，等到真的撐不下去時再逃跑嗎？咱再怎麼厲害，也不是萬能。萬一遭到突擊，也可能救不了汝。而且，更重要的是，當事態發展到那隻兔子或其他什麼人就要被殺死的地步時，汝真的有自信能夠捨棄他們逃跑嗎？應該沒有唄？如果事態演變成那樣，就是咱也只能夠一路撐到最後。不過，那麼做正是無謂地送死。既然能夠預見結果，就不應該那麼做。」

赫蘿喋喋不休地說道。羅倫斯心想，如果要刻意諷刺赫蘿的發言，用「自作聰明」再適合不過了。

赫蘿說的話確實有一點道理。不止一點，而是相當有道理。

羅倫斯留在這裡要幫什麼忙呢？當大商行率領大軍攻來時，一個受了傷的小小旅行商人到底能夠有什麼幫助？

「汝應該也知道自己根本幫不了任何忙唄？」

羅倫斯拖著受傷的腳也打不了仗，如果待在旅館什麼都不做，也只會把展開守城戰時最珍貴的食物吃光。交涉方面的事情羅倫斯當然不可能參上一腳，所以只能夠為大家祈禱勝利而已。

羅倫斯存不存在都不會有任何影響。不過，羅倫斯留在城鎮明明不能提供同伴什麼協助，戰敗時想必會被敵人視為對手的同伴來看待。

國王被奪走王位後，偶爾會發生只是遭到流放而沒被處死的事情，但是當國王企圖奪回王位時，絕對會遭到被殺害的命運。

希爾德企圖引起叛亂。如果在斯威奈爾展開戰鬥，希爾德肯定會被視為叛亂主謀。

如果德堡商行打算從斯威奈爾開始一路壓制北方地區，在這裡殺光所有造反者，也是為了日後著想的一個必要儀式。如果知道會被殺害，想必有很多人會放棄做無謂的抵抗，這樣最後也能夠減少整體的死亡人數。

以合理的結論來說，羅倫斯不要留在斯威奈爾比較好。

赫蘿直直注視著羅倫斯說：

「汝不是說過要開店嗎？汝不是說過要讓咱來替商店取名字嗎？咱已經決定好了。咱決定好汝的商店名稱，也決定好要在汝的商店快樂過日子。汝、汝卻要……打破這個約定嗎？」

羅倫斯不會覺得這是女人只知道為自己著想的膚淺想法。

羅倫斯清楚知道赫蘿一路來不知受過多少痛苦折磨，才有辦法像這樣捨棄事物。

或許是因為發燒，羅倫斯覺得赫蘿的身體冰冷極了。

不過，這可能是一種象徵性的感受。

「咱真的很期待……咱真的很期待能夠與汝一起悠哉過日子……汝應該能夠體會唄？城鎮舉辦祭典熱鬧一陣過後，看見人們各自回到平常的生活，只剩下自己還留在原地時的那種恐懼感，汝應該懂唄？咱渴望擁有屬於自己的地方。其實咱根本已經不想知道約伊茲變成什麼樣。咱早就知道答案了。咱早就知道約伊茲變成什麼樣了……咱不是為了過一個人的生活，而想要回到約伊茲。所以，在雷斯可聽到汝的安慰時，咱真的很開心。想到咱不是孤單一人，真的很開心……」

赫蘿一口氣說完話，最後抽了一下鼻子。

去到奇榭帶回禁書後，赫蘿會做出撲到羅倫斯身上的舉動，並非因為頑皮或是想惡作劇。

赫蘿是真心喜歡羅倫斯，也需要羅倫斯。

兩人吵過無數次的架，也和好過好幾次。羅倫斯不顧性命地牽起赫蘿的手已非一、兩次的事情，一路來兩人超越過好幾次以為已經無藥可救的危機。

如果有人詢問羅倫斯全世界最重要的存在是什麼，羅倫斯能夠毫不猶豫地回答是赫蘿。一路來，羅倫斯一直把赫蘿視為最重要的存在。

儘管如此，羅倫斯還是沒辦法緊緊抱住赫蘿的肩膀。

「也、也不能因為這樣——」

羅倫斯說到一半時，被赫蘿的冷漠聲音制止了。

「汝啊，別逼咱說出來好嗎？」

赫蘿散發出來的氣勢讓羅倫斯完全說不出話來。這時，赫蘿抬起頭說：

「汝似乎還不清楚自己應該放棄什麼。」

赫蘿的話語，讓羅倫斯感覺到彷彿傷口被刺傷似的疼痛感。

「一直以來，汝是為了得到咱而努力，而接下來則是得到咱之後的事情。可是，汝還有所眷戀唄？」

「……眷戀？」

羅倫斯反問後，赫蘿一副自己做了什麼壞事似的模樣，表情痛苦地說：

「汝打算一直冒險到什麼時候？汝是個爛好人。看見那般慘狀後，咱當然知道汝為了什麼而生氣，又無法原諒什麼。不過，在汝心中這真的是無法退讓的事情嗎？這真的是汝應該守護的東西嗎？如果是這樣，一路來汝為何多次牽起咱的手？汝啊……」

赫蘿既悲又怒，然後咬住不停顫抖的嘴唇。

「咱不是汝的公主嗎？」

羅倫斯不禁愣住了。羅倫斯發愣地反注視著赫蘿。

在羅倫斯想得到的範圍內，赫蘿將自己形容成公主，應該是對他最大的挖苦吧。

羅倫斯無法理解自己的愚蠢，他竟然連這種事情也沒有察覺到。羅倫斯不知道多少次無視於赫蘿說要放棄旅行的主張，硬是牽起赫蘿的手。

赫蘿曾經因為不願意成為羅倫斯的負擔，而當真想要退出。赫蘿也提議過趁著分離還不會讓人太痛苦之前先分手。明明如此，羅倫斯卻一腳踹開赫蘿的所有擔憂，硬是牽起赫蘿的手。

赫蘿一直很害怕。她很害怕牽起羅倫斯的手。因為赫蘿知道到手的東西總有一天會失去，然後如塵埃般消失在無情的時光河流之中。赫蘿比任何人都清楚知道不會有永遠幸福的故事。

明知如此，羅倫斯卻牽起赫蘿的手。

這是一個分出羅倫斯是否有決心為赫蘿負責的分歧點。

到了現在，羅倫斯總算察覺到——想要得到某人的心，與得到後想要保護那個人完全是兩碼子事。

羅倫斯看向赫蘿。

羅倫斯作夢也沒料到自己會有這般誤解。或許羅倫斯一直誤以為自己是故事裡的英雄。如果是英雄故事，就能夠拋開一切不顧前後地得到心愛的人，最後得到可喜可賀的結局。

然而，現實不同。現實世界裡，得到心愛的人之後，故事仍會繼續下去。

到手的東西伴隨了責任。

羅倫斯太天真了。他完全沒有察覺到這件事情。

「咱想要與汝安靜地生活……」

在小商店經營小生意，雖然時而會回想起這時的抉擇而心痛，但還是滿足於沒有特別不滿的生活而度過每一天。

這樣或許很幸福。或許十分地幸福。

然而，羅倫斯忍不住鄙視這樣的生活。因為那是一個缺乏向上心的商人會有的模樣。那是一個為了過樸實生活而放棄各種事物的人會有的模樣，也是因為有必須保護的對象、無法再度展翅高飛的人會有的模樣。

人們會說只要去旅行就會有所成長。羅倫斯一直很有自信，認為自己已經十分成熟，也見識過世上各種事物。然而，這完全是羅倫斯自以為是的想法。

選擇赫蘿、認清本分，並選擇必須無限妥協的道路，才稱得上是個成熟大人。這應該不是一件壞事。因為光是想像起與赫蘿的生活，就讓羅倫斯感到胸口這麼地痛，所以不可能會是壞事。

一路來羅倫斯牽起赫蘿的手好幾次。最後赫蘿終於願意相信羅倫斯。赫蘿假裝看不見所有擔心顧慮，來到羅倫斯的身邊。

與赫蘿一路旅行下來，羅倫斯明白了與他人保有關係所代表的真正涵義。

羅倫斯把手伸向赫蘿，赫蘿傷心地注視著羅倫斯的手。當羅倫斯的手觸碰到赫蘿的臉頰時，赫蘿緩緩閉上了眼睛。

羅倫斯將赫蘿抱進懷裡，然後把另一隻手繞到赫蘿背後。

希爾德的夢想，會讓身為商人的羅倫斯感到胸口一陣灼熱，而德堡商行利用胡果傭兵團的卑鄙策略，會讓羅倫斯感到憤怒而全身發熱。

不過，羅倫斯不能夠再跳入熊熊烈火之中，做出自焚的危險舉動。

擁有重要存在就是這麼回事。

如赫蘿所說，如果命運就是如此，那也不賴。

羅倫斯這麼說服自己，並再次抱緊赫蘿後，呼喚了赫蘿的名字：

「赫蘿。」

任憑羅倫斯緊緊抱住的赫蘿抽動一下耳朵，然後抬起頭。

赫蘿的臉上看不見喜悅。嚴格說起來，赫蘿的表情像是與羅倫斯互相承認一同犯下罪行的共犯。赫蘿也不好受，畢竟她原本是一隻儘管完全不被人感激，仍然守道義地在麥田裡待了好幾百年的狼。要丟下繆里傭兵團和希爾德逃跑，赫蘿當然會難過。

不過，正因為如此，兩人才能夠互相保守祕密。

羅倫斯挪開身子，然後牽起赫蘿的手。

看著兩人牽起的手，赫蘿輕輕點了一下頭。

羅倫斯的一人之旅，在這個瞬間結束了。

「嗚……」

雖不是因為想到一人之旅已結束，但羅倫斯感到一陣暈眩而再次倒在牆壁上。

赫蘿急忙撐住羅倫斯的身體，而羅倫斯知道自己還是完全沒有恢復體力。

「沒、沒事……」

「大笨驢。喏！抓住咱。」

赫蘿伸出手攙扶羅倫斯。未來兩人一定能夠像這樣互相攙扶地生活下去。

這樣還有什麼好抱怨呢？

羅倫斯抓住赫蘿，並準備踏出步伐的瞬間——

咚！咚！咚！樓下傳來了敲門聲。此刻正處於清晨一片寧靜之中，過於響亮的敲門聲甚至帶來了不祥的感覺。

再次傳來一陣敲門聲後，不知哪個負責守夜的人打開了門。羅倫斯聽見輕微的爭執聲，以及冒冒失失走進來的重重腳步聲。

走廊盡頭的房門打了開來，摩吉與一名壯年男子一起走出房間。

雖然羅倫斯在雷斯可只看過對方把兜帽壓得低低的身影，但只要從事旅行商人這個工作，就能夠靠著各種特徵記住人們的身影。從對方的輪廓，羅倫斯立刻認出是希爾德。希爾德沒有戴上兜帽掩飾的面容，他有著摻了銀絲的一頭長髮，看起來就像個隱士。

不過，希爾德眼裡散發出深邃智慧之光，嘴角雖然被鬍鬚蓋住，卻看得出強韌的意志。

羅倫斯忍不住感謝起希爾德過去一直以兔子的模樣現身。如果是在希爾德這般模樣的男子面前，羅倫斯恐怕會被其威勢壓過，腦子變得一片空白。

摩吉以眼神向羅倫斯與赫蘿輕輕致意後，帶著小伙子跑向階梯，並下樓去。

希爾德緩緩走了過來，然後在靠在走廊角落的羅倫斯與赫蘿面前停下腳步。

「有結論了嗎？」

希爾德簡短地問道。

然後，在羅倫斯回答之前，希爾德看見兩人緊握的手而領悟出了答案。

在這瞬間，希爾德的眼角變得像一個慈祥老人般柔和。

面對準備逃跑的兩人，希爾德沒有說出任何怨恨話語。

希爾德把皺巴巴且關節隆起的大手搭在赫蘿的肩上，然後像在祝福兩人似地，輕碰羅倫斯的賂賻說：

「祝兩位幸福。」

或許是多心，但羅倫斯覺得希爾德似乎想要補上一句「至少要有人幸福」。

由於羅倫斯無法正面接受希爾德的話語，所以另尋話語以取代答謝：

「發生什麼事了嗎？」

此刻就算希爾德冷漠地說：「事情已經跟你無關了吧？」然後無視於羅倫斯的存在，也沒什麼好奇怪。然而，希爾德直直注視著羅倫斯，然後閉上眼睛回答：

「旅館剛剛被士兵包圍了。」

「什麼？」

「我們看見掌控市議會的斯威奈爾最高負責人騎馬往這邊接近。對方應該不是來談什麼和平的話題。」

希爾德如此斷言，而且看不出一絲緊張感。

希爾德絕非因為死心才表現出豁出去的態度，而是因為經歷過大風大浪，才能練就出這身本事。

「不過，對方也不可能無時無刻包圍這裡。所以請兩位伺機趁隙逃跑。那麼，先告辭了。」

希爾德一副在商行裡準備前去簽署重要合約似的模樣，從羅倫斯兩人面前走過。在旅館遭到士兵包圍的情況下，希爾德竟然能夠表現得如此坦蕩。有勇氣持續冒險下去的人，其器量原本就不同凡響。

羅倫斯與赫蘿目送著希爾德的背影離去時，樓下傳來了腳步聲。「請等一下！」摩吉的聲音傳來。

難道對方準備展開攻擊？

羅倫斯正準備站到赫蘿前方掩護赫蘿的下秒鐘——

「喲？」

一名男子身穿下襬長及腳踝的外套，也不理會周遭人們制止地爬上幾層階梯後，發現了希爾德的存在。與希爾德的人類模樣相比，男子看起來年輕一些，但還是算是有了歲數的人。男子的一頭紅髮以及從鬢角延伸到下巴的鬍鬚，修剪得十分整齊。其散發出的氛圍讓人一眼就能夠看出男子是個掌權者。

男子身上的衣著雖然算不上高級品，但品質也不算差。男子給人誠實剛毅的感覺，以做生意的對象來說，應該會是個不錯的對象。這類型的人不會大筆採買東西，但只要成功取得其信任，就會不囉嗦地長期往來。

這樣的一個男子直直注視著希爾德，然後面無表情地說：

「一眼就看得出來呢。」

然後，男子再往上爬兩層階梯，接著看向兩人說：

「那位也是。」

羅倫斯霎時沒聽懂意思，但看見赫蘿僵住身子後，嘀咕說：「不會吧。」

「事情越快談好越好。借用一下最裡面的房間。」

「米里大人！」

摩吉試圖阻止，但被稱呼為米里的男子僅僅瞥了一眼，就讓身經百戰的傭兵停下動作。

這時，希爾德反問說：

「強．米里？」

「正是在下。我是斯威奈爾議會商人代表議長強．米里。你也可以稱呼我為……」

米里以穩健腳步爬上階梯，並且站到與希爾德相同高度的位置。

雖然希爾德的個頭絕不算矮小，但米里的個頭更高大。

或許程度不及摩吉或李波納多，但米里散發出十足氣勢。

「克勞斯．馮．哈比利三世。」

「什……」

面對希爾德的驚訝反應，米里一副感到無趣的模樣別開視線。

「天還沒亮就接到奇怪的通知，我原本不太相信，結果沒想到你們是真的不知道。」

米里——同時也是哈比利的男子穿過啞口無言的希爾德身旁，站到羅倫斯面前。

然後，米里朝向一旁的赫蘿恭敬地行了一個禮。

「我經常耳聞您的勇猛表現。」

下一秒鐘，赫蘿賞了米里一巴掌。米里的出現讓在場所有人都很驚訝，而赫蘿也不例外。赫蘿一副條件反射性地揮出巴掌似的模樣注視著米里的臉，並且用左手抓住自己的右手。

對赫蘿來說，做出賞人巴掌的舉動並不稀奇。

讓羅倫斯感到驚訝的是，赫蘿表現出像是在害怕的模樣。

「……這麼熱情的歡迎方式啊。不過，我不是來談讓人開心的話題。借用一下最裡面的房間，暖爐裡應該有火吧？」

希爾德撫順頭髮，然後壓低下巴試圖重新打起精神。希爾德一邊說：「這邊請。」一邊踏出步伐在前頭帶路。米里跟在希爾德後頭走去，赫蘿以眼神追著米里的背影，卻沒有要踏出步伐的意思。

羅倫斯忍不住詢問說：

「他不是人啊？」

這裡是受到多數高山及森林支配的北方地區。

「有一半。」

不過，赫蘿的答案還是讓羅倫斯嚇了一跳。

羅倫斯看向米里的方向。這時，米里一副察覺到羅倫斯目光似的模樣，忽然停下腳步，並回過頭說：

「過來。兩位有責任一起來。」

雖然赫蘿瞬間表現出打算無視米里的態度，她的手卻抓著羅倫斯的衣袖。

羅倫斯反握住赫蘿的手，回答說：「只是聽聽也無妨。」而且，很明顯地，以目前的狀況來看，如果就這樣逃跑並不妥當。在兔子和狼一起帶著傭兵來到城鎮的事態下，羅倫斯與赫蘿不可能撇開得了關係。兩人如果逃跑，也會對希爾德和摩吉等人造成不利。

另外，受了傷的羅倫斯動作遲緩，就算赫蘿變身成狼模樣，在這狹窄場地也無法自由動作。如果輕率行事，貌似不是人類的米里很可能會殺了所有人。

羅倫斯扶著赫蘿的肩膀緩緩向前走去。

米里走進房間之際，瞥了赫蘿與羅倫斯兩人一眼。

二樓最裡面的最高級房間裡只有四個人。

分別是希爾德、米里、赫蘿以及羅倫斯。

雖然摩吉也想加入，但被米里拒絕了。

照理說摩吉應該會固執地表示這關係到他們的名譽，但看見米里讓赫蘿與羅倫斯兩人進入房間後，摩吉似乎有所察覺。摩吉沒有強烈抗辯，並遵從米里的要求，也撤走了負責監視的部下。

「好了。」

米里先開了頭。

「你們還真會惹麻煩，竟然在我們土地上引起騷動。」

雖說斯威奈爾是北方地區的部分交通要衝，然而米里只是負責管理這樣一座城鎮而已，卻說出如此誇大的話語。聽說越是鄉下的領主，就越不了解真實世界而容易變得自大，不知道米里的狀況如何？

對米里而言，「在我們土地上」想必是十分恰當的用字遣詞。

「在哈比利之名下，我領地享受了兩百多年的平穩日子。就是教會發起的大遠征，也不會來到這麼遠的地方。險峻的高山及山谷為我們擋住了愚蠢者想要占據領土的慾望。我們唯一的弱點就是斯威奈爾，而你們竟然把敵人引到了這裡來。你們在自己的土地上亂吵亂鬧就好了啊。不是嗎？從德堡商行來的人。」

米里的說話技巧也十分純熟。

不過，希爾德也沒有畏縮。

「對於造成引來敵人的結果，我不知道該如何向您致歉。但是，正因為如此，我才想要留在這裡設法挽回。」

「挽回。」

米里像鸚鵡學人說話一樣說道，然後深深嘆了口氣。

「你不會是認真的吧？你知不知道城鎮南端的通商道路前方有多少大軍？我還接到發現千人隊長身影的報告。對方不是為了打一場小規模的仗來到山裡，他們是要來攻下斯威奈爾。」

德堡商行是認真的。如字面上的意思，千人隊長是因為率領千人才能夠得到的稱號。這些軍隊不會像繆里傭兵團那樣參加在高山或山谷裡的戰役，而是專門從事在大平原上的會戰或攻城戰等場面浩大的戰役。德堡商行猜想希爾德可能與繆里傭兵團在一起，就不惜捧著大筆金錢送給胡果傭兵團，也要胡果傭兵團背叛。這回德堡商行請來了由真正的貴族負責指揮，並且是會在編年史作家所撰寫的大會戰之中出現的軍隊。這說出德堡商行是當真想要讓斯威奈爾變成其霸權的橋頭堡。

「別跟我說你不知情。昨天開始偶爾會看見鳥在天上飛，在這一帶不會看見那種鳥。那隻鳥是你的同伴吧？」

希爾德沒有否定也沒有贊同，但這樣的反應等於是在承認。

米里把視線從希爾德身上移向赫蘿。

「連像您這般高尚的狼，也打算參加這場愚蠢至極的騷動嗎？」
米里早就識破赫蘿是一隻狼。赫蘿說的「有一半」，果然是指米里有一半不是人類。
「我聽說是您救了這些傢伙。如果您還打算繼續協助這些傢伙——」
「咱等不會加入。」
聽到赫蘿的話語後，米里閉上了嘴巴。在那之後，米里看似滿足地微微揚起眉毛。
「不愧是高尚的狼。這才是聰明的判斷。」
羅倫斯本以為米里是在挖苦人，但後來發現似乎不是這麼回事。
米里是真的覺得這才是聰明的判斷。
聽到赫蘿的回答後，米里再次看向希爾德說：
「永遠都是沒有力量的人，才會懷抱無聊的夢想。如果是擁有力量的人，就會清楚了解自己的力量做得到什麼。他們理解就算搬得動岩石，也移動不了高山的事實。正因為老是在把玩小石頭，才會夢想自己能夠移動高山。畢竟我在斯威奈爾也是擔任整合生意的職務，所以知道商人當中有很多誇張到不行的夢想家。因此，一直以來，我極力避免斯威奈爾和我的領地與你們扯上關係。雖然你們使者不斷來訪，但你沒有來找過我一次。如果你親自前來，應該早就知道部下背叛了你們才對。」
負責管理斯威奈爾生意的權力人士，與被希爾德視為唯一希望的領地之主竟是同一人物。面對這般事實，希爾德真的吃了一驚。在領主管理下的城鎮，該城鎮的議會長與領主為同一人物的情況並不罕見。

然而，希爾德不知道這般事實。

如米里所說，背叛行動從很早以前就開始執行，而只有雷斯可的德堡商行沒有察覺到這般事實。因為德堡商行忙著指揮一切。

「只要一直做著生意，就會覺得自己能夠推測出世界的盡頭。我認為你們的生意經營得很不錯，但是，正因為如此，才會沒發現腳邊的陷阱。我是在五年前繼承了強・米里的名字。強・米里是一位很有骨氣的男人，只可惜身體很虛弱。他生病臥床後，就這麼爬不起來了。因為我有欠於他，所以在那之後就開始接管斯威奈爾皮草與琥珀的流通業務，並處理流通上的糾紛。我沒有隱瞞這事實，而這也是常見的狀況。然後，你沒有被告知這常見的狀況。除了斯威奈爾之外，斯威奈爾更後方還有另一位領主。你是抱著這樣的想法，才會來到這裡。我有說錯嗎？」

或許應該說希爾德早就做好為夢想犧牲的決心，所以有沒有領主都無所謂。

不過，米里的指責也的確是一針見血。

希爾德本以為自己已經馴服了北方地區的多數領主，結果一下子就被腳下的部下們奪走權力。就是被批評完全沒有注意到腳邊的防禦動作，希爾德也無法反駁什麼。

「那麼，為什麼我們派出使者時，您會給我們令人滿意的答覆？」

希爾德冷靜地針對能夠反擊之處反擊說道。

「理由很簡單啊。如果被我們拒絕，你們就會不知所措吧？在這寒冷季節裡，每座村落都面臨糧食不足的狀況。與其讓傭兵像蝗蟲過境般在各村落到處吃糧食，最後還死在路旁，不如把他們引進斯威奈爾，再抓起來比較好。」

領主就來就應該守護領地，就這點來說，米里做出相當適當的判斷。

希爾德冷靜地說：

「您打算把我們賣給對方嗎？」

羅倫斯還在樓上房間睡覺時，希爾德、摩吉與赫蘿就是在這間房間討論事情。然後，他們得到了極度悲觀的結論。

是因為逼近這方的大軍人數太過驚人？還是因為繆里傭兵團的首領受了傷，這方是以殘兵敗將的身分來到斯威奈爾？

或許兩者都不是吧。

而是更單純地在進入斯威奈爾的瞬間，就知道了事實。

希爾德等人發現，掌控斯威奈爾的首腦組織並不歡迎他們。

「不是喔？」

然而，米里卻這麼回答。

希爾德當然不會這樣就把事情看得簡單，然後天真地懷抱希望。

「不是我們，而是『我』，對吧？」

「沒錯。」

米里就像在閒話家常般說道，既沒有改變音調，也沒有改變音量強弱。

「沒錯。我只打算把你賣給對方。你應該有這麼點決心吧？」

利益會伴隨危險。如果是牽扯到能夠讓大軍行動，讓某人背叛某人的莫大金額，人們的性命根本不值一提。

越是能獲得巨大的利益，就得冒著越大的風險。

所謂賭注，就是這麼一回事。

「有。不過，我有話要說。」

「嗯。有不放棄的決心是很好，不過，現在的問題是你打算在別人家院子裡打架。如果想打架，就去自己的院子裡打。」

米里說出甚至令人感到掃興的常識論，讓希爾德不禁啞口無言。

在羅倫斯眼中的大商人希爾德，此刻看起來，甚至像一個為了理想燃燒而沒注意到腳邊破綻的青年。

然而，希爾德拚命地試著抗辯。

「這件事不是只關係到我們。如果我們的計畫成功，北方地區應該能夠得到長期的安定才對。許多領主會因為相同的貨幣，而被引進相同經濟圈之中。這麼一來，如果不加入這個圈子，當然會受到損失。在環境如此嚴酷的北方地區，如果無法向其他土地採買糧食，就只有等死。共通貨幣會是強力外交的武器。我們有自信能夠藉由掌控該貨幣源頭的動作，讓一直以來就連神明也懲戒不了的領主們乖乖被黃金枷鎖綁住。」

羅倫斯在雷斯可親眼看見了這個會讓一個商人內心灼熱起來的夢想。希爾德把這夢想告訴眼前的哈比利領主。

羅倫斯不知道希爾德是期待只要說出來就能夠得到米里的理解，或是企圖在米里面前表現他們有多麼信賴米里。羅倫斯只知道米里對這話題幾乎不感興趣。

的確，如果從被套上枷鎖一方的角度來看，這不是什麼有趣的話題。

不過，就是在直直注視著希爾德的時候，米里也沒有表現出一絲不悅。米里的模樣甚至像一個父親在聆聽兒子的愚蠢夢想。

「由商人代替領主統治世界後，誰能保證一切都能夠順利運作？」

希爾德說不出話來。

無論是由什麼人掌握權力，一定都會伴隨不確實性。起初明明是實施善政，某天卻突然實施起暴政的國王不勝枚舉。

既然如此，對於米里的這般擔憂，也只能夠以行動來回答。羅倫斯猜想希爾德應該是打算這麼回答米里。

然而，羅倫斯按捺不住地先開了口：

「商人是在做生意，而做生意的基本就是獲得利益。所謂生意的利益，是在取悅某人之下而得的利益。」

羅倫斯沒能夠參與希爾德的夢想。

儘管沒有參與，看見這個夢想在眼前被人糟蹋，羅倫斯還是無法保持沉默。

「喔。」

米里簡短地說道，然後笑笑。那笑臉像是在誇獎自己的孩子表現得很好。

羅倫斯完全沒有被瞧不起而憤怒的情緒。羅倫斯知道夢想本來就會被人瞧不起，而且更重要的是，希爾德也用力點了點頭表示贊同，所以根本沒有什麼好害怕。

「如果是一個不懂人情世故的小子說這些話，可能會被我痛打一頓，不過……看起來好像不是喔。」

米里的視線移向羅倫斯裹著滲血繃帶的腿部，以及坐在羅倫斯身旁的赫蘿。

「你說的話應該有些許真理吧。不過，問題是面對現實之下撐不撐得過去。」

「這點對您來說應該也一樣。」

希爾德對米里說道。

「怎麼說呢？」

「無庸置疑地，斯威奈爾有一些人對於德堡商行的蠻橫行徑保持唱反調的態度。對這些人而言，我會是非常有用的存在。」

城鎮的規模越小，謠言散播開來的速度就越驚人。

更何況我方是在天明前好不容易人數眾多地逃命到這裡來，所以不可能不引人注目。

如果都是在北方地區生活的人，應該至少會有一人知道繆里傭兵團的來歷，如果再得知希爾德也在其中，就是笨蛋也猜得到雷斯可發生了政變。

敵人的敵人就是同伴。如果這個人還是不久前待在雷斯可中樞的存在，將會是最強而有力的同伴。

「你的意思是會阻礙我們議會壓制城鎮居民？」

「不是。應該沒有這樣的必要。我有自信真理在我們這方，而民意會跟隨真理。我們必須制止現今的德堡商行。」

希爾德與米里互不退讓地瞪著彼此。

最後米里先讓步，打破了彷彿會永遠持續下去的沉默說：

「這樣啊。如果是這樣，那也無妨。你可以去嘗試看看。」

「您不是要賣了我？」

聽到希爾德諷刺地說道，米里露出苦笑。

「要賣隨時可以賣。如果你不是兔子……或許就有必要再思考一下吧。」

很明顯地，米里的言外之意是在指赫蘿。

「您願意讓我們自由，是嗎？」

「隨便你們。你們大可向民眾宣揚正確的教誨，來引導民眾。可以像教會的宣教士那樣，也可以像揮舞旗幟準備攻打其他土地的多數領主那樣。」

米里從椅子上站起來。

米里不像是在意氣用事。

他的所有表現想必都是來自內心的某種信念。

正因為如此，就算排除掉高大身材、風度等外在條件，米里仍具有十足重量感，其話語也極具深度。

「不過，問題是到底會不會真的打起仗來。」

如果與朝向斯威奈爾逼近的大軍引發戰爭，斯威奈爾肯定會戰敗。所以米里才會為了避免戰爭，而前來說服──或前來拘捕希爾德等人。難道不是嗎？

羅倫斯無法順利讀出米里的企圖。

這時，米里這麼補充說：

「如果你是個愚笨的人，事情可能就會變得複雜。不過，你都這麼有智慧了，想必也沒有我出場的時候吧。」

羅倫斯不覺得「有智慧」是在誇獎他。

明明不像誇獎，卻也不像全然是謊言或在挖苦人。

眼前的交涉技巧是羅倫斯不懂的世界嗎？

羅倫斯一邊注視著眼前的互動，一邊屏息等待希爾德的話語。

「就是因為有您這樣的領主，這世界才不會改變。」

聽到希爾德的話語後，米里第一次看似開心地笑了出來。

「哈哈哈！不過……」

米里笑著說道，然後發現拇指指甲裡有污垢，而準備用小指指甲去除污垢。

就連瞧不起人的舉動，米里也表現得萬無一失且優雅。

「這世界不會改變。如果會改變，擁有力量的人早就改變了。」

米里直直看向赫蘿。

赫蘿面無表情地回應米里的目光，然後像一隻漠不關心的貓咪一樣閃過目光。

米里用鼻子笑了一聲，然後看向希爾德。

希爾德瞪著米里說：

「您到底打算用多少錢賣掉這座城鎮？」

雖然這話帶了點火藥味，但為了從米里口中打聽出情報，希爾德只能夠這麼說。

面對待理不理的對象，使出苦肉計或懇求都沒有用。

只能夠先惹火對方，再引出情報。

「錢？哈哈，錢啊。如果是錢能夠解決，那就好了。」

米里笑著說道。

羅倫斯知道不是自己多心，而是米里的笑容確實令人毛骨悚然。

羅倫斯身旁的赫蘿明顯僵住了身體。

「皮草和琥珀只會通過這個城鎮。工匠都離開了城鎮。什麼人都不會在這裡停留，一切只會通過這裡而已。愚笨的人想必會帶著武器，越過這裡往前進。不過，前方是深不見底的險峻雪山。他們會遭到數不清的難關攻擊。雖然他們應該會留下腳印，但最後還是會被雪覆蓋過去。一切只會通過，然後離去。誰也不會停留在這裡。不過，惟獨時間會如沉澱物般累積下來。」

米里饒舌地說道，其聲音明顯帶著恨意。

看見米里的態度後，羅倫斯察覺到這位領主與赫蘿一樣。

不同的地方是，米里對於世上無法改變的天意懷抱著恨意。

「好像詩人在說話啊。」
有別於赫蘿，也有別於米里，確信世界會改變的希爾德這麼答道。
「閉嘴。」
克勞斯・馮・哈比利三世，在斯威奈爾則被稱為強・米里。
這名人物一眼就看出赫蘿與希爾德不是人類，赫蘿則說他有一半不是人類。
米里也一樣在這塊土地保持低調地建立穩固地位。
隱瞞身分也是一種本領。
黃金之羊哈斯金斯為了隱瞞身分，甚至吃下同伴的肉。
如果把米里認定為純粹是一個厭世的半人領主，那就錯了。
「不過，可別輕視金錢的力量啊。」
「這我有深刻的體會。」
希爾德的部下被發行新貨幣的莫大利益沖昏了頭而背叛了他，並且收買了胡果傭兵團。
然而，聽到希爾德的話語後，米里不知為何露出憐憫的眼神說：
「這樣啊。那麼，我先告辭了。」
米里轉過身子，然後毫不猶豫且不留餘韻地離開了房間。
房門關上後，希爾德垂下頭，深深嘆了口氣。

斯威奈爾的首腦組織並不歡迎希爾德等人。這幾乎等於被宣告已經輸了。而且，這方甚至不知道米里就是哈比利這個基本事實，在這樣的狀況下，就是現在開始調查米里並努力使出懷柔政策，也根本沒有時間。

剩下的選擇可說少之又少。

暗殺、逃命或是投降。

羅倫斯只想得到這些極端的選擇，而且不管是選擇哪一種，都只會得到不好的結局。

「你有什麼策略嗎？」

所以，羅倫斯因為太過不安而忍不住這麼詢問。

希爾德知道羅倫斯與赫蘿有所約定，而且知道大致上的狀況，所以抬起頭無力地笑笑。

希爾德肯定很想詢問羅倫斯說：「如果我回答沒有策略，你有什麼打算？」

希爾德等人知道羅倫斯不是那種知道局勢對自己不利，就選擇逃跑的人。

然而，希爾德回答說：「有。」

大商行的大商人不肯死心的程度，根本不是旅行商人能夠相比。

「就算我再落魄，也是掌管德堡商行帳簿的人。我清楚掌握到為了讓商行維持下去需要什麼，又欠缺什麼。只要能夠讓斯威奈爾的人們集中團結起來，並關上城牆，就十分有可能靠交涉讓對方讓步。」

可是，專門從事攻城戰的傭兵們正朝向斯威奈爾逼近。
面對這些傭兵，羅倫斯實在不認為能夠守得住城牆。
「他們應該已經沒有能夠展開攻城戰的資金才對。」
德堡商行擁有如溫泉般不斷湧出的礦山，這樣的商行會沒有戰鬥資金？
羅倫斯不認為德堡商行會沒有資金。
「跟我們當初的做法一樣，他們也是靠著發行新貨幣的利益綁住領主、傭兵們或城鎮的居民。不過，新貨幣所需的金屬原料嚴重不足，而且還要好一段時間才能夠發行。現在有必要熔燬等級較低的銀幣，然後提高純度再重新打過。那麼，如果一邊打造高價值的新貨幣，又同時為了戰爭不斷付錢給領主和傭兵們，您想會怎麼樣？想要得到貨幣而從北方地區前來的旅人或農夫們如果拿不到貨幣，會怎麼樣呢？」
放棄取得新貨幣的人們，想必會帶著崔尼銀幣等第二順位的貨幣回到住處去。這麼一來，投機熱度就會降低，得到德堡商行支付新貨幣承諾的領主會因為價值劇減而暴跳如雷。
希爾德的冷靜判斷讓羅倫斯瞠目結舌。
「如果照我記憶中的商行所有帳簿來推測，在拿錢讓胡果傭兵團背叛我們，又拉出千人隊長之後，他們在這般嚴酷狀況下能夠籌出的資金應該已經到了極限。」
就是一個旅行商人，經手的交易量也是相當驚人。

如果是德堡商行那般大規模的組織，根本想像不出其交易量會有多麼龐大。

不過，如同羅倫斯記得自己的所有交易而行走於行商路線一樣，或許希爾德也記得幾乎所有德堡商行的交易。

「正因為如此，他們才會做出能夠讓我們立即投降的狀況。然後，只要我們不戰鬥就投降，德堡商行就能夠省下莫大戰費，未來在表面上也能夠表現出擁有無限資金的態度。不過是要追趕一個受了傷的管帳職員，還有儘管精銳卻只是小規模的傭兵團而已，他們使出的策略實在太過浩大。說穿了，他們採用的手段和我跟德堡利用紙老虎來打倒對手的手段一模一樣。」

不管面對什麼樣的狀況，德堡商行都不會忘記，也不會錯過自己擁有的武器。

不過，如果是這樣，問題就會集中於一點。

「所以，問題在於能否關上城牆。如果能夠關上城牆，就能夠要求交涉。如果不戰鬥就投降，剛好正中對方下懷。」

米里是否也預測到這麼多呢？

或者，米里可能純粹是接到了德堡商行使者送來的信件，而信件上可能寫著「因為是這般狀況，所以絕對不要關上城牆」的請求。

如果米里是在知道這般狀況下，還預測希爾德無法實施其策略的話，會怎樣呢？還有，如果米里在被希爾德挖苦說「好像詩人在說話」的頹廢想法支持下，做出「就算開放斯威奈爾的大門讓德堡商行進來也沒什麼大礙」的判斷，會怎麼樣呢？

不過，德堡商行的那些人應該也一樣不會低估希爾德的能力。他們應該已經察覺到希爾德記得所有帳簿內容，並且識破資金已經瀕臨危機。

也就是說，這是一場考驗希爾德、米里與德堡商行之智慧及膽量的比賽。

就看誰的策略最天真無力，看誰的膽量最弱小。

聽完希爾德的說明後，羅倫斯發自內心感到恐懼。

如此劇烈的一場紛爭，羅倫斯當然不可能占得一席之地。

「我曾經從一位商人口中聽到『商戰』這個字眼。」

羅倫斯仰望著希爾德說道。

「我身為旅行商人的工作是做生意。這裡不是我應該存在的地方。」

赫蘿安心地嘆了口氣，希爾德則是露出柔和笑容。那笑容就像看見孩子發現人們不可能移動得了高山的事實，而表示誇獎。

沒多久後，外頭變得吵鬧，也傳來米里在旅館外發出撤退命令的聲音。

接連不斷的腳步聲逐漸遠去之中，有一道笨重的腳步聲從走廊上朝向房間大步走近。

摩吉走進了房間。

「我想請問對方說了什麼？」

希爾德沒有立刻抬起頭。或許希爾德是覺得難以用言語來說明。

當然了，也可以用短短一句來說明：

「對方說『你們做得到的話就去做做看』。」

然而，羅倫斯有股預感，覺得事情背後應該還藏了什麼。

希爾德看向赫蘿說：

「您會笑我嗎？」

赫蘿一副感到無趣的模樣回答：

「不會。不過，咱會嫉妒。」

世界有可能改變；赫蘿失去這般信念很久了。

赫蘿說完後用手按住羅倫斯的額頭。那模樣彷彿在說「我的手只容納得下一個人的額頭」。

然後，赫蘿站起身子，並催促羅倫斯也站起來。

「羅倫斯先生。」

希爾德叫住了羅倫斯。

雖然赫蘿似乎完全沒有要停下腳步的意思，但羅倫斯一邊扶著赫蘿的肩膀，一邊回過頭說：

「有什麼事嗎？」

「您對米里說的那段話非常了不起。我們絕對不能忘記您察覺到的事實。我相信您所經營的商店，一定會生意興隆。」

「……謝謝。」

羅倫斯不會表現出喜悅。

不過，羅倫斯確實地答了謝。

然後，羅倫斯與赫蘿兩人離開了房間。羅倫斯心想，以旅行商人的最後一場夢來說，這樣的結束方式還不賴。

第十一幕

羅倫斯不斷地補充睡眠，很努力地恢復體力。

或許是補充睡眠奏了效，只過了一天，羅倫斯就已經有體力一邊與赫蘿互搶剛出爐的麵包，一邊吃早餐了。

聽說是城裡的麵包店為了投宿在這家旅館的希爾德和繆里傭兵團，特地烤了麵包專程送來。希爾德絕對沒有過度輕忽事實地預估事態。事實上，多數斯威奈爾的居民以及聚集在這裡的人們，都對於德堡商行的蠻橫態度感到畏懼。在這樣的狀況下，希爾德似乎成功植入了觀念，讓民眾認知他是前來矯正德堡商行蠻橫態度的大商人。羅倫斯從房間俯視樓下，也觀察得到各式各樣打扮的人們絡繹不絕地前來旅館。

獵人、農民、商人以及工匠們，大家都害怕因為德堡商行引發戰爭而使得生活大亂。因為希爾德確實與他們站在同一陣線，所以就算沒有發揮商人能言善道的本領，也足以說服人們。

儘管人們聽到理想時會予以嘲笑，但還是會因為他人的認真夢想而忍不住發出共鳴。

不過，有人發出共鳴的同時，也看見了幾名穿戴款式一致的鎧甲和長槍的士兵，站在前往旅館所在區段的道路角落監視著。

以米里為首的斯威奈爾議會，並不想與朝向這方逼近的德堡商行造成紛爭。

萬一發生戰爭，肯定會釀成慘劇，而且米里預測就算讓德堡商行的軍隊進來，他們也會自取滅亡。自古以來，沒有一個人成功壓制過北方地區，自此觀之，就會知道米里絕不是把事情看得太簡單或太樂觀。

而且，米里對世間天意抱持的恨意之深，就連赫蘿也感到畏懼。米里肯定受過巨大的挫折，才會打從心底確信世界絕對不會改變，而人們也無力改變。

不過，目前來說，希爾德他們處於優勢。城鎮居民們遠望議會派來監視的士兵時，眼神之中完全看不到想要送士兵剛出爐麵包的善意。

說穿了，希爾德與繆里傭兵團已慢慢建立起義賊的地位。

「汝啊。」

用完餐後，羅倫斯把椅子拉到旅館窗邊眺望著窗外。這時，赫蘿緩緩搭腔說道。

「怎麼了？」

「汝抓一下。」

赫蘿捲起長袍袖子，向他伸出了纖細的手臂。

雖然心生疑問，羅倫斯還是照著赫蘿所說抓住了手臂。

「盡量用力握住。」

「用力？」

羅倫斯心想「到底怎麼搞的？」但既然赫蘿這麼要求，羅倫斯也只好用力握住其手臂。

如果使出全力握住，似乎就會折斷赫蘿那女孩子的纖細手臂。

話雖這麼說，但事實上羅倫斯的力氣並沒有大到能夠折斷手臂。

羅倫斯慢慢加重力道，並打算如果看見赫蘿會痛就立刻鬆手，但最後羅倫斯幾乎使出了全力，赫蘿也沒有喊停。

羅倫斯鬆開手後，赫蘿的白皙纖細手臂上留下紅色的手痕。

看見那手痕後，赫蘿表現出有些開心的模樣。羅倫斯看了，不禁覺得有一種施虐的錯覺。

「看這樣子應該沒問題唄。」

「喔、咦？」

羅倫斯慌張地反問道，因為他正想入非非地幻想著在赫蘿身上留下自己的痕跡。

「能夠使出這麼大的力氣，應該夠了唄。只要邊走邊休息，就不成問題。」

羅倫斯總算察覺到原來赫蘿是為了出發在測試他。

「唔……要出發了啊？」

赫蘿當然不可能沒有察覺到羅倫斯差點說成「已經要出發了啊」。

赫蘿在嘴角浮現苦笑，然後抓住羅倫斯的下巴鬍鬚說：

「沒錯。要出發了。」

羅倫斯肯定一輩子都忘不了把希爾德以及繆里傭兵團留在斯威奈爾的經驗。

羅倫斯只能夠祈禱未來會在某個遙遠城鎮，聽到希爾德他們已度過難關，並且至今仍在某處活躍。

過去，羅倫斯曾經多次捨棄已經沒救了的行商同伴，而赫蘿肯定也一路望著無數人們或事物被吞噬在時光河流之中。比起這些經驗，這次好太多了。至少希爾德他們還站得穩穩的，手上也有武器。

羅倫斯只能夠這樣說服赫蘿與自己。

所以，羅倫斯表現出特別開朗的模樣說：

「嗯。那就先回雷諾斯好了。」

「又是那裡啊……沒有其他熱鬧的城鎮嗎？」

「只要南下就會遇到熱鬧的城鎮。我遇到妳之前行走的行商路線上，也有好幾個規模像留賓海根那麼大的城鎮。接下來的季節也會變得舒適，我想會是一趟愉快的旅行。」

等到冬天結束，春天到來，夏天接著到來後，旅行會變成美好的享受。

天氣熱時想必會繞到有泉水湧出的地方，也可能會在甚至讓人感到悶熱的綠油油草原上睡場午覺。

然後，無論走到哪座城鎮，兩人一定會尋找適合的商店，所以這樣的旅行不可能不愉快。

與過往旅行不同的地方是，不會再為了冒險而發出炯炯目光。

羅倫斯不需要為了開店賺取大筆利益，也沒必要為了留住赫蘿而硬著頭皮做事。

羅倫斯知道什麼東西最重要，也知道自己應該做什麼。

未來兩人肯定會吵架，也會有起爭執的時候。

不過，羅倫斯清楚知道一定不會再迷失方向了。

羅倫斯已經得到了赫蘿。

既然得到了，就必須負起責任。

「那麼，咱這就去整理行李，再準備糧食。」

說著，赫蘿突然伸出右手掌。

「嗯？啊、喔，拜託妳了。」

羅倫斯感到困惑地握住赫蘿的手說道。

赫蘿見狀，先是愣了一下，然後用力甩動一下尾巴噗哧笑了出來。

「汝的手咱已經握夠多了。咱是在要錢。」

羅倫斯總算察覺到是怎麼回事。

真是的，連這種事情也會錯意；羅倫斯自己都覺得受不了自己。

羅倫斯解開片刻不離地綁在腰上的荷包，然後遞給赫蘿。

這一路上，羅倫斯絕對不可能把整個荷包交給赫蘿。

現在卻能夠毫無抗拒地交給了赫蘿，而且不是因為腳傷之故。

如果對象是赫蘿，羅倫斯甚至願意交出商人的性命。

「呵。好了，咱來想想看要買什麼回來好呢？」

「不要亂花錢啊。」

赫蘿一副就等著羅倫斯這麼叮嚀的模樣吐出舌頭，然後轉過身子。

看見赫蘿的耳朵和尾巴開心地甩動著，羅倫斯不禁有些擔心，但他知道不會有事的。

目送赫蘿走出房間後，羅倫斯再次把視線移向屋外。

羅倫斯眺望著隨處可見、街上氣氛也如往常一般的北方城鎮。羅倫斯有些期待地心想差不多快看見赫蘿走出來，但忽然想起旅館有後門。赫蘿總是那麼壞心眼，所以可能知道羅倫斯在注意而故意走後門。

羅倫斯一邊這麼想著，一邊獨自笑了出來；這時他忽然看見一隻鳥勾勒出美麗弧線從馬路上方滑行飛過，最後降落在羅倫斯的房間下方。那隻鳥是路易斯。雖然羅倫斯看過路易斯出入旅館好幾次，但不知為何突然有種奇妙的感覺。

羅倫斯俯視著下方時，發現赫蘿站在附近的交叉路口旁。

赫蘿確實看向羅倫斯的方向，羅倫斯憑著氣氛也能夠立刻看出赫蘿在笑。

赫蘿果然是走後門，然後從遠處望著羅倫斯引頸期盼的模樣。

賢狼赫蘿。

羅倫斯一邊笑笑，一邊緩緩喃喃說出其名。

羅倫斯與赫蘿兩人最後一次去探望魯華。

魯華不僅頭部受到重擊，手掌和腳被刺傷，還有腳也骨折。

用千瘡百孔來形容魯華一點也不誇張，而魯華也一直昏昏沉沉睡著。不過，魯華臉上散發出如猛獸奮力想要康復般的氣氛。

赫蘿什麼也沒說，只是把臉頰輕輕貼在沉睡中的魯華臉頰上。

「這是狼風格。」

只留下這句話後，赫蘿與羅倫斯離開了房間。

雖然赫蘿臉上的表情與平常沒什麼不同，但羅倫斯大概能夠體會赫蘿的心情。

羅倫斯知道如果輕輕頂一下赫蘿的臉，其表情就會像一層薄膜般破裂。

在那之後，兩人前去向希爾德和摩吉道別，但摩吉因為到街上遊說，所以不在旅館。

或許摩吉是刻意避開也說不定。

不過，進出旅館的人數明顯不斷增加，明確感受得出反擊時機越來越成熟。

原來就擅長於運用人才的商人，加上擅長於鼓舞遇到危機者的傭兵團參謀，在兩人四處奔走之下，當然能夠得到這樣的結果。

在這樣的狀況下，或許能夠讓斯威奈爾居民團結起來，然後逼著議會關上城牆。

這麼一來，德堡商行只能夠接受交涉。

千人隊長雖然力量強大，但如希爾德所說，必須一直花錢才能夠維持下去。

戰爭每拉長一天，就會消費掉令人頭昏目眩的大筆金額。

而且，如果德堡商行還希望以斯威奈爾作為未來展開侵略行動的橋頭堡，就必須盡可能地在無損狀態下得到斯威奈爾，以免還要多花錢修繕。更何況，萬一不小心讓城鎮居民受了傷而惹來民怨，事情將會變得棘手。

或許對希爾德他們來說，情勢沒有表面看起來那麼不利。

不過，強．米里，也就是哈比利三世所說的話當然令人在意。

儘管如此，還是會讓人有種船到橋頭自然直的感覺。說不定真的有辦法順利克服難關。

與希爾德握手之際，羅倫斯幾乎真的這麼相信著。

「那麼，這些是我代為保管的金幣。」

羅倫斯一直找不到機會歸還金幣，現在總算是交給了希爾德。

未來羅倫斯可能一輩子都不會再有機會看見這麼大筆錢。

想到這點，羅倫斯不禁有點落寞，但內心也覺得鬆了口氣。

「還有禁書。」

希爾德點了點頭，然後從麻袋裡取出金幣袋子和禁書。

「謝謝。關於禁書……」

希爾德把話題丟給赫蘿後，赫蘿一副嫌麻煩的模樣回答：

「汝想怎麼處理就去處理唄。咱們這邊也會隨自己高興去做。」

就算希爾德輸了，赫蘿要搶回一本禁書也不會太難。

「我明白了。那麼……嗯？」

希爾德準備把麻袋還給羅倫斯兩人時，發現麻袋裡還有其他東西。

「那是赫蘿要交給您的。」

「是那隻鳥拿的。那隻鳥要咱在不被其他人看見之下交給汝，所以一直找不到機會。」

希爾德神情緊張地拿出那樣東西。

那樣東西如果是儀式專用的短劍則顯得太細，如果是用來封蠟印的工具又嫌太大。

羅倫斯還是猜不出是什麼東西。

不過，希爾德握住該物品的瞬間，似乎就知道是什麼了。

「這……」

希爾德用肩膀受了傷的右手，抓住長度不長不短的棒狀物。

希爾德的手之所以不停地顫抖，想必是受傷加上出力的緣故。

不過，棒狀物的重要性足以讓希爾德有這般反應。

希爾德低著頭，連肩膀也顫抖了起來。

「真的是……真的是太感激您送到這裡來……」

「聽說是多虧路易斯先生的勇氣。」

聽到羅倫斯的話語後，希爾德先看向羅倫斯，再看向棒狀物。然後，希爾德一副彷彿棒狀物是救世主似的模樣把棒狀物貼在額頭上，並且閉上眼睛。

這種時刻不管再說什麼，都顯得多餘。羅倫斯與赫蘿互看一眼後，不約而同地點點頭，並行一次禮準備離去。

「請等一下。」

希爾德叫住了兩人。

「我相信不管最後勝利落入誰手中，總有一天兩位也會在某處知道答案。不過，可以的話，我希望能夠由我來告訴兩位答案。」

羅倫斯還來不及問出個究竟——

老大不小的希爾德已經雙眼濕潤，並解開德堡託付給他的包裹。

「唔……」

看見那物品後，羅倫斯不禁啞口無言。

一根槨頭出現在桌上。

不過，那不是普通的槨頭。那是為了刻上圖樣、可說是貨幣之命的刻印槨頭。

羅倫斯知道那不可能是隨處可見的刻印槨頭。那肯定是德堡商行為了發行新貨幣而製作的槨頭。

如果換一個說法，那槨頭是讓德堡與希爾德把夢想變成現實的工具，也是橋梁。

希爾德就像小孩子一樣眼睛發亮地注視著槨頭。

據說刻印槨頭會隨著敲打動作漸漸磨損，所以一根槨頭只能夠打造出兩千枚左右的貨幣。

因此，德堡商行裡應該有好幾十根一樣的槨頭，就算偷出一根槨頭，也不可能阻止現今的德堡商行發行新貨幣。等到熔燬完崔尼銀幣等貨幣，進而完成提高純度的作業後，德堡商行將使用與這根一樣的槨頭大量製造貨幣。

不過，德堡不惜冒生命危險也要把這根刻印槨頭託付給希爾德，是一種極具象徵性的舉動。

——絕對不要忘記我們兩人的夢想——

德堡想要把這樣的訊息傳達給希爾德。

「希爾德先生。」

羅倫斯呼喚了希爾德的名字。

希爾德保持把榔頭立在桌上的姿勢，像個小孩子一樣注視著榔頭。

「方便讓我看看圖樣嗎？」

希爾德臉上浮現笑容。

在雷斯可時，羅倫斯曾經思考過新貨幣的圖樣。傭兵們認為可能是某個權力人士的圖樣。不過，如果使用某人的肖像，一定會出現怨恨這個某人的人。在權力以及利害關係如此錯綜複雜的北方地區，採用肖像圖樣的貨幣作為統一貨幣未免太過不適當。既然這樣，會不會是採用礦山工具的圖樣呢？羅倫斯也這麼思考過，但可以清楚預見如果是因為礦山而有過慘痛經驗的地區，就會忌諱看見礦山工具的圖樣。

如果是在認識希爾德和德堡的為人之前，羅倫斯會認為不管是什麼樣的圖樣，德堡商行肯定會利用權勢和人們的畏懼心讓貨幣流通。

不過，現在羅倫斯不會這麼認為了。

畢竟眼前的希爾德真的充滿了活力。

這般個性的希爾德和德堡在思考新貨幣的圖樣時，一定不會抱著靠這貨幣就能夠支配世界，或是靠這貨幣就能夠讓北方地區人們屈服的想法。

兩人肯定散發出如少年般的耀眼光輝，然後懷抱著夢想與希望，在心中刻下能夠改變世界的信念。

「當然方便。這正是我想要讓兩位看見的東西。」

希爾德舉起刻印榔頭，然後把敲打貨幣的那一面朝向羅倫斯兩人。這瞬間，羅倫斯沒有倒抽一口氣，也沒有大吃一驚，更不可能感到失望。

看見那圖樣的瞬間，羅倫斯不自覺地笑了。

在這氣候寒冷，天空經常被鉛色雲層覆蓋的北方地區，確實只有這存在能夠平等地帶給所有人民喜悅。

那是太陽的圖樣。

希爾德打算把太陽握在手中來治理北方地區。

「請別忘記北方地區有一個懷抱愚蠢夢想的商人。」

羅倫斯知道不管說什麼，都會是不識風趣的表現。

於是，羅倫斯沉默地點點頭，並表現得像個家臣一樣低下頭。

「那麼，很抱歉耽擱兩位這麼久時間。願太陽庇佑兩位之旅！」

希爾德沒有說願神明庇佑，而是說願太陽庇佑。

現在羅倫斯能夠毫無顧慮地往前進。

羅倫斯再次行禮並準備退下。這時——

「希爾德大人！」

小伙子打開房門衝了進來。

看見羅倫斯與赫蘿在房間內，小伙子急忙站直身子，但還是難以壓抑激動的情緒，跌跌撞撞地跑到希爾德身邊。

「希爾德大人，摩、摩吉大人要我傳話給您。德堡商行的使者來了。」

「唔！」

在這瞬間，希爾德立刻恢復商人的表情，並迅速把刻印槲頭收進金幣的袋子裡。

不過，希爾德與羅倫斯同時察覺到這則訊息不太對勁。

「使者？使者來了？」

希爾德像在自問似地嘀咕道。

「為什麼……怎麼會是使者？」

戰爭前派出使者，與對手在展開戰火前一刻進行最後一場談判的舉動並不稀奇。也就是說，照常理來思考的話，是米里答應讓使者進來，並決定安排一場談判。當然了，以米里的想法來說，應該會以不關上城門，並且開放斯威奈爾讓德堡商行進來為前提來進行談判。

不過，當然也可以有另外一種想法。

在城鎮居民眼中，使者的到來無疑是宣戰通知的第一步。如果這場交涉失敗了，肯定會關上城牆。

而且，城鎮居民散發出把希爾德等人視為義賊的氣氛。就算使者與米里暗中勾結，也不大可能在這狀況下無視於民意，如果議會擅自做出把城鎮開放給德堡商行的決定，甚至可能引發內亂。米里會願意冒這個險嗎？

如果期望得到盡善盡美的結果，米里根本不會答應讓使者進來。

還是說，米里另有策略嗎？

如果想得單純一些，只會得到一個結論。

不過，因為實在太過單純，甚至是羅倫斯也感到無法相信。

這個結論就是——米里有自信能夠平息民意。

不過，不管事實如何，現在必須努力讓希爾德能夠加入使者與米里的交涉。讓米里他們擅自決定事情是最不樂見的狀況。即使沒有讓德堡商行的軍隊進到斯威奈爾來，如果發生內亂，就什麼都沒了。

「那個，希爾德大人……」

「還有什麼事？」

希爾德詢問後，小伙子一副鼓起所有勇氣的模樣這麼說：

「使者說希望與希爾德大人進行交涉。」

事態的發展完全出乎預料。

不過，希爾德從木窗探出頭後，立刻縮回頭看向羅倫斯說：

「現在離開不妙。米里大人已經帶著士兵朝這裡走來了。」

萬一遭到盤問，搞不好會被懷疑是密探。

就算沒有遭到盤問，如果因為白天出入城鎮而被遇到搜身檢查，赫蘿將被迫在民眾面前露出耳朵和尾巴。

「明白了。我們會先藏起來，再伺機行事。」

「請務必這麼做。對方應該不會硬是扣留我們。如果真的演變成那樣的狀況，至少兩位也要逃出去。」

如果硬是留下來，到時萬一發生什麼事會害得希爾德和摩吉他們擔憂，而最痛苦的人不外乎是赫蘿。

羅倫斯下定決心地點了點頭。

「不過、不過……不對，還是說……？」

希爾德拚命地自問。就連聰明絕頂的希爾德，也無法理解使者的行動。不，應該說正因為希爾德腦筋轉得比羅倫斯這種小商人快上許多，才會無法理解。

德堡商行打算怎麼與希爾德交涉呢？

交涉將會決裂是顯而易見的事情。

或者是，德堡商行一開始就打算要讓步呢？如果是這樣，何必花費鉅資率領大軍前來呢？還是德堡商行該不會以為說服得了希爾德吧？

「見了面自然會知道唄。」

這時，赫蘿淡淡地說道。

「很多事情親眼看了後，謎題自然會解開。汝已經因為這樣掉入陷阱過，難道還要重蹈覆轍嗎？」

賢狼赫蘿的話語，讓大商人希爾德浮躁的心變得踏實。

「……謝謝您。」

「哼。」

赫蘿哼了一聲後，希爾德帶著小伙子走出房間。

留在房間裡的赫蘿，朝向探出麻袋一半的刻印榔頭伸出手。

赫蘿用手指頂了一下榔頭後，一邊望著榔頭，一邊嘀咕說：「真是大笨驢。」

「所有雄性都是大笨驢。」

說罷，赫蘿一副感到無趣的模樣，推倒刻著太陽圖樣的刻印榔頭。

「希爾德・修南大人在嗎？」

木窗外傳來了聲音。

羅倫斯看向窗外後，發現不知不覺中馬路上已經擠滿了人。

人群正中央可看見米里騎在一匹高大的馬兒背上，四周還有護衛米里的士兵。

一名裝扮華麗到甚至顯得膚淺的男子在米里後方待命，男子想必就是德堡商行派來的使者。光是從旅館二樓看過去，也能夠清楚看出男子戴著以水鼬皮草做成的帽子，身上穿著以皮草滾邊的厚實外套，還不知害臊地在馬兒身上披掛金色和銀色繩子。

在男子身旁待命的隨從也一身奢華打扮，並拉著不知載了什麼行李的馬匹。

男子們表情嚴肅地騎在馬上，但感覺不出陷入膠著狀況的人會有的苦澀氣氛。他們確信自己是勝利者。

不過，包圍男子們的人群不是一般湊熱鬧的人群。

他們是手上拿著切肉刀的肉店老闆，或手上拿著比棍棒更重的石製擀麵棍的麵包店老闆。只要有人企圖攻進城鎮，就會被他們認定為敵人，而希爾德是為了他們戰鬥的義賊。

另外，也可看見抱持舊思想的傭兵們架起武器在觀望。因為德堡商行一路來的飛躍發展，大家一個接著一個投降，而這並非這些傭兵樂見的狀況。

事態絕非單方面在進行。

摩吉和繆里傭兵團的壯漢們擋在旅館大門前面，與要求希爾德出面的士兵持續互瞪著。誰是誰的敵人，誰又是誰的同伴一目瞭然。

這時，旅館大門打開，現場開始有了動靜。

當群眾企圖衝向被視為義賊頭領的希爾德時，開始與保護米里和德堡商行使者的士兵爭吵了起來。

「我們是尋求談判的一群人！怎可在使者面前揮舞武器！」

希爾德大喝一聲。

情緒激動的民眾勉為其難地停下了動作。

「你是希爾德．修南大人吧。」

一名士兵驗明正身說道。希爾德點點頭回答：「正是在下。」

「敝鎮答應讓德堡商行派來的使者進入城鎮，並希望安排一場與修南大人的交涉。」

士兵口述一遍後，聚集在四周的群眾異口同聲地責怪米里和士兵的態度軟弱。

城鎮之所以會設置城牆，是因為如果不做到這般程度，將無法確保城鎮的自治權。

世上有很多人覬覦城鎮。其中包括了把人民當成地下冒出來的青菜一樣看待的領主、滿腦子只想著掠奪的山賊、認為就算放火燒了不肯服從的異教徒也無所謂的教會，以及貪婪的大商人們。就算這些人不存在，狼群或熊下山來尋找食物的情況也不少見。人們會擔心一旦不小心跪倒在地，恐怕連骨頭也會被啃得一乾二淨，而這絕非太過膽怯的想法。

不過，群眾的叫罵聲甚至沒有蒼蠅拍翅聲來得教米里在意。

米里面無表情地注視著希爾德。

「正如我願。」

「很好。那麼，我來介紹商行派來的使……」

說著，士兵正準備介紹時，被希爾德以手勢制止了。

「對方我很熟悉。」

希爾德靜靜地說道，並往前踏出一步。

摩吉與傭兵們往兩旁站開，但羅倫斯不覺得他們純粹是在讓路。

就是從二樓看下去，羅倫斯也清楚看見希爾德表現出強韌無比的決心。

「艾曼紐．揚納金……！」

聽到希爾德不屑地說道，騎在馬背上的男子冷笑回答：

「很高興看見您平安無事。希爾德．修南大人。」

希爾德輕輕按住右肩。

或許害得希爾德右肩受傷的人就是揚納金。

「就在我的宅邸進行交涉如何？」

米里插嘴說道。

米里身為市議會擁有最大權力的商人代表議長，當然夠資格做出這般發言。

然而，對城鎮的群眾而言，當然無法接受在密室裡進行交涉。

群眾的騷動聲化為低吼，並且就快再次叫罵起來的瞬間——

「我沒有做出任何見不得人的事情。就是在這裡召開會議也無所謂。」

揚納金做出這般發言。

如果要問現場所有人當中誰最心懷鬼胎，肯定就是這個男人。

揚納金還表現出自己不是一時興起的模樣，立刻跳下馬背。

群眾瞬間屏住了呼吸。想必是揚納金做出跳下馬背的舉動，使得群眾無法大吵大鬧說他是在演戲。

「……修南大人贊成嗎？」

米里徹底保持負責為交涉牽線搭橋的仲介人身分，並從馬背上俯視希爾德說道。

不過，這般事態發展對希爾德來說，似乎超出了預料。

要在群眾面前進行可能左右城鎮命運的交涉？

密室內進行交易是理所當然的事情，更何況現在是牽扯到政治面的交易，當然完全沒有理由在民眾面前進行。

這種交涉是在妥協加上偽裝成妥協的陷阱，時而還會夾雜恐嚇或懇求之下進行。
那恐怕不是能夠輕易讓人看見的場面。
明明如此，揚納金卻跳下馬背，站到了馬路上。
「……無所謂。」
希爾德沉默一陣後，只能夠這麼回答。
正因為是義賊，所以必須保持廉潔。
德堡與希爾德的夢想肯定能夠挺起胸膛大聲說出來，但為了達成夢想一路走來的歷程能否全部公諸於世，又是另外一回事了。
羅倫斯痛切地理解正因為能夠不分好壞一概容納，才稱得上商人。
不過，群眾能不能夠理解這點就不得而知了。
「好。那麼，就在這裡進行吧。」
米里從馬背上發出指示。士兵們舉起長槍逼迫人們後退，在馬路正中央開出一大塊空間。羅倫斯發現不知不覺中，對面建築物也有很多人從窗戶探出頭在看熱鬧。
儘管群眾被士兵逼退而形成人牆，羅倫斯還是覺得情勢不算壞。
羅倫斯甚至覺得希爾德一方比較有利。
畢竟德堡商行準備把大軍送進斯威奈爾是無庸置疑的事實，而希爾德試圖在不靠武力之下統一北方地區也並非謊言。希爾德並不是光說不做，他甚至有具體的計畫。

這麼一來，在人前進行交涉無疑是對揚納金比較不利。

然而，揚納金表現得毫無畏懼。米里也絲毫不慌張。

反而是比較有利的希爾德顯得緊張。

「他們有什麼策略嗎？」

羅倫斯忍不住嘀咕。

「不知道。理字是站在兔子那方。」

果然沒錯，赫蘿也這麼認為。

然而，赫蘿直直注視著窗外下方後，靜靜地這麼說：

「不過，那個目光陰森的領主說過因為兔子太聰明，所以他沒有機會上場。如果那領主是因為這句話所指的意思，而表現出從容的話……」

羅倫斯的視線從赫蘿身上移向馬路上。

揚納金先開了頭。

「大家都誤會我們了！」

以一對一的對話來說，揚納金的音量和動作都太大了。

「我們不是這塊土地的加害者！」

聽到揚納金意圖明顯的發言，民眾罵詈聲四起。

言行相悖的人當然不可能得到人們的信任。

所以，希爾德理所當然會這麼說：

「你還好意思這麼說！那你們率領著軍隊是要前往何處？難道前方有無限延伸的土地嗎？你們錯看利益，並企圖吃光所有麥穗！你們所率領的軍隊就是證據，證明了你們的私心私欲以及貪婪！」

提到大商行的會計，會給人一整天待在房間裡盯著數字的印象。

然而，希爾德的態度威風凜凜，十分具有威嚴。

仔細一想，就會知道德堡商行不可能一開始就是一家大商行。

希爾德與德堡聯手開始做生意時，肯定是度過一陣沒辦法安穩坐在椅子上的忙碌日子。

希爾德絕非不踏實的夢想家。

他是度過重重難關，仍不忘懷抱夢想的冒險家。

「所以我才說大家都誤會我們了。」

另一方的揚納金靜靜地說道。

誤會？還敢說是誤會？

揚納金不知羞怯的說法，讓四周群眾忍不住這麼低聲互道。

「到底是哪裡誤會你們了？還是說，你們是膽小到必須靠大軍保護人身安全的膽小鬼！」

聽到希爾德說道，群眾紛紛表示贊同。率領大軍逼近城鎮的事實就在眼前，還有什麼好誤會？斯威奈爾反對德堡商行是顯而易見的事實，這麼一來不管德堡商行有什麼藉口都不可能被接受。在決定派出使者前來的那一刻，就代表了德堡商行認為有可能發生爭執。

然而，羅倫斯在這瞬間有一種極度不好的預感。揚納金臉上掛著笑容，而且是非常明顯的笑容。揚納金是在笑希爾德不打自招了。

誤會、保護人身安全、膽小鬼——

羅倫斯激動地探出身子，都忘了腳傷。

不妙，米里說的是事實。

「一點也沒錯！」

揚納金大聲喊道。

不僅群眾，連希爾德也吃了一驚。

揚納金的想法難以理解。難道揚納金認為這樣的藉口說得通嗎？

然而，揚納金真的說通了。

羅倫斯看向揚納金隨從的行李。

馬背上有好幾只木箱。

羅倫斯沒能夠早點察覺到事實。到了現在，羅倫斯知道自己為何沒有察覺到事實。

因為希爾德昨天在這間房間所做的說明，已經深深植入羅倫斯的腦袋裡。

德堡商行恐怕已經沒有多餘的資金，他們根本挖不出足夠資金應付戰爭。

這是暗記著德堡商行所有帳簿內容的希爾德說過的話。

但是，羅倫斯想起了其他事情。羅倫斯想起順著河川南下能夠抵達一座面向大海的港口城鎮，在那裡展開過一場爭奪傳說中生物「一角鯨」的交易。也想起在溫菲爾王國大修道院發生過的騷動。

帳簿不可能如神明的記憶般準確。就算帳簿上的數字一致，也不能保證現實也一樣。

希爾德當然也考慮過從事違法行為。想必希爾德有自信即便對方做出違法行為，也不可能藏得了大筆資金。但是，如果這般前提不成立呢？還有，如果花錢讓胡果傭兵團當叛徒的德堡商行，也動用了這筆資金呢？

米里說對了。希爾德很有智慧，而且太有智慧了。

正因為如此，希爾德才會敗給愚蠢的手段。

「我們不是這塊土地的加害者！我們是被害者！正因為如此，我們才需要大軍保護人身安全！請大家看看這個！」

揚納金接過隨從已打開鎖的木箱，然後掀開蓋子。

群眾發出一陣驚呼聲。

木箱裡裝滿了銀幣。滿滿的崔尼銀幣。

就羅倫斯看得到的範圍內，就發現有八只相同木箱。如果所有木箱裡都裝了崔尼銀幣，將會是相當驚人的金額。

「我不是只會靠嘴巴煽動人們的思想家！我是商人！商人是負責經手物品、經手金錢，然後把喜悅帶給大家的存在！我不像那個人只會站在那裡，然後用花言巧語欺騙人們！」

揚納金大喊道，然後抓起銀幣立刻用力丟出去。

銀幣如雪花般在空中飛舞，並從人們的頭頂上方落下。「哇啊，銀幣耶……是真的銀幣！」「真的銀幣耶！」人們異口同聲地叫鬧著。大家當然會有這般反應。依場所不同，有些地方只要節約過活，一枚崔尼銀幣就足以應付一個月的生活費。

群眾的視線盯著銀幣撒落的方向不放。

這時，揚納金轉身抓起銀幣，然後丟向空中說：

「來喔！快接起來！這是德堡商行為民眾撒的銀幣！」

銀幣在空中飛散開來，人們紛紛丟下武器追著銀幣跑。

「我是商人！商人不會讓自己虧損！我在這裡撒銀幣是為了生意！我知道在這裡撒下的銀幣會成長，然後生出新的銀幣！如果大家覺得我在說謊，可以拿起銀幣來瞧瞧就知道！那些不是假的！那些是真的銀幣！」

揚納金不停撒出銀幣，最後把箱子裡剩餘的銀幣連同箱子丟了出去。

隨從也拿起箱子不停撒出銀幣。

群眾之中沒有任何一人拿著武器。大家手中拿著銀幣，根本沒空拿起什麼武器。

「等一下，大家等一下！」

希爾德大喊道，但這般騷動之中，希爾德的話語一點意義也沒有。

身帶長槍的士兵們似乎也在想要平息騷動以及想要撿起銀幣的兩種心情之間掙扎，而動彈不得。這時，揚納金察覺到士兵們的心情而走近，並且把滿滿的銀幣直接放在士兵手上。

米里面無表情地望著揚納金的舉動。米里並非對金錢沒有慾望。米里不是沒有慾望，而是知道人們的膚淺以及金錢的力量強大。米里早就清楚知道太有智慧的希爾德所抱持的理想論，根本敵不過金錢。

希爾德和摩吉抓住撿銀幣的人們的肩膀，並試圖說服，但一點用也沒用。

羅倫斯不禁想哭。他不願意承認揚納金這種人是商人，也不願意承認這是做生意的方法。

這種手段與希爾德和德堡試圖抵制的古老力量完全沒兩樣。

這是金錢暴力。這是大筆金錢才得以擁有的強大暴力。

在這般強大暴力面前，不管是言語或是正義，一切都會變得毫無意義。

在如此醜陋的手段下，希爾德與德堡的夢想一點一點地被摧毀。商人所夢想的理想鄉，即將被同樣是商人的對手破壞。

在這裡只有數量具有壓倒性優勢的一方會勝利，並且會蠻橫地摧毀一切。

米里說過世界不會改變。世界真的不會改變。因為多數人們都不會改變，所以米里說的話是真理。完完全全正確的真理。

就算希爾德叫破了嗓子，也已經無法挽回。

羅倫斯狠狠地拍打窗框，並挺起身子。

羅倫斯轉身朝向放在桌子上的麻袋伸出手。

俗話說，以牙還牙，以眼還眼。所以，現在要以金幣還銀幣。

羅倫斯準備解開麻袋的繩子時，被赫蘿制止了。

「汝啊，別做傻事！」

「我是要做傻事啊！沒錯，是傻事啊！不然要這樣眼睜睜看著事態發展下去嗎？難道要因為這種事情認輸嗎？」

話雖這麼說，但撒下金幣也改變不了什麼。

羅倫斯當然明白這樣的事實。

儘管如此，羅倫斯還是忍不住要大叫出來。他心想，怎麼能夠允許這種事情發生。

羅倫斯與赫蘿互搶著金幣的袋子時，桌上的東西掉落下來。希爾德憑著記憶寫下來的德堡商行帳簿副本，以及寇爾的布袋也掉落下來。

然後，羅倫斯看著刻印槲頭也掉落下來。

那刻著太陽圖樣的刻印槲頭是為了讓這塊土地，甚至可說是為了讓這個世界變得光明正大而製作。

「這是命運。」

赫蘿聲音沙啞地說道。

那聲音像是已經哭了好幾百年，宛如枯燥的風一樣。

「有些東西無法改變。汝啊，世上有太多事物無法改變……」

米里曾經說過「如果能夠改變，擁有力量的人早就改變了」。

赫蘿沒能夠改變。天意試圖從赫蘿身上奪走一切，但赫蘿沒能夠改變什麼。

羅倫斯放手鬆開袋子，然後沒站穩腳步地跌坐在地。赫蘿保持拿著金幣袋子的姿勢，表情痛苦地俯視著羅倫斯。窗外傳來如雷騷動聲。羅倫斯已經完全聽不到希爾德的聲音。

恐怕已經沒有任何人聽得見希爾德的聲音。

「咱忍受著這樣的事實，好不容易才走到現在。」

赫蘿是要羅倫斯也必須忍耐嗎？

羅倫斯並非賢狼。他感到絕望地看向赫蘿。

「不過，汝啊。」

赫蘿在羅倫斯身旁蹲了下來，然後用雙手捧住羅倫斯的臉。

「如果不是汝在身邊，咱根本忍受不了。因為有汝牽著咱的手，咱才能夠踏出步伐。喏，汝啊。」

赫蘿保持捧著羅倫斯臉部的姿勢，親吻了羅倫斯的太陽穴。

這根本是一路來羅倫斯對赫蘿做出的舉動。

「世界不會改變。不過，咱們彼此都得到了重要的存在。咱們應該要感到滿足了。汝啊。」

羅倫斯尋找著話語。

然而，羅倫斯找不著話語。羅倫斯什麼也做不了，只能夠聽著商人的夢想被蹂躪的聲音，嘴裡也只發得出為自己的沒出息而悲嘆、近似哽咽的聲音。

這樣真的好嗎？能夠允許這種事情發生嗎？世上沒有神明了嗎？為什麼神明總是對正義的一方見死不救呢？

這世界波濤洶湧，而且冰冷無情。

別說是實現夢想，羅倫斯甚至無法看見夢想。

羅倫斯哭了，毫不掩飾地哭了出來。

然後，羅倫斯看向地面。他看見希爾德的努力痕跡散落了一地，還有此刻仍在奇樹懷抱夢想的寇爾的布袋。

如今這兩者的價值相等。

希爾德的夢想已毀滅，貴重的帳簿副本也變成了過去。證書從寇爾的布袋裡掉了出來，那些證書正如帳簿副本般只剩下空殼子。寇爾當初被詐欺師欺騙而花了所有財產買下證書，最後才知道全是沒用的文件。想必不久後希爾德寫下的帳簿文件，也會走上相同命運。

人生就像布袋一樣，不管怎麼縫補，還是會一直掉落重要的東西。

寇爾至今仍懷抱著夢想。想到這點，羅倫斯不禁覺得事實太殘酷了。

如果希爾德和德堡這般大人物都無法順利達成夢想，到底還有誰能夠改變世界？羅倫斯瞪著散落在地上的紙張。他瞪著一點幫助都沒有的紙堆。

說到底，這世界金錢才是老大。金錢不是正義也不是夢想，而是看得見、摸得到，還能夠讓人填飽肚子的東西。

希爾德一直以在紙堆上填寫數字維生，也因此疏忽了很重要的事實，最後被迫走到現在這般田地。羅倫斯不禁覺得一切都是紙堆害的。

羅倫斯把怒氣發洩在散落一地的紙堆上。他像個鬧彆扭的小孩子一樣用腳踢紙，想要把紙張踢到看不見的地方。然而，飛起的紙張就像在刁難似地飄然落在羅倫斯手邊。就連紙張也瞧不起無力的人。

「可惡！」

羅倫斯準備撕碎飛來的紙張。就在這個瞬間——

「……唔？」

羅倫斯停下了動作，但並非有什麼理由才停下動作。羅倫斯真的很突然地停下了動作。看見紙張的瞬間，羅倫斯有種不協調的感覺。羅倫斯覺得好像有什麼地方怪怪的。羅倫斯那商人為了冒險而生，同時是赫蘿懇求他放棄的嗅覺有了反應。

掉落在羅倫斯手邊的紙張是寇爾被騙買下的部分證書。這類證書是在商行當學徒太辛苦而逃出來的小伙子，抱著臨走前順便撈一筆的心態偷出來，再賣給詐欺師的文件。

那證書還是經常看見的已兌換匯兌證書，可說一點價值也沒有。

不過，羅倫斯卻感覺到彷彿頭部被扎了一針似地強烈衝擊。

匯兌、匯兌證書。

這也是一種方法。德堡商行還是有藏資金的方法。

沒錯，還有這個方法。

可是，希爾德沒有想到這個可能性嗎？羅倫斯揮開赫蘿的手臂，以目光掃過散落在地上的文件一遍。

然後，羅倫斯找出希爾德寫出所有方法的紙張，並掃過內容一遍。

紙上寫著一長串常見的方法，包括重新裝載貨物、架空交易以及費用灌水。

但是，紙上沒有寫出匯兌證書的方法。

匯兌，是為了讓旅人不需要扛著笨重現金而發明的了不起方法。這個方法是由商人帶著貨幣去商行委託發行匯兌證書，然後帶著匯兌證書到下一個城鎮，去找商行分行換成現金。匯兌證書是經常被使用的方法，並非能夠用來投機的行為。

不過，重點是最初被帶入商行的現金，會一直留在那家商行裡。從頭到尾只有旅人和證書會移動，現金並不會移動。

希爾德也因此才會疏忽了這個方法。如果是商品的交易，想必希爾德也不會有所疏忽。

不過，匯兌與利益沒什麼關連，而只是一個方便的方法，所以希爾德原本就不會注意到這麼瑣碎的地方。就帳簿上的數字變化來說，匯兌證書起不了任何作用。話雖如此，但並不代表在現實中也不會造成任何影響。

更何況德堡商行是交易量如此龐大的組織，商行裡能夠換成匯兌證書的現金，想必也是一筆相當驚人的金額。德堡商行肯定是利用了這些現金。

這麼一想後，羅倫斯不禁覺得與寇爾初遇時，在船上聽見船夫們的閒聊話題，變成了價值千金的情報。當時船夫們因為負責運送奇怪的匯兌證書而感到困惑。那些匯兌證書送達凱爾貝後，不會被兌換成貨幣，而直接被送回雷斯可。

這麼做，想必是因為在凱爾貝發行了太多匯兌證書，金額高到付不出現金來。畢竟現金實際上不會移動，所以負責支付現金的分行總有一天會用光現金。羅倫斯在雷諾斯為了取得禁書而傳授給魯．羅瓦的方法，正是利用這種手段的方法。

匯兌也可以逆向操作。

何況與其他城鎮相比，雷斯可的貨幣行情異常。雷斯可的金幣便宜，銀幣昂貴。

既然這樣，肯定會有很多人想要利用價差來賺錢。也就是說，人們會把在雷斯可取得的金幣帶到德堡商行委託發行匯兌證書，接著去到凱爾貝再換回現金，最後兌換為銀幣，如此一來就能夠不勞而獲地賺取利益。肯定有一大堆人被吸引而搶著這麼做。

如果是這樣的話，應該有令人難以置信的一大筆現金躺在雷斯可的德堡商行裡。

羅倫斯沒有理會感到驚訝的赫蘿，並忍著腳痛再次站起身子。

揚納金繼續撒著銀幣，希爾德則抓住人們的肩膀拚命想要說服大家。

可是，羅倫斯說不出話來。

現在還說不出話來。

目前知道德堡商行只要利用匯兌證書，就能夠確保住為了演出這場瘋狂騷動的貨幣。但是，光是知道這點還不夠。羅倫斯找不到能夠讓群眾平靜下來，也讓揚納金閉上嘴巴的方法。畢竟匯兌本身並非違法行為，一點也不違法。

儘管如此，羅倫斯的內心還是受到某種不明所以的想法翻騰不已。

在雷斯可識破德堡商行的企圖時，羅倫斯也有過這種明明知道有什麼，卻想不出是什麼的焦急感。

羅倫斯知道有方法能夠攻擊揚納金——一種與匯兌證書有關的方法。

但那是什麼方法？

匯兌證書、行情差距、挪用代收貨幣；這些字眼在羅倫斯腦海裡翻騰。明明已經看見了答案，羅倫斯卻說不出話來。

羅倫斯向赫蘿投以求救的眼神。

然而，赫蘿以悲傷的眼神注視著羅倫斯。

為了負起得到赫蘿的責任，羅倫斯答應過不再冒險的話語仍在耳邊回響，所以羅倫斯能夠體會赫蘿的心情為何超越憤怒化為了悲傷。

不過，這是羅倫斯的天性，他就是這麼無藥可救。

所以，羅倫斯抓住赫蘿的肩膀。羅倫斯用雙手緊緊赫蘿的肩膀，想要赫蘿幫助他解決說不出話來的痛苦。

「汝啊……」

說著，赫蘿一副死了心的模樣垂下了頭。

赫蘿的心願是在小商店裡平靜生活，並追求小小的幸福。其心願絕不是一腳踩進危險之中，然後為了不可能實現的夢想賭上性命。

羅倫斯應該已經放棄了這些夢想才對。他是真心要放棄了。

儘管如此，笨蛋的天性還是一輩子都好不了。

羅倫斯不禁對自己感到受不了，他甚至抱持著「如果赫蘿決定在這裡放棄，他也無所謂」的想法。

然後，赫蘿開口：

「速戰速決。咱會發出長嚎聲讓那些傢伙安靜下來。」

「唔！」

看見羅倫斯倒抽了一口氣，赫蘿一副感到困擾的模樣笑著說：

「說到底，咱也是個爛好人。」

赫蘿把手貼在羅倫斯的手上。

「先讓汝欠著，總有一天咱會要汝還清的。」

欠！沒錯，就是用欠的。

卡在羅倫斯胸口深處的東西，在這個瞬間溶化了。

「那就拜託妳立刻處理了。」

赫蘿露出心滿意足的笑容後，把雙手倚在窗框上。她用力吐出一大口氣，直到身體凸起。接著，赫蘿用力吸入空氣，這回變成身體凹起。

赫蘿像在吆喝一群愚蠢雄性似地，發出響亮無比的長嚎聲。

「嗷嗚～～～～～～～～～～!!」

雖說是在城牆內，但這裡畢竟是森林高山就近在眼前的城鎮，所以居民們對狼相當敏感。

一切騷動就像被潑了冷水似地，所有人陷入一片鴉雀無聲。

「我們必須糾正德堡商行的違法行為！」

羅倫斯的聲音響遍全場。

群眾的視線全部集中到羅倫斯身上。

「我們必須糾正德堡商行的違法行為！」

希爾德也一副茫然模樣抬頭望著羅倫斯。

「我們必須糾正德堡商行的違法行為！」

羅倫斯說到第三遍時，揚納金有了動作。

「胡、胡說什麼？你有什麼證據說我們違法？」

證據。沒錯，要有證據。羅倫斯根本沒有證據。

如果沒有證據，就算合乎道理也沒用。
羅倫斯的腦袋變成一片空白。羅倫斯又沒注意到腳邊的破綻了。
面對無法挽回的事態，羅倫斯不禁覺得想吐。
就在這個瞬間，赫蘿踢了羅倫斯的屁股一腳。羅倫斯看向赫蘿後，看見赫蘿頂出下巴說：
「汝不是有自信嗎？證據算什麼，不過是一種根據罷了。」
不愧是賢狼赫蘿。
羅倫斯看向窗外，並高舉手中的紙張說：
「這是德堡商行的匯兌證書！這就是證據！」
這是天大的謊言。而且，就算是真的匯兌證書，也根本不構成證據。
不過，效果十足。
「什、什麼……！那是什麼證據？」
揚納金動搖了起來。羅倫斯知道自己沒錯，並且做了正確選擇。
羅倫斯吸了口氣，大聲吆喝：
「你們在雷斯可發行匯兌證書並代收現金，現在拿那些現金在這邊到處撒錢，還敢大聲說話！那應該是幫別人保管的錢才對！」
希爾德的判斷正確。德堡商行已經沒有現金，也沒有足以打仗的資金。面對緊閉的城牆，德堡商行沒有那麼多資金能夠引發一場硬是撬開城門的戰爭。德堡商行如果真的這麼做，將會對發行新貨幣造成阻礙，也無法繼續束縛住領主和傭兵。

不過，德堡商行的金庫裡，還有發行匯兌證書之際收下的現金。

雖然匯兌證書總有一天必須換回現金，但時間上有所差距。說穿了，德堡商行現在是處於欠人家錢的狀態。所以，揚納金他們總有一天必須償還撒下的錢，才不會造成虧損。

萬一城牆被關上，德堡商行將無法如期回收現金，償還計畫也會受到阻礙。更何況那些只是把錢寄放在德堡商行的人，如果知道自己的錢被擅自使用，相信不會再有任何人想要利用匯兌。

這麼一來，德堡商行的資金調度將急遽吃緊。

「我們將安排快馬到雷斯可確認實際狀況！這是賭上了城鎮存亡以及北方地區存亡的重大事件！我找不到一絲一毫的理由必須立即做出結論！難道城鎮的居民們都想拿著小偷撒下的錢來作夢嗎？」

聽到這段話後，多數民眾縮起了脖子。

大家互看著彼此，或許他們是想起了銀幣撒落時，自己在撿銀幣的身影。

撿銀幣的表現既膚淺又可悲，一點尊嚴也沒有。

羅倫斯打算在最後大聲疾呼。

然而，羅倫斯喘不上氣來，同時感到一陣頭昏目眩。沒有好好恢復體力讓羅倫斯在此時得到了報應。
羅倫斯感到暈眩，兩隻腳也在晃動。他看見揚納金在視線前方露出僵硬的笑容。
不妙，如果沒有在這個時候追問下去，對手將會開始還擊。
「說、說什麼蠢話！怎麼可能是借來的錢！如果做出這種事情，教、教會想必也會發怒！不過，我們德堡商行還得到了教會的認可呢！正因為我們是在做正確的事情，教會和領主才會都願意跟隨我們！」
在北方地區的正中央，揚納金拿出了教會當話題。這證明揚納金已失去冷靜。
羅倫斯心想，成功在望。
「那麼……！」
然而，羅倫斯說到這裡時，突然有種彷彿喉嚨被蓋住似的壓迫感，視線也同時變得扭曲。
受重傷、發燒、暈眩。
在這樣的狀態下，羅倫斯說太多話了。
羅倫斯吸入的氣不足，使得背脊往後彎曲，視線四周也變得黑暗。羅倫斯的頭部發麻，就快失去意識。明明有應該反擊回去的話語，羅倫斯卻沒有體力說出來。
羅倫斯無力地跪在地上。
力量……又是力量在害人。

羅倫斯這麼悲嘆不已時，被天使賞了一巴掌。

「汝真是大笨驢吶。」

勉強抓住窗框撐住身子之中，羅倫斯看向身旁。

「汝已經不再只是一個人而已。」

就算一個人有困難，只要是兩個人一起，也能夠繼續前進。

這個事實才是羅倫斯與赫蘿一路旅行下來的意義。

「要說的話。」

然後，只聽到赫蘿一句話，羅倫斯便理解了一切。赫蘿的外表像修女，何況其口才之流利，就連商人也讚嘆不已。

雖然難看，但羅倫斯靠著顫抖的雙手和膝蓋，勉強撐住就快支離破碎的身體。

不過，羅倫斯敢斷言在自己走過的人生中，從未有過得到如此強力心靈支柱的感覺。

「……那這樣，回答我的問題。」

「那這樣，回答咱的問題！」

赫蘿魄力十足的聲音響遍全場。光是女子的聲音，就具有某些意義以及氣魄。

而且，赫蘿打從心底表現出開心的模樣。這對羅倫斯而言，等於得到了最有力的援助。

「你們大膽撒下銀幣……」

「汝等大膽撒下銀幣……」

「又說這些銀幣會成長……並生出新的貨幣……」

「又說這些銀幣會成長，並生出新的貨幣！」

羅倫斯放棄硬撐在窗框上，在地板上坐了下來，然後背靠著牆壁。

「不過，這不是教會的教誨……畢竟銀幣就只是銀幣。如果銀幣會生出什麼東西來，那就是……」

羅倫斯低聲說道，赫蘿配合著羅倫斯以高亢聲音大喊。

赫蘿的模樣，就像羅倫斯店裡的招牌女孩在招攬客人一樣。

「如果會生出東西來，那就是利息！教會根本不允許利息的存在！汝這個假借教會之名的小偷！汝等到底有什麼目的？汝等的目的是刻意惹火教會，然後攻打無罪之地，再帶來滅亡嗎？」

赫蘿並非胡裡胡塗地跟著羅倫斯一路旅行。赫蘿與寇爾一起閱讀過聖經，也到處走動過。羅倫斯腦中之所以會浮現這般想法，是因為不確定自己是否確實說出後半段的台詞。

不過，赫蘿做出完美的口述，就是直接到路上傳教也不會有人覺得奇怪。

赫蘿說完話後，發出微微喘息聲。

然後，赫蘿嚥下一口口水調整呼吸後，回頭看向羅倫斯。

羅倫斯抬頭望著赫蘿說：「表現出色。」

外頭的群眾騷動了起來。雖然看不見外頭的狀況，但羅倫斯相信揚納金一定哭喪著臉在環視四周。

「閉、閉嘴、閉嘴！閉嘴，不是這樣子的……大家聽我說，我的、我的提議是會讓大家賺更多更多錢，更開心的……」

揚納金說話變得吞吞吐吐，根本不知道自己要說什麼。

羅倫斯在赫蘿的攙扶下勉強站起身子後，看見揚納金拚命在尋找話語，最後終於忍不住看向四周向群眾求救。不過，撒銀幣時深深被吸引住的群眾，此刻只是在遠處圍起圓圈望著揚納金。

最後揚納金把不停發抖的手伸進懷裡的箱子，抓出一把銀幣撒了出去。圍繞在四周的群眾就像看見有人丟出小石子的鴿子一樣，瞬間用視線追著銀幣看去，但不再有任何人伸出手。

贏了。完全定出勝負了。

成功打敗了大撒金錢試圖掌握人心的傢伙。

希爾德抬頭回望時，與羅倫斯視線相交。

羅倫斯什麼也沒說地閉上眼睛，然後仰頭面向天空。

「大家都看見我同伴方才表現出來的勇氣和正義了吧！快把城牆關起來！大軍就要攻打進來了！」

希爾德大喊後，群眾一齊跑了出去。群眾之中也看見了零零星星的士兵身影，士兵們也熱愛城鎮，並且擁有判斷能力，知道什麼是正確、什麼是錯誤。

不久後，幾乎所有人都與群眾一起為了防備大軍來襲而跑去。

揚納金一臉愕然地注視著群眾的背影，回過神後，他搖搖晃晃地走近希爾德。

「別、別做蠢事！城牆要是真的關了，我、我要以死表示負責。我會被五馬分屍啊！」

揚納金的模樣簡直比磕頭求饒還丟人。羅倫斯甚至懶得罵揚納金連這種風險都沒考慮過，就來下賭注。

儘管被揚納金揪住胸口，希爾德依舊沒有抵抗。最後是摩吉拉開了揚納金。

希爾德的沉默幾乎等於宣告了揚納金的死刑。不久後揚納金放棄在摩吉懷裡掙扎，並無力地垂下頭。

希爾德接著看向米里。這位掌管市議會的權力人士，在慌張失措的隨從包圍下，坐在馬背上靜靜地注視著群眾移動。

米里的想法並沒有錯。

不過，人們沒有米里想的那麼愚蠢，也沒有那麼聰明。

發現希爾德的視線後，米里沉默地與希爾德互看好一會兒。然後，米里忽然騎著馬與剩下的少數隨從一同離去。摩吉一鬆開揚納金，揚納金便腳步搖搖晃晃地追著米里而去。

看來事情已經結束了。

希爾德與摩吉在路上仰望羅倫斯，並且輕輕舉高手敬禮。
羅倫斯扶著赫蘿的肩膀，只是輕輕揮了揮手回應。
最後，兩人召集部下走回旅館。
羅倫斯總算喘了口氣地看向身旁的赫蘿。
然而，下一秒鐘羅倫斯感覺到視線在晃動，也不知道發生了什麼事情。當羅倫斯察覺時，已經望著天花板仰躺在地上。
羅倫斯發現自己是被賞了一巴掌的同時，也發現赫蘿曲線完美的雙臀坐在他的胸口上，毛髮膨鬆的尾巴重重地放在他臉上。
「咱以為未來的日子汝會願意乖乖在店裡待著，看來這只是咱的一場夢吶……」
赫蘿騎在羅倫斯身上，然後彎起膝蓋托著腮，並且一臉疲憊地看向羅倫斯。
既然已經得到了赫蘿，就應該負起責任放棄冒險。雖然羅倫斯是真的抱著這般決心而牽起赫蘿的手，但現在讓赫蘿看見了這般場面，當然會被懷疑。
不僅如此，羅倫斯甚至想過「就算被赫蘿拋棄也無所謂」。
赫蘿的觀察力那麼敏銳，肯定也看出了羅倫斯的這般愚蠢決心。
儘管如此，赫蘿還是配合了這個笨男人的嗜好行動。
不過，羅倫斯還是忍不住想找藉口說，自己是在情勢逼迫下不得不去做。

而且，反正一切也順利結束了。

儘管只有一絲絲不服氣，羅倫斯似乎還是在臉上表現了出來。

赫蘿甩動一下尾巴打了羅倫斯的臉。

「咱老是被一些無聊的雄性吸引。」

聽到赫蘿的毒舌發言後，羅倫斯反駁：

「雖然如此，妳還是喜歡這樣的我吧？」

赫蘿瞬間愣了一下，然後一副彷彿在說「是啊、是啊」似的模樣看向其他方向。

不過，看向遠方的赫蘿表現出沉浸在大騷動餘韻之中的模樣，一邊不停甩動尾巴前端，一邊夾雜著嘆息聲這麼說：

「真是的……的確，問題就出在這裡。」

最後，赫蘿斜眼看向羅倫斯，一副感到疲憊的模樣笑笑。

第十二幕

繆里傭兵團當中特別不怕死的兩名成員，拖著表情如同罪犯準備前往斷頭臺似的揚納金，帶著親筆信離開城鎮，準備前往由千人隊長所率領的軍隊陣地。

在等到千人隊長的答覆之前，希爾德先去找米里進行交涉。

赫蘿得知後，有些感到不可思議地說：「事到如今還有什麼好交涉？」

不過，既然斯威奈爾依舊是北方地區的交通要衝，希爾德就必須打點得萬無一失。

希爾德粉碎了揚納金的企圖，並以義賊身分煽動民眾關上城牆，到這裡為止沒有什麼問題。想必得知這般事實後，千人隊長率領下的傭兵們也只能夠順著原路回去。

不過，並非如此就解決了一切問題。

只要斯威奈爾一直是在強・米里，也就是哈比利三世的統治下，與他之間就必須事先建立好深厚的信賴關係。不管怎麼說，這裡是城牆內，只要米里有那個打算，就是要包圍這間旅館再縱火燒光，也難不倒他。

就算米里沒有這麼做，與米里之間如果一直留有疙瘩，斯威奈爾也會變成棘手的存在。

如果從米里的角度來看，即使希爾德捲土重來回到德堡商行，米里也根本不確定自己什麼時候可能遭到攻打、什麼時候可能被奪走統治權。

而且，米里似乎是抱持著某種悲觀信念在治理斯威奈爾。

如果考慮到這點，希爾德身為德堡商行的人，當然更會想要與米里事先建立好深厚的信賴關係。

所以，希爾德想必是以他的方式在表示誠意，才會單槍匹馬地前去拜訪米里。

不過，羅倫斯等人完全猜不出希爾德到底打算怎麼贏得米里的信賴。就算做了「德堡商行不會干涉斯威奈爾」的協定，也一點效力都沒有。

希爾德似乎想到了很好的點子，但羅倫斯根本想像不出會是什麼樣的點子。

再加上如果稍有差池，希爾德也可能遭到米里殺害，所以在旅館等待希爾德回來的這段時間，羅倫斯一直鎮靜不下來。

不過，日落後沒多久，希爾德毫髮無損地回來。雖然羅倫斯等人暫時鬆了口氣，但希爾德似乎還沒有談出結論，所以用完餐後，他再次前往宅邸與米里談論。

很意外地，第二次的談話很快就結束了。

雖然希爾德一副生氣勃勃的樣子，但羅倫斯等人聽到他揭曉答案後，無不大吃一驚。

希爾德提出讓斯威奈爾成為德堡商行第二鑄幣廠的提議。

但是，如果這麼做，不會又為了發行新貨幣的利益而爆發大問題嗎？

羅倫斯等人這麼想著，但聽了希爾德的點子後，這般疑慮瞬間散去。

「所以，斯威奈爾長年沒有被使用的爐子必須重新生火才行。」

在斯威奈爾，沒有一座爐子正常在運作。

德堡商行以礦物商身分興盛，而北方地區已經因為礦山話題而鬧得沸沸揚揚。據說斯威奈爾原本也從河川採取鐵砂，並從事精煉的工作，但米里因為擔心未來會發生災難而禁止了這件事。多虧米里執行了這項政策，才能夠頑固地拒絕協助德堡商行，並堅持獨立到最後一刻。

米里想要讓斯威奈爾從北方地區的愚蠢騷亂之中切割開來，而這般想法過去也一直發揮了十足功能。

因此，為了實行希爾德的提議，必須先讓爐子復活。

「好了！那邊讓開！用來抓的棒子放在這附近……喂！那邊的人！洞要好好塞住啊！」

老舊的熔礦爐如今被當成倉庫，用來存放只會通過城鎮的琥珀和皮草，魯華杵著拐杖，站在熔礦爐前方發出指示。得知羅倫斯和希爾德努力奮鬥的這段時間，自己一直在睡覺時，魯華太過自責而忍不住哭了出來。

以傭兵團團長的角度來看，這確實是不應該有的失態，而且讓人很不甘心。

摩吉看見主人如此自責，特地向羅倫斯和希爾德求救。摩吉詢問兩人有沒有什麼重要工作可以交給魯華去做，讓魯華能夠挽回名譽。

希爾德似乎因此，才決定把讓熔礦爐再次開工的指揮權交給魯華。

而且，可能是因為親眼看見了白天的那場騷動，很多城鎮居民為了守護自己的城鎮，而希望能夠負責在城牆的防禦工作。對於能夠合作無間地從事勞力工作的繆里傭兵團而言，這也是最理想的狀況。

「天亮前有可能完成嗎？」

關於與千人隊長所率領的德堡商行軍隊之間的交涉，使者應該會在半夜過後帶回答覆，所以可預測到明天天一亮就會需要這東西。

聽到羅倫斯的詢問後，希爾德一邊看著繆里傭兵團的工作模樣，一邊樂觀地回答：

「我想應該沒問題。」

「不過，真虧您想得出這個方法。」

羅倫斯在原本被當成倉庫的熔礦爐入口處佇立，望著工作狀況說道。

「我忍不住拍膝讚嘆心想，所謂靠金錢解決問題，就是要這麼做。」

羅倫斯望著繆里傭兵團收拾好貨物、修補爐子裂縫，再調整好風箱以及轉動風箱的設備。希爾德聽了後，只是稍微笑笑而已。

羅倫斯差點忘了，站在他身邊的是一位頂尖商人。

想起這般事實後，羅倫斯微微揚起嘴角接續說：

「誰會想到要用那根刻印榔頭，重新打過天下無敵的盧米歐尼金幣？這不是正常人會有的點子。」

這就是希爾德的提議。

以純度來說，盧米歐尼金幣是品質最好的金幣，所以就算重新打過，價值也不會改變。不過，現在的重點是重新打過的圖樣，與德堡商行即將發行的貨幣圖樣相同。

德堡商行公布過會發行銅幣和銀幣，但沒有公布會發行金幣。金幣的價格實在太昂貴，不可能普及於民眾。而且，因為每一枚金幣的金額都不小，所以德堡商行雖說實力雄厚，也沒有那麼多餘力發行金幣。

正因為如此，希爾德才會讓斯威奈爾來發行這個金幣。

因為現實上不可能大量發行金幣，所以對於德堡商行的貨幣策略也不會造成大影響。不過，以象徵性來說，金幣會是非常重要的存在。

想必未來如果有什麼機會，德堡商行還是會一枚、兩枚地發行少量金幣。

所以，希爾德提議把一根刻印榔頭寄放在斯威奈爾，每當要發行金幣時就支付適當金額的手續費，委託斯威奈爾代為鑄造金幣。

希爾德都願意這麼做了，在希爾德與德堡捲土重來回到德堡商行後，當然不可能做出有害於斯威奈爾的事情。

未來的德堡商行如果將交情如此深厚的斯威奈爾棄如敝屣，北方地區的大人物們知情後，將會對德堡商行失去信賴。

也就是說，希爾德的提議能夠提供米里一種讓斯威奈爾長期安定下去的信賴。

米里不可能不知道這個提議的價值。

「不過，我現在能夠這樣指揮大家，都多虧了羅倫斯先生和赫蘿小姐的幫忙。」

希爾德、魯華、羅倫斯、赫蘿。

四人當中只要少了一人，就不可能走到這一步。

「羅倫斯先生。」

隔了一會兒時間後，希爾德呼喚了羅倫斯的名字。

「什麼事呢？」

羅倫斯抬頭一看後，發現希爾德眺望著忙碌工作的繆里傭兵團，以及到處發出指示的魯華。

在散發出很可能就這麼一直看下去的氣氛之下，希爾德說：

「您要不要到德堡商行來呢？」

希爾德說完話後，才把視線移向羅倫斯。

德堡商行是首屈一指的大礦物商，也是試圖藉由新貨幣來統治北方地區的偉大商行。

與被邀請加入德堡商行相比，在雷斯可開店根本是渺小至極的願望。

不過，羅倫斯把視線移向希爾德，並幾乎在那同時看向魯華等人。

希爾德的提議非常吸引人。只要是旅行商人，都會說「現實世界裡不可能發生這種事情」。

「如果接受了您的提議，一定能夠過著朝向夢想前進的冒險日子吧。」

「是的，我可以保證。」

聽到希爾德可靠的話語後，羅倫斯毫不猶豫地立即回答：

「所以我才不能接受。」

羅倫斯面向希爾德露出苦笑。

「如果再不自制一點，我說的話就不會被人相信了，所以我不能接受您的邀請。」

就算羅倫斯沒有詳細做說明，希爾德應該也知道是什麼意思。

希爾德一副感到刺眼的模樣看著羅倫斯好一會兒後，與羅倫斯一起看向魯華等人。

「我想也是吧。」

然後，希爾德像在埋怨似地這麼說：

「如果我也能夠變身成女孩子就好了。」

聽到這麼誇張的玩笑話，羅倫斯還能夠不笑出來嗎？

笑過一陣後，羅倫斯握住立在旁邊的拐杖，並站起身子說：

「如果您會變身成女孩子，八成會被赫蘿吃掉。」

「……誰叫我是兔子呢。」

希爾德笑笑說：「很遺憾。」
「對了，您要去哪裡？」
「我想回房間去。我這隻腳也踩不了風箱，在這裡只會礙事而已。」
希爾德聽了後，一副打從心底感到驚訝的模樣，甚至帶著怒氣說：
「您怎麼可能會礙事？如果要說有傷在身，我們大家都一樣啊。再說，是您讓揚納金閉上了嘴巴。如果您沒有一起參加，魯華先生他們也會——」
面對越說越激動的希爾德，羅倫斯露出疲憊的笑容，並舉高手掌心。
羅倫斯能夠明白希爾德想要表達的意思，他自己也很想要參與鑄造金幣的場面。
但是，羅倫斯不能這麼做。
羅倫斯該適可而止了，他必須從這場宴會上離席。
「如果涉入太深，到時候會沒辦法退出。」
聽到羅倫斯的話語後，希爾德露出又想要說些什麼的表情。
不過，希爾德知道赫蘿與羅倫斯的關係。當希爾德他們有性命危險時，說服赫蘿逃離斯威奈爾的不是別人，正是希爾德他們。
既然希爾德都願意讓赫蘿逃離斯威奈爾了，讓羅倫斯逃離這場面根本算不了什麼。
羅倫斯不需要解釋這麼多，希爾德自己也能夠理解，所以儘管顯得有些難過，希爾德還是點了點頭說：

「我明白了。那麼，金幣快完成時，我再去請您來看。」

「麻煩您了。」

說罷，羅倫斯杵著拐杖離開了設有爐子的建築物。

因為建築物內部的光線明亮得刺眼，加上有很多壯漢到處跑動，所以甚至到悶熱的程度。

或許是這樣的緣故，羅倫斯不禁覺得屋外寒風刺骨，而且因為太安靜，差一點就要耳鳴了。

如果留在那棟建築物裡，應該能夠一直沉浸在狂熱情緒之中，並享受贏得危險賭局的快感。

不過，那已經不是羅倫斯應該停留的場所。

羅倫斯杵著拐杖一步一步向前走時，發現有人從對面走來。羅倫斯心想這麼晚了會是誰在外面走動，後來發現是赫蘿抱著酒桶走來。

「唔？汝啊，汝要去哪？」

「我才想要這麼問妳呢。」

聽到羅倫斯的話語後，赫蘿重新抱好酒桶回答：

「因為有人送咱酒，所以咱走過來想跟汝一起喝。」

「我留在那裡只會礙事而已，所以正打算回旅館。」

聽到羅倫斯夾雜著苦笑說道，赫蘿用鼻子輕輕哼了一聲。

「難得汝會做出正確判斷。」

赫蘿說話時的表情就像結婚多年的老婆，看著爛醉如泥的老公醉醺醺地說「我明天開始不會再去酒吧了」會露出的反應。

赫蘿一直注視著羅倫斯。前科累累的羅倫斯因為害怕看見那眼神，所以儘管知道顯得刻意，還硬是改變話題說：

「……對了，妳說有人送妳酒，是誰啊？」

「……真是的……叫什麼名字來著？就那隻大笨驢。」

赫蘿還是老樣子，總是記不住他人的名字。

「該不會是米里吧？」

聽到羅倫斯的話語後，赫蘿回答說：「對，就是他。」

「可是，為什麼米里要送妳酒？」

羅倫斯詢問後，赫蘿再次露出有些不悅的表情。

「何必管它為什麼呢。難道汝怕被下毒啊？」

「我不是這個意思……」

羅倫斯總是無法清楚掌握到米里的思緒。

何況米里是半人半獸，他不會對順利達成目標的希爾德或赫蘿抱有恨意嗎？

雖然事到如今也沒什麼好懷疑，但羅倫斯還是忍不住感到納悶。

或許是看出了羅倫斯的心聲，赫蘿先催促一聲：「向前走。」然後一副受不了羅倫斯的模樣從旁仰望他說：

「在汝不知道的地方也會發生很多事情，而且各有各的理由。」

羅倫斯當然知道這樣的事實，但那又怎樣呢？

這時，羅倫斯回望著赫蘿這麼說：

「希爾德先生第二次去談事情時……妳好像不在喔？」

那時羅倫斯與摩吉、魯華等人正在交談，赫蘿說因為靜不下心來，所以要到其他房間去梳理尾巴，而離開了現場。

赫蘿露出感到厭煩的表情。

羅倫斯知道那時一定發生了什麼事情。

「咱是出於親切，才刻意不說出來，汝卻……」

這時，赫蘿這麼說。

「親切？」

羅倫斯感到懷疑地反問後，赫蘿嘀咕：「不過，或許這也會是很好的教訓唄。」

「搞了半天，原來那隻大笨驢是在這裡守墓。」

「守……墓？」

「嗯。雖然咱不清楚原因為何，但聽說幾十年前，跟那隻大笨驢在一起的人類雌性生病死了。聽說那雌性是這座城鎮出身的人，所以在這裡長眠。那隻大笨驢說什麼『因為沒能夠靠自己的力量救活對方，所以至少希望能夠讓對方在這裡安靜地長眠。』汝啊，汝不覺得在其他地方也會發生這種故事嗎？」

赫蘿以輕率的口吻說道，臉上卻不帶一絲笑意。

因為人類配偶先離開人世，被留在世上的一方就頑固地守在配偶長眠的地方；對兩人而言，這並非事不關己的事情。

「所以，妳才會……」

「嗯。不過，在那種人面前和汝十指緊扣，也難怪他會露出陰森的眼神。」

米里是感到憤怒？受不了？還是嫉妒？

不管是哪種情緒，總之一定不可能保持冷靜。

「然後，那隻大笨驢想要透過兔子的牽線問咱事情。所以咱就跑一趟去教訓他。」

就像米里的妻子一樣，羅倫斯總有一天一定會比赫蘿先離開人世。羅倫斯可能會衰老或生病，總之一定會先死去。

這是無可避免的事實，而赫蘿當然也知道這樣的事實。

赫蘿想必經歷過好幾次這種事情，也擔心發生這種事情。

如先前所說，羅倫斯一路來硬是牽起赫蘿的手。赫蘿最後也終於牽起羅倫斯的手而被綁住。甘願被綁住的赫蘿對米里說了什麼呢？

看見米里守在妻子葬身之地，赫蘿到底說了什麼呢？

赫蘿沒有露出一絲笑容地快嘴說道：

「咱說『汝這隻大笨驢，還不快去找下一個雌性』。」

「……」

呆愣的羅倫斯停下了腳步。

赫蘿先走了幾步後，在臉上浮現嘲弄笑容，並回頭越過肩膀說：

「呵。汝真是可愛吶。」

然後，赫蘿一邊哈哈大笑，一邊走了出去。

如果羅倫斯死了，他確實會希望赫蘿就算再悲傷，也能夠重新展露笑容。

不過，可以的話，羅倫斯希望赫蘿身邊不要出現其他男人的身影。這會是個愚蠢到極點的想法嗎？

羅倫斯追著赫蘿再次走了出去。

「不過，咱雖然這麼說，自己也一直拖拖拉拉地待在麥田裡喔？汝也好不到哪裡去，說要做一個巢穴，卻又愛在外面遊蕩。」

抵達旅館後，赫蘿一邊打開大門，一邊充滿挖苦意味地說道。

赫蘿想必也是故意的，才會沒有為羅倫斯撐住大門。

羅倫斯把拐杖夾在腋下，動作笨拙地打開大門後，急忙鑽進門內。

「然後，因為咱說了那些話，那隻大笨驢剛剛才特地送酒來。」

旅館裡一片安靜，似乎所有人都出去了。

雖然羅倫斯幾乎是在黑暗中摸索地前進，赫蘿卻是腳步輕快地向前走去。

「妳說的話前後沒有連貫。」

羅倫斯抱著至少要抗議一下的心情這麼說。這時，羅倫斯憑感覺知道赫蘿在黑暗中停下腳步，並且沒出聲地笑。

然後，赫蘿以輕快的腳步爬上樓去。

羅倫斯杵著拐杖，並靠著最後一點力氣爬上階梯。

抵達四樓時，羅倫斯已經喘得上氣不接下氣。

「汝說咱說的話前後沒有連貫？」

「嗚哇！」

因為聲音突然從眼前傳來，害得羅倫斯差點掉下樓去。

赫蘿哈哈大笑個不停，並牽起羅倫斯的手。

可是，赫蘿大笑一陣後的氣氛讓羅倫斯感到害怕。

「不過，如果汝會懂，狀況就不會是現在這樣了唄。」

「……？」

羅倫斯試圖在黑暗之中瞪視赫蘿，卻頂多只看得見赫蘿的輪廓。

羅倫斯與赫蘿之間的對話，也差不多跟眼前的狀況一樣。

「喏！到了。」

進到房間後，因為木窗敞開著，所以有些許光線照進來。

藉著月光走到床邊，羅倫斯總算能夠坐下來。

羅倫斯感到疲憊地喘口氣後，發現赫蘿已經站在眼前。

羅倫斯心想赫蘿是不是體貼地拿水來給他喝，但抬起頭後看見赫蘿生氣的表情，而不禁挺直了背脊。

「那，汝啊。」

赫蘿的聲音冷漠，並且露出毫不留情的眼神。

因為羅倫斯坐在背著月光的位置，所以看見赫蘿的眼睛在月光照射下發出銀色光芒。

「咱以為汝再也不會做危險的事情，但結果呢？」

羅倫斯沒料到赫蘿會舊事重提。

再說，這次是因為情勢所逼，所以也是不得已的事情。

羅倫斯確實已經下定決心要逃跑，情況允許的話，他也已經逃跑了。

羅倫斯沒出息地以眼神表示抗議後，赫蘿用鼻子哼了一聲，並稍微縮起身子說：

「哎，確實有不得已之處。」

羅倫斯本打算開口說「對吧」，但赫蘿的銳利目光讓他閉上了嘴巴。

「不過，咱還是覺得汝很可能打破與咱的約定。要是又被捲入什麼事件，汝很可能發揮爛好人的潛力一頭栽進去。的確，咱很開心能夠在那窗邊協助汝，但是汝啊，不是每次都能夠那麼順利。如果不牢牢記住這點，可真的會踢到鐵板哪。」

羅倫斯不大確定赫蘿是指如果一頭栽進去，到最後會吃到苦頭，還是赫蘿會賞他一頓苦吃。

他心想，八成兩者都有吧。

「而且，就算有辦法讓汝在這裡點頭答應，也不值得相信……」

雖然羅倫斯很想說「我可是拒絕了希爾德的邀請耶」，但這樣也無法累積信用。

言行必須一致，才能夠得到信賴。

羅倫斯已經不記得自己向赫蘿提出多少次無理要求。

想到這點，羅倫斯不禁抱著如罪犯等待判決的心情，抬頭仰望赫蘿。

「話雖這麼說，咱當然也知道汝是個老實到極點的大笨驢。既然是這樣，或許咱的做法也有些錯唄。」

「……？」

羅倫斯不明白意思而拚命動腦思考時，赫蘿盛氣凌人地這麼說：

「約定姑且不論，如果是合約的話，汝應該會守約唄。」

「啊？」

羅倫斯不禁做出這般回應，結果被赫蘿用力甩了一巴掌。

不僅如此，赫蘿還用甩巴掌的手捏住羅倫斯的臉頰，讓羅倫斯面向正前方。

「雖然咱不知道那個目中無人的黃毛丫頭是不是思考到這麼遠，才會那麼說……」

然後，赫蘿一邊露出尖牙，一邊忿忿地說道。

羅倫斯想起赫蘿在雪山挖出埋在地下的禁書時有過的互動。

赫蘿去到奇榭拿禁書時，艾莉莎似乎跟她說了什麼話。

艾莉莎到底說了什麼話，讓赫蘿臨到此時竟會提起這件事情？

羅倫斯完全猜不出會是什麼事情，只知道這件事情肯定讓赫蘿變得更加煩躁。

赫蘿鬆開捏住羅倫斯臉頰的手，並立即用雙手夾住羅倫斯的頭部。

赫蘿那模樣看起來，像是正準備一口從頭吞下可憐的旅行商人。

羅倫斯會有這樣的感覺或許是對的。

因為赫蘿直直注視著羅倫斯這麼說：

「那隻大笨驢說，要立約宣誓時，她隨時願意當證人。」

艾莉莎雖然是個年輕女孩，卻負責管理村落的教會，當擁有這般身分的艾莉莎提到合約時，顯然不是指羅倫斯說的那種合約。

「汝覺得怎樣？」

赫蘿顯得不悅地問道。

羅倫斯還能夠覺得怎樣？

如果赫蘿願意立下這種合約，羅倫斯當然沒理由拒絕。

羅倫斯一副看得入迷的模樣一邊注視著赫蘿，一邊點點頭。

赫蘿見狀，露出依舊感到懷疑的眼神看著羅倫斯，但不久後感到疲憊地放鬆肩膀的力量。

虛脫地嘆了口氣後，赫蘿臉上浮現有些難為情的笑容，並緩緩把臉貼近羅倫斯。

月光籠罩下，赫蘿臉上像是披上了一層白紗。

雖然人們是在神明面前宣誓並立下這種合約，但狼或許是在月亮面前這麼做。

赫蘿稍微傾著頭，身體向前傾。

柔順的長髮滑落在羅倫斯肩上。

羅倫斯戰戰兢兢地抱住赫蘿纖細的腰部，而赫蘿當然沒有拒絕。

赫蘿輕笑一聲後，把臉貼近羅倫斯。

面對柔軟的預感，羅倫斯像是與赫蘿事先說好了似地緩緩閉上眼睛。

然後……

羅倫斯一直等待，卻遲遲等不到那柔軟觸感。

「唔？咱忘了一件重要事情。」

「啊？」

羅倫斯睜開眼睛後，看見赫蘿別過臉去，並迅速挺起身子。

「咦？啊……」

羅倫斯試圖抓住準備離開的赫蘿的手，但赫蘿如幻影般滑了出去。

羅倫斯打算從床上站起來，卻因為大腿劇烈疼痛而彎起身子。

不過，羅倫斯不肯罷休地以眼神抗議說：「還要保留到什麼時候？」

「呵。別露出這種表情，好嗎？」

雖然嘴上這麼說，但瞧她看到羅倫斯露出窩囊表情的反應，果然還是樂在其中。

羅倫斯很想臭罵赫蘿是個過分的傢伙，但看見赫蘿的眼神後，就說不出話來了。

羅倫斯不自覺地就被商人的夢想誘拐去，而赫蘿是真的為這件事情在生氣。

明明約定了好幾次，羅倫斯就是學不乖。

羅倫斯只能夠像一隻犯了錯的小狗一樣，意志消沉地坐在床上。

赫蘿手叉著腰，然後用鼻子嘆了口氣。

看來羅倫斯與赫蘿這樣的關係應該會一直持續下去。

「不過，咱說忘了一件重要事情是真的。締結新合約之前，必須先完成舊合約。」

「舊合約？」

羅倫斯發愣地嘀咕後，赫蘿露出僵硬的笑容說：

「汝不是答應帶咱到約伊茲嗎？」

「呃、嗯……」

羅倫斯就是嘴巴被撕破了，也不敢說自己完全忘了這碼子事。

赫蘿與羅倫斯同樣是在這般月夜裡相遇。

害怕孤單而想要回到故鄉的賢狼，遇到了夢想擁有商店而老是在太過寬敞的駕座上算錢的旅行商人。

雖然事情都過這麼久了，羅倫斯還是不禁覺得兩人真是奇妙的組合。

羅倫斯找不到話語而一直盯著赫蘿時，赫蘿忽然緩和表情，然後看向月光流瀉進來的木窗。

如果說赫蘿的這般舉動具有什麼意義，想必是在掩飾難為情。

「而且，咱忘了是什麼時候，但汝不是曾經說過嗎？」

「咦？」

羅倫斯反問後，赫蘿把視線拉回羅倫斯身上，並露出微笑說：

「汝說過，帶伴侶回到故鄉具有非常深遠的意義。」

雖然覺得自己好像說過這樣的話，但羅倫斯幾乎不記得了。

不過，正因為如此，羅倫斯看見赫蘿牢牢記住他的話，才會感到特別開心。

就像羅倫斯會在赫蘿面前慌張失措一樣，或許赫蘿也會因為羅倫斯的話語而牽動思緒。

月光籠罩下，赫蘿聳起肩膀輕笑一聲。

羅倫斯也笑了出來，然後只能夠嘆口氣說：

「約伊茲。約伊茲喔。」

「嗯。在那之前要先保留。」

「好吧……不過……」

「唔？」

赫蘿反問道。羅倫斯看向赫蘿後方說：

「如果只是一起喝個酒，應該可以吧？」

赫蘿轉過身子看向米里贈送的酒桶。

米里會贈送酒給赫蘿，就是要祝福兩人的意思。

「嗯……反正，汝也沒有那個膽子灌醉咱，再做出什麼舉動唄。」

赫蘿簡直是愛怎麼批評就怎麼批評，但因為赫蘿所說與事實相差不遠，所以羅倫斯也反駁不了什麼。

赫蘿抱起酒桶放在床上，然後只拿了一只酒杯來。

羅倫斯一邊心想「沒有其他酒杯了嗎？」一邊以視線在房間裡尋找時，卻被赫蘿輕輕頂了一下頭。

「真不知道該說汝是腦筋遲鈍還是……」

雖然發著牢騷，但赫蘿的尾巴看似開心地甩動著。

羅倫斯瘋狂地感受到自己人被愛著。

「別喝太多酒吶。」

「真沒想到會有被妳這麼叮嚀的一天。」

「大笨驢。」

說著，赫蘿拔起酒桶的栓子。

然後，赫蘿把酒倒入羅倫斯手中的杯子裡。

在那同時，一陣吆喝聲隨著月光從窗外傳進來。

羅倫斯心想，應該是爐子裡起了火，所以大家發出吆喝聲在踩風箱。

刻有太陽圖樣的金幣即將誕生，並在這冬季漫長嚴酷的北方地區照亮所有人。

魯華說過最喜歡在徹夜行軍後，看見能夠沖洗掉一切的清晨太陽。

即將打造出來的太陽金幣，將成為揭開新時代序幕的一枚金幣。

然而，羅倫斯沒有出現在那現場，而是待在如此冷清寂寥的旅館。

對於這樣的事實，羅倫斯不會感到眷戀，也不會後悔。

羅倫斯手上有好酒，而為他斟酒的不是別人，正是赫蘿。

羅倫斯從映出月光的酒杯抬起頭後，看見了赫蘿的笑容。

「呵。」

心愛的人的笑容比太陽——也比金幣更加燦爛。

後記

好久不見，我是支倉。這是第十六集，相信海報和廣告上面也都註明了，這是正傳故事的最後一集。打從開始撰寫《狼與辛香料》，已經過了整整五年的時間。主要用來寫作的筆記型電腦一路陪伴我到最後，從來沒有當機過半次。只是，現在電池已經不耐用，風扇也變得很吵，一下子就會猛烈發燙，本體四周也已開始掉漆。

第十六集只有原稿部分我還是用這台電腦寫作，但現在終於換了一台新的筆記型電腦來使用，上一台電腦也功成身退了。

好了，因為本篇故事已經告一段落，所以我想在這裡聊一聊從未在後記聊過的作品談。

不過，針對各集的作品談已經在《狼と香辛料ノ全テ》聊過，所以在這裡是針對整體一點的話題。當初我是模仿一位法國中世紀經濟史學家簡・法維耶的著作《金と香辛料》（譯者：內田日出海），而下了《狼與辛香料》這個標題。也是因為在閱讀這本著作時，抱著「如果能夠寫成這樣的故事應該很不錯」的想法，才有了第一集的題材。

出道當時，經常聽到人家說在輕小說領域裡寫經濟題材的故事很稀奇。

而且，明明是奇幻故事，卻不會出現劍和魔法。

雖然一方面是因為我這個人天性彆扭，但其實是歸結於很單純的想法。

那就是，自古以來就有一大堆人在挑戰貴族、國王、騎士、魔法師、魔王或勇者這類人物設定的故事，也有無數這方面的大師所寫的古典小說。如果我也硬擠進去挑戰，有可能脫穎而出嗎？我之所以沒有寫校園類故事，也是一樣的原因。

在閱讀資料時，我也是一概不讀以寫奇幻小說的人為對象而出版的書本，而是幾乎集中閱讀學術書籍。針對中世紀經濟史，我也是不閱讀入門書，而是在自知無法理解內容之下，淨是閱讀一些專業書。神明方面的資料也一樣，我不閱讀世界神名事典之類的書本，而是集中於《聖經》和《金枝篇》。我會這麼做，有一部分是抱著炫耀自己是在閱讀艱深書籍的愛面子心態，但最大的理由是因為我不覺得自己有才華，如果與有才華的人閱讀一樣的書籍，我不認為自己能夠寫出比有才華者更有趣的小說。

結果呢，就寫出了不會出現劍和魔法的《狼與辛香料》。

關於作品的基礎，大概是這樣子慢慢鞏固起來，但關於寫小說必須有的主題，也可以說是男女主角向前走的指標如何建立，絕大部分的影響還是來自我自己一路閱讀過的書籍。

尤其是受到叔本華的影響最大。我在寫赫蘿與羅倫斯的互動之際，經常會同時思考到底有沒有永遠幸福的故事。大家對於叔本華的印象，一般會認為就像是悲觀主義的化身，但我正好相反。我認為他只是一直批判性地質疑有沒有可能永遠幸福，基本上是一個樂觀的人。叔本華曾經對著當時是暢銷作家的母親發下豪語：「幾十年後再也不會有人閱讀妳的書，但我的書會成為一百本書的源頭。」（當時叔本華的書還根本賣不出去呢）他怎麼可能是悲觀主義者呢？

所以，我想到了比人類長壽的赫蘿，配上不肯死心的商人羅倫斯。兩人的定位很適合當發問者，來質疑有沒有永遠幸福的故事。

這本第十六集應該算是有了結論，有了一個讓兩人知道應該往哪裡走的提示。我想赫蘿與羅倫斯彼此都很努力地做了讓步。

但是！

或許有人會問：「咦？這樣就結束啦？那件事呢？這件事呢？」就連責任編輯也這麼問過我。可是，如果不這樣，我的美學……我的哲學……嗯～嗯～……不過，話雖這麼說，整個系列還是有一個地方讓我感到遺憾。那就是礙於故事架構上，沒能夠寫出紐希拉。

基於這點遺憾，日後談的尾聲部分會完全以紐希拉為背景。

另外還有一些短篇故事尚未出版成書，想再多窺探一些《狼與辛香料》世界的朋友們，請多多關照喔！短篇故事集應該會在初夏出書。（註：以上為日本出版情報）

……不過，《狼與辛香料》的世界不是指一般的世界觀，而是赫蘿與羅倫斯各自以「狼」與「辛香料」而存在，在這個隱喻的觀念普遍性上存在著對現代的反命題，亦即……（以下省略）

那麼，支倉凍砂接下來要做什麼呢？似乎有朋友會這樣關心我，真的很感動。以目前的計畫來說，我希望新作品能夠在二〇一一年夏天與大家見面。新作品也會有動物耳朵喔。動物耳朵是一種哲學。不過，這次不是中世紀風格的奇幻故事，也不是校園、科幻或推理故事。我打算寫一本可能又會被人家說「為什麼要寫這種奇怪東西？」的小說。

好了，我很高興能夠在處女作出版的月份有一個大轉折點。

還有一些未完成的工作留給不斷為我們畫出美麗插畫的文倉老師，剩下的部分再拜託您了喔！還有為漫畫版《狼與辛香料》操刀的小梅けいと老師，也還會持續畫出完美漫畫讓我們欣賞。動畫工作人員、各類媒體組合的相關人士，謝謝您們！責任編輯T先生、A先生，謝謝您們，日後也請持續關照。

最後，一路陪我到現在的讀者朋友！

真的非常謝謝您們的支持！

支倉凍砂

Kadokawa Light Novels

字之魂

作者：夜透紫　插畫：ky

Kadokawa Fantastic Novels

第三屆台灣角川輕小說大賞銅賞作！
以筆之能，用字對戰！「字魂」大戰開打！

名為鳳煦旭的平凡學生在上學途中遭到不明物體擊暈。他在這一擊之下成為傳說中「鳳」字的宿主。雖然能使用「字」來作戰，卻也接連遭受「字」的折磨。接二連三的多災多難，讓旭自此捲入熱鬧無比、胡搞瞎搞、心跳滿點的字魂之戰！

NT$190/HK$50

台湾角川

Kadokawa Light Novels

謝謝你！壞運

Kadokawa Fantastic Novels

作者：B.L.　插畫：REI

就算倒楣，人生也可以是彩色的！
第三屆台灣角川輕小說大賞銀賞作品，強運登場！

隋曉是一個極度倒楣的人。直到一天夜裡，一位自稱是替人帶來好運的白天使少女蓓德菈從天而降告訴隋曉，隋曉這樣極度倒楣的人是特例，放著不管的話可能會引起嚴重的災難。從此，天使開始任性地闖入隋曉的生活，讓隋曉傷透腦筋、疲於奔命——

台湾角川

NT$190/HK&50

國家圖書館出版品預行編目資料

狼與辛香料 . XV-XVI, 太陽之金幣 / 支倉凍砂作 ;
林冠汾譯 . -- 初版 . -- 臺北市 :
臺灣國際角川 , 2011.04-2011.08
　冊 ;　公分
譯自 : 狼と香辛料 . XV-XVI, 太陽の金貨
ISBN 978-986-287-119-5(上冊 : 平裝). --
ISBN 978-986-287-295-6(下冊 : 平裝)

861.57　　　　　　　　　　　　100004102

Kadokawa
Fantastic
Novels

狼與辛香料 XVI
太陽之金幣〈下〉

（原著名：狼と香辛料 XVI 太陽の金貨〈下〉）

2011年8月11日 初版第1刷發行
2024年6月17日 初版第13刷發行

作者：支倉凍砂
插畫：文倉十
日版設計：渡辺宏一
譯者：林冠汾

發行人：台灣角川股份有限公司
總監：呂慧君
總編輯：蔡佩芬
主編：林秀儒
編輯：黎夢萍
設計指導：陳晞叡
美術設計：莊捷寧
印務：李明修（主任）、張加恩（主任）、張凱棋、潘尚琪

發行所：台灣角川股份有限公司
地址：104台北市中山區松江路223號3樓
電話：（02）2515-3000
傳真：（02）2515-0033
網址：www.kadokawa.com.tw
劃撥帳戶：台灣角川股份有限公司
劃撥帳號：19487412
法律顧問：有澤法律事務所
製版：巨茂科技印刷有限公司
ISBN：978-986-287-295-6